LA PYRAMIDE PERDUE

DU MÊME AUTEUR

Les Ames brûlantes, Olivier Orban, 1983.
Les Cités barbares, Olivier Orban, 1984.
Programme MZ, Jean-Claude Lattès, 1985
Les Tentations de l'abbé Saunières, Olivier Orban, 1986.
L'Or du diable, Olivier Orban, 1987.
Le Bal des banquiers, Robert Laffont, 1988.
Psywar, Olivier Orban, 1989.
La Cantatrice, Olivier Orban, 1990.
Les Sept Esprits de la révolte, Editions n° 1, 1992.
L'Enfant qui venait du froid, Presses de la Cité, 1993 (écrit avec Claude Veillot).
Vercingétorix, Plon, 1994.
La Bastide blanche, Presses de la Cité, 1995.
Le Secret de Magali, Presses de la Cité, 1995.
La Cour d'amour, Ramsay, 1996.
La Fille de la garrigue (existe aussi sous le titre *L'Appel de la garrigue*), Presses de la Cité, 1997.
Pour comprendre l'Egypte ancienne, Pocket, 1997.
La Sainte-Baume au fil des eaux, Edisud, 1997.
Les Maîtres du jeu, Ramsay, 1997 (écrit avec Claude Veillot).
Le Roman de Cléopâtre, Presses de la Cité, 1998.
La Colère du Mistral, Presses de la Cité, 1998.
Provence inspirée, Edisud, 1998.
Pour comprendre les Celtes et les Gaulois, Pocket, 1999.
Le Mondial bleu, Autres Temps, 1999.
L'Homme qui habillait les mariées, Presses de la Cité, 1999.
L'Effet mer, Conseil général du var, 2000.
La Gasparine, Presses de la Cité, 2000.
Pour comprendre la Rome antique, Pocket, 2001.
L'Or des collines, Presses de la Cité, 2001.
La Fille de Panamá, Presses de la Cité, 2002.
La Princesse de lumière : L'Esclave de la Porte, Anne Carrière, 2002.
La Princesse de lumière : La Sultane vénitienne, Anne Carrière, 2003.
Tempête sur Panamá, Presses de la Cité, 2003.
Imperator, Plon, 2004.
Le Chanteur de sérénades, Presses de la Cité, 2004.
Le Secret de l'abbé Saunières, Plon, 2004.

Jean-Michel Thibaux

LA PYRAMIDE PERDUE

Roman

Production Jeannine Balland
Collection Sud Lointain

PRESSES DE LA CITÉ

ISBN 2-258-05992-5

A Elyane,
qui a courageusement traversé
le Soudan en guerre à mes côtés
pour retrouver la pyramide perdue.

Nécropole de Dachour, 18 avril 1880

Par milliards, les sauterelles survolaient le Nil. Elles venaient du sud. A Assouan, elles avaient ravagé les champs, puis elles s'étaient abattues à Louxor au grand désespoir des fellahs impuissants. Partout, sur leur passage, on priait Allah d'influencer les vents, de détourner le fléau vers le désert.

Les Bédouins campant tout près de la pyramide de Snéfrou se saisirent des sachets de cuir pendus à leur cou quand ils aperçurent le gigantesque essaim dans le ciel. Les sachets contenaient des sourates magiques. Il suffisait de prononcer les paroles chères à Allah pour libérer leurs forces et contrer le mal. Les Bédouins se mirent à réciter ces sourates.

Et le prodige eut lieu.

Un nuage se forma à la pointe de la pyramide rhomboïdale. Il s'élargit par cercles en tourbillonnant sur lui-même ; il devint immense, si vaste qu'il masqua le soleil et plongea le Nil dans les ténèbres. Un à un, les Bédouins perdirent la voix ; l'effroi se peignit sur leur visage. Ce nuage n'avait pas été créé par Allah. Ils auraient pu se réjouir à la vue de ce noir vortex traversé d'éclairs, car les sauterelles en le rencontrant moururent instantanément.

Les insectes tombaient par millions. Les Bédouins se

protégeaient le visage en courant vers les chameaux. Ils fuyaient le nuage animé d'une vie propre. La foudre toucha le sommet de la pyramide et cascada le long des quatre arêtes. Une boule de feu frappa l'entrée des voleurs et se propagea à l'intérieur du monument.

— Qu'Allah nous protège ! cria un chamelier.

— Ne vous retournez pas ! Ne vous retournez pas ! lança leur chef.

La curiosité était trop forte. Les plus jeunes ne purent s'empêcher de regarder la mystérieuse pyramide du pharaon sorcier. Ils aperçurent les ombres à l'entrée, des formes humaines faites de fumée, des silhouettes évanescentes ; elles sortaient de la pyramide, chevauchaient les éclairs ; elles s'éparpillèrent soudain à une vitesse incroyable. L'une d'elles frôla un chamelier. L'homme et la bête perdirent la vie dans la seconde. Ce fut la débandade.

Les ombres ne poursuivirent pas les humains ; elles se rassemblèrent à nouveau et se fondirent dans le nuage qui fila vers l'occident.

Ce phénomène fut classé dans les bizarreries météorologiques, le 19 avril 1880, par un fonctionnaire peu zélé du khédive au Caire, et on oublia le soir même que quelques milliards de sauterelles, un chameau et un Bédouin avaient été tués par un étrange nuage.

1

Paris, mai 1880

Son cartable en bandoulière, Thérèse Maurin quitta le minuscule deux-pièces où elle vivait depuis sept ans, dévala à toute vitesse les six étages de l'immeuble, tira avec force le lourd battant de la porte d'entrée bardée de cuivres rutilants et affronta la foule. Le soleil frappa son visage conquérant au nez busqué, au front haut bordé de mèches folles et brunes sous le petit chapeau de paille à ruban, si pâle qu'il paraissait sculpté dans le plus pur des marbres de Paros.

Thérèse prit une profonde inspiration; la vie était belle et Paris magnifique sous l'or et les brises du printemps. Elle calqua ses pas sur ceux des piétons qui déambulaient le long des trottoirs de la rue de Rennes et léchaient les vitrines des boutiques.

Il y avait du bonheur dans l'air; des fillettes poussaient des cerceaux, des garçonnets se poursuivaient en riant, les femmes faisaient tourner leur ombrelle, les hommes lançaient des œillades à la ronde. Thérèse en oublia les nuits blanches, les années passées à étudier le grec, le latin, les textes démotiques, les secrets hiératiques et les colonnes de hiéroglyphes que les archéologues avaient consignées par milliers dans leurs carnets depuis l'expédition d'Egypte.

Elle était enfin prête à assister monsieur Horace Tabès-Blumberger, conservateur des antiquités au Louvre, et, si tout se déroulait comme prévu, elle rejoindrait son père dans un an au Caire.

Quel bonheur ! se dit-elle en pensant à lui qui fouillait le site de Dachour dans le but de percer les mystères entourant la pyramide du roi Snéfrou. Elle adorait son père. Luc Maurin poursuivait l'œuvre de Champollion ; il lui avait communiqué la passion des vieilles pierres, le goût des énigmes, l'amour des livres et l'envie de voyager. A ses côtés, elle avait connu l'Italie et la Grèce mais n'était jamais allée au-delà d'Istanbul, rêvant de découvrir le tombeau d'Alexandre le Grand ou l'arche de Noé. Elle planta son regard un instant dans l'œil du soleil qui la brûlerait un jour dans les déserts. Il imprima une tache sur sa rétine ; la tête lui tourna. Insouciante, elle ignora la puissance de Rê et se mit à siffler « Moutons et dindons », la chanson en vogue du moment.

Des gens se retournèrent, des messieurs et des dames aux lèvres pincées la toisèrent. Thérèse siffla plus fort et ils crurent que ce morceau d'opérette leur était adressé.

J'aim' bien les dindons
J'aim' bien les moutons
Quand ils font leurs doux glou glou glou
Quand chacun d'eux fait bê bê bê...

Ils la qualifièrent tout bas de révolutionnaire. Cette jeune femme avait des allures de communarde. On voyait bien qu'elle ne portait pas de corset sous sa robe de serge crème un peu froissée ; sa taille ne s'amincissait pas sous la contrainte d'une armature de fer. Elle jouait encore à l'adolescente et pourtant elle ne devait pas avoir loin de trente ans. Elle ne portait pas de perruque à ressort, de bandeaux factices, de postiches. Son opulente chevelure noire mal serrée en un chignon débordait de son petit chapeau de paille au ruban rouge posé de travers. Des mèches rebelles pendaient sur son front et sur son cou. Les hommes n'étaient pas insensibles à sa beauté naturelle; les femmes ne l'épargnaient pas.

Thérèse était habituée aux regards méprisants des bourgeoises du quartier. Toutes celles qu'elle croisait se reconnaissaient dans les recommandations écrites du *Petit Echo de la mode* dirigé par la baronne de Clessy.

D'une voix ironique, Thérèse aurait pu leur dire : «Pour vos costumes, ayez la même harmonie. Que votre mise soit ce qui s'appelle soutenue : c'est-à-dire qu'il n'y ait pas de différence trop grande entre vos diverses robes, et qu'en vous voyant, le soir, très habillée, on se refuse à reconnaître la femme en robe froissée et sale qu'on a rencontrée le matin. Evitez donc d'user le matin d'anciennes robes habillées, voyantes et fanées à la fois. Ayez comme principe général qu'on ne doit pas attirer l'attention dans la rue, et qu'on ne doit porter que des toilettes sobres, si riches qu'elles puissent être. Une femme comme il faut, je le répète, ne doit pas se faire remarquer.»

Mais Thérèse n'avait aucune envie de se moquer. Sincèrement, elle les plaignait et préférait se sentir nue et libre sous ses jupons à quatre sous. Elle avait pourtant de quoi se payer les plus belles robes et des bijoux de prix. Sa famille possédait cinq mille oliviers et trois mille amandiers à Saint-Maximin, dans le Var, une dizaine d'immeubles à Marseille et deux ateliers de corderie à Toulon. Le tout appartenait en fait à sa mère, qui lui avait octroyé deux mille francs de rente annuelle.

Sa mère ressemblait aux dames empesées de cette fin de siècle. Thérèse ne s'entendait pas avec elle, elle était presque devenue invisible aux yeux maternels depuis la mort de son frère Armand dix ans plus tôt. Sa mère vivait dans le souvenir de ce fils tant aimé, multipliait les messes à son intention, faisait des dons à l'église, soutenait ardemment les ordres religieux et vouait un culte fanatique au pape. Toutes ses pieuses actions servaient, croyait-elle, les intérêts d'Armand là-haut, près du trône de Dieu, et elle en voulait cruellement à son mari et à sa fille de ne pas pratiquer et de vivre dans le péché en côtoyant des dieux à tête de vache ou de crocodile. Elle les considérait comme des païens allant à l'encontre des évangiles et des dix commandements.

Pauvre maman, pensa Thérèse en se souvenant de la mort de son frère, de la terrible guerre et de la révolte des Parisiens à la chute de l'Empire. Le jour de ses dix-huit ans, elle avait rejoint les rangs des infirmières et soigné des centaines de combattants de tous bords. Elle avait noyé son chagrin dans le bain de sang de la Commune en sauvant des soldats de la République et des communards.

Les ombrelles tournaient, les soies et les satins scintillaient, les colliers et les broches brillaient. Ils pâlirent soudain. Les ombres moururent, les façades se ternirent. Thérèse leva la tête. Un étrange petit nuage oblong aux extrémités recourbées cachait le soleil. Il s'éloigna lentement telle une barque glissant au fil d'un courant paresseux, s'effilocha puis se dilua dans l'azur immaculé.

Thérèse hocha le menton ; elle attribuait beaucoup d'importance aux signes du ciel et de la terre, aux manifestations surnaturelles qu'elle cherchait à déchiffrer.

Quel sens donner à ce signe ? Heur ou malheur ?

Je ne suis pas un augure, se dit-elle en agitant la main vers l'omnibus qui arrivait dans un fracas de roues sur les pavés.

Elle monta à bord du lourd véhicule tracté par quatre chevaux placides, donna trois sous au receveur et essaya de s'enfermer dans ses pensées en se fermant aux odeurs de transpiration, aux haleines frelatées et aux parfums bon marché. Mais elle ne put se boucher les oreilles. Un groupe d'hommes s'exprimaient fort. Elle tenta de se plonger mentalement dans l'univers des pharaons en visualisant les textes sacrés qu'elle était en train d'étudier, mais ce fut peine perdue.

— Il faudrait tuer Jules Ferry! dit un homme.

— Et l'enterrer avec ses décrets!

— La République veut détruire l'Eglise, allons-nous devoir prendre les armes pour défendre nos jésuites?

Thérèse soupira de colère. Elle en avait assez d'entendre, jour après jour, ces réactionnaires opposés aux deux décrets du 28 mai. A la une de tous les journaux, ils avaient provoqué des bagarres dans les cafés. Ces textes maudits pour les uns, bénis pour d'autres s'inspiraient de l'article 7 d'un projet de loi proposé par Jules Ferry l'année précédente, interdisant d'enseigner dans un établissement libre ou public, et de le diriger, à tout membre d'une congrégation non autorisée, ce qui, à la grande satisfaction de Thérèse, éliminait de l'enseignement français les jésuites et les maristes. Les jésuites s'étaient opposés à son père et aux archéologues qui, par leurs découvertes en Egypte, remettaient en cause les fondements de l'Eglise.

Les décrets étaient en cours d'application : près de six mille jésuites allaient être expulsés et deux cent soixante couvents fermés. C'était un pas de plus vers la liberté. Il y aurait d'autres combats politiques à mener. Thérèse militait pour l'école primaire gratuite et obligatoire.

— Dans cette ville, il y a assez de réverbères pour pendre les députés et les membres du gouvernement!

Des envies de cogner les faces de ces roquets cravatés et poudrés montèrent en elle. Thérèse serra les poings. Ils parlèrent de piller les dépôts d'armes dans les forts et de lever des barricades. Il suffisait de les regarder pour s'apercevoir qu'ils en étaient incapables. Leurs propos véhéments montèrent cependant d'un cran et ils déclarèrent dans la foulée vouloir reprendre l'Alsace et la Lorraine, et attaquer l'Angleterre.

— Où étiez-vous en 70 ? leur dit-elle soudain.

Ils en restèrent bouche bée. Puis leurs prunelles étincelèrent. Comment une femme pouvait-elle se permettre de leur rappeler la débâcle de l'armée française et la terrible défaite de 70 ? Ils la jaugèrent, la jugèrent, lui collèrent mentalement douze balles dans la peau, mais n'ouvrirent pas la bouche pour l'insulter. Elle en imposait ; elle les dominait. Ses pupilles et ses iris se confondaient en un regard noir dans lequel ils perdaient pied. Il y avait quelque chose de puissant et de maléfique dans ces yeux-là.

L'omnibus venait de franchir le Pont-Neuf. Thérèse le quitta pour monter dans un fiacre. Elle entendit l'un de ces lâches crier :

— Pour qui se prend-elle, cette communarde ?

Elle n'avait plus le cœur à sourire.

Le cimetière du Père-Lachaise s'étendait en une forêt de croix, d'anges et de vierges. A cette vue, sa gorge se serra d'angoisse. Thérèse n'aimait pas cette « ville des morts », pourtant elle la visitait souvent, le jeudi ou le dimanche, quand sa mère s'y trouvait. Elle emprunta l'avenue Principale menant aux tombes monumentales sous les regards des lugubres statues rongées par les intempéries. Des senteurs de fleurs mortes et de vase stagnaient dans l'air immobile, des gens en deuil se déplaçaient tels des spectres dans le labyrinthe de granit et de marbre. La mort était partout présente sous les chapiteaux et les coupoles, sur les stèles et les pylônes, entre les colonnes corinthiennes et les guirlandes d'acanthe. Thérèse repérait les tibias entrecroisés, les crânes souriants, les épitaphes funèbres, les portraits abîmés des défunts, atteints d'une lèpre irréversible.

Ici la mort semblait définitive.

Elle l'était.

Thérèse toucha la croix ankh qu'elle portait au cou.

Je vivrai des millions et des millions d'années de vie, pensa-t-elle en songeant à l'au-delà égyptien.

Les allées se croisaient, se multipliaient, ne s'inscrivaient plus dans un plan géométrique. Thérèse était au cœur de la cité des morts, sur le chemin du Dragon au sud duquel il y avait l'humble tombe de Champollion. Elle eut une pensée pour l'homme qu'elle admirait le plus au monde et à qui elle se serait donnée si elle était née soixante ans plus tôt. Puis elle se contracta en passant devant l'inquiétant mausolée de la princesse Demidoff qu'on disait protégé par la magie noire. Elle prit un sentier à gauche, louvoya entre des tombes abandonnées, des chapelles aux portes rouillées, des édifices gothiques cernés de chaînes, des tertres enclos de herses. Là s'écroulait une architrave, ici des colonnes de marbre soutenaient le toit d'un temple fraîchement inauguré. A l'intérieur de cette modeste réplique du Parthénon, il y avait un petit autel grec sur la face duquel Thérèse lut :

Ophélie Jestin
1860 – 1880
ΩΛΣ

La tombe de son frère Armand était la suivante. Elle se remarquait à l'obélisque dressé et à l'incroyable nombre de croix posées sur la pierre pareille à un sarcophage.

Armand Maurin
17 février 1849 – 18 janvier 1871
Mort pour la France

Une médaille militaire gravée rappelait que le héros avait été tué à Saint-Quentin lors de la retraite de l'armée du Nord. Odette Maurin, en robe de soie noire moirée, les épaules couvertes d'une étole vert sombre à pompons, en gardait l'accès.

— Maman, souffla Thérèse.

Aucune expression ne modifia les traits du visage osseux sous la voilette du chapeau. Les mains gantées ne s'ouvrirent pas pour accueillir Thérèse, elles continuèrent à serrer le chapelet aux grains d'ivoire à l'extrémité duquel pendait une croix sertie d'émeraudes. Odette Maurin concentrait son attention sur le sarcophage qu'elle traversait de son regard rougi jusqu'au cercueil couvert de hiéroglyphes. Elle aurait voulu être en dessous, dans le noir du caveau, morte afin de monter vers le ciel, vers son Armand parmi les anges. Elle demandait tous les jours à Dieu de mettre fin à son calvaire sur terre.

Quand on avait ramené le corps de son fils adoré, accablée de désespoir et réduite à néant, elle n'avait pas eu la force de s'opposer aux rituels franc-maçonniques et égyptiens imposés par son époux. Luc Maurin, entouré de mystérieux amis, s'était inspiré du *Livre des morts* et on avait enfermé Armand comme un païen dans un coffre gravé d'abominations à plumes, de vautours et de cobras. Odette envisageait depuis de transférer la dépouille de son fils dans un cercueil décoré d'une belle et grande croix d'argent, mais elle n'entamerait jamais les démarches, c'était au-dessus de ses forces.

— Prie pour Armand, finit-elle par dire du bout des lèvres sur un ton sec.

Thérèse ne s'attendait pas à autre chose. Un jour peut-être pourrait-elle embrasser sa mère et pleurer longuement sur son épaule. Un jour, Odette entendrait les « maman » de sa fille et abandonnerait ses vêtements de deuil ; elle reviendrait à la vie et à l'amour.

Thérèse s'enferma dans son chagrin et fit semblant de prier. Elle ne croyait plus en Dieu.

Le gouvernement égyptien avait de plus gros soucis. Il avait accumulé une dette phénoménale depuis la construction du canal de Suez. Des dizaines de millions s'étaient volatilisés et, le 4 septembre 1879, avait été rendu un décret rétablissant le contrôle général des finances. L'Angleterre et la France, par l'intermédiaire de sir Evelyn Baring, contrôleur général des recettes, et de monsieur de Blignières, contrôleur général de la comptabilité et de la dette publique, prenaient la direction du pays.

Il y avait cependant des raisons de s'inquiéter.

Les deux puissances occidentales n'avaient pas les moyens de leur politique. Comment prendre en main la destinée d'un pays sans troupes armées à sa disposition ? Comment s'opposer au nationalisme naissant qui, bientôt, emporterait tout ? Français et Anglais utilisèrent dès lors des agents d'influence et l'on vit affluer du vieux continent toutes sortes d'espions et d'aventuriers. Malgré les apparences, Londres et Paris entraient en compétition.

L'Egypte était à prendre et, au-delà, le Soudan.

2

Nen oui héna èf.

L'étonnement se peignit sur les traits de Thérèse. Elle crut d'abord que quelqu'un chuchotait dans la tombe voisine. C'était étrange, elle n'avait vu personne entrer dans l'édifice.

Nen oui héna èf.

Thérèse blêmit. La voix féminine venait de parler à son oreille... en ancien égyptien. Son esprit matérialisa les hiéroglyphes : le faucon, les deux plumes et le placenta qu'elle traduisit par : « Je ne suis pas avec lui. »

Qui n'était pas avec lui ? Qui parlait ? Elle se retourna lentement. Elle était seule avec sa mère. Au loin, une vieille femme recroquevillée au-dessus d'une canne passait entre les tombes sur le chemin du Dragon. Odette demeurait recueillie, absente à toute manifestation extérieure.

Thérèse en conclut qu'elle avait trop travaillé les nuits précédentes. Elle consacrait six à dix heures par jour à la langue des pharaons. Ce parler n'avait plus de secrets pour elle et quelques initiés. Son père et Horace Tabès-Blumberger avaient été parmi les premiers à proposer des règles phonétiques cohérentes inspirées du copte et Thérèse les avait naturellement améliorées en se servant de son intuition. Souvent, elle rêvait qu'elle servait les dieux du Nil habillée en prêtresse. Elle avait l'impression d'avoir vécu au temps des pyramides.

La sueur coula sur son front quand la voix se manifesta à nouveau :

Iag nou mè pèt imou mè douat!

— « Une clameur est au ciel et un gémissement est dans le monde souterrain ! » traduisit en murmurant Thérèse.

Elle ne rêvait pas. Une femme invisible s'adressait à elle.

Iag nou mè pèt imou mè douat!

La répétition annonçait la menace. En un instant le ciel se couvrit. Une grande ombre s'étala sur le cimetière, plomba les anges et les saints sur leur socle, combla les fosses ouvertes, effaça la douleur sur le visage des christs. Thérèse n'essaya pas d'expliquer la présence du gros nuage noir dans le ciel lorsqu'elle releva la tête. Il ressemblait à celui qu'elle avait vu deux heures auparavant, mais il était bien plus grand, bien plus inquiétant. Elle ne put s'empêcher de le comparer à une barque des morts à la poupe et à la proue relevées.

Odette Maurin leva aussi le regard vers ce sombre vaisseau et se mit à dire tout haut :

— En tes mains, Seigneur, je remets mon esprit. Mes jours sont dans ta main, sauve-moi.

Une jeune fille en blanc se matérialisa à ce moment près de l'obélisque et s'adressa à Thérèse en égyptien :

Iou astè hèré yèm aaou.

« Isis gémit beaucoup. » Thérèse se mordit les lèvres et jeta un œil du côté de sa mère. Cette dernière n'avait rien remarqué ; elle était retombée dans la léthargie d'une muette prière.

Tu es la seule à m'entendre et à me voir, continua en français l'apparition.

Les traits de son visage se précisèrent, délicats, mouchetés de grains de beauté, mais elle inspirait l'horreur car elle avait la gorge tranchée en une large plaie noire et boursouflée.

Méfie-toi des serviteurs de Seth. Retrouve le corps de ton père Snéfrou et rends-le à l'éternité... Je n'ai pas beaucoup de temps... Ils arrivent !

— Qui es-tu ? demanda Thérèse d'une voix terrorisée.

Ophélie...

Odette Maurin jeta un regard courroucé à sa fille, mais n'eut pas la possibilité de l'interroger sur ce « Qui es-tu ? ». Un éclair zébra le ciel et toucha le tombeau voisin, aussitôt suivi par une formidable déflagration. La mère et la fille poussèrent un cri. Elles contemplèrent le vaisseau noir dans le ciel. Odette se signa et crut que Dieu les protégeait quand les rayons du soleil percèrent la coque de ce navire envoyé par le diable.

En une minute, l'astre fit fondre les nuées et redonna vie au cimetière. Thérèse avait vu s'effondrer la jeune fille, mais il ne restait rien de ce corps éthéré sur le sol. Elle avait disparu.

Que s'était-il passé ?

Thérèse ne parvenait pas à retrouver sa sérénité. Son esprit rationnel était mis à mal.

— Veux-tu que je te raccompagne ? demanda-t-elle.

— Non, tu peux t'en aller. Je veux rester seule avec Armand. Dimanche, je fais donner une messe à Saint-Sulpice pour ton frère, j'espère que tu y assisteras.

— J'y serai.

Thérèse ne chercha pas à embrasser sa mère. C'était inutile. Odette aurait levé la main en signe de dénégation. En passant devant la tombe voisine, la peur si difficilement refoulée la submergea à nouveau. Le nom d'Ophélie Jestin avait été à moitié calciné et sous les lettres ΩΛΣ, le hiéroglyphe du verrou était apparu.

Il y avait sûrement une explication ! Thérèse ne la lut pas sur les visages des gens qu'elle croisait. Ayant précipitamment quitté le cimetière, elle se jeta dans un fiacre où, recroquevillée sur la banquette, elle prit sa tête entre ses mains. Elle devait d'abord juguler sa peur avant de donner un sens à ce cauchemar.

Le fiacre l'emporta vers une zone de sécurité, vers les grands boulevards où les banques pareilles à des palais côtoyaient les boutiques de luxe. Sur les artères bordées d'arbres et de réverbères en fer forgé, la vie coulait en un flot continu de véhicules, de bêtes et d'hommes. La foule descendait du haut de Belleville et de Montmartre, prenait d'assaut les portes Saint-Martin et Saint-Denis, battait le pavé, débordait des trottoirs et bloquait la circulation. Thérèse s'ouvrit peu à peu à cette ruche. Les zingueurs chantaient sur les toits, les vitriers s'époumonaient sous les fenêtres, les blanchisseuses répondaient aux œillades des ouvriers, les hirondelles les encourageaient de leurs cris aigus. Le printemps fleurait bon l'amour et, sur les bords de Seine, les couples s'enlaçaient.

Face à ce bonheur déployé, Thérèse reprit confiance. Le fiacre longea le fleuve et l'histoire. Il dépassa les îles dominées par Notre-Dame dont les cloches retentissaient. La masse du Louvre s'imposa soudain et rassura définitivement Thérèse.

Le porche franchi, elle se sentit chez elle. Elle avait passé des milliers d'heures dans ce vieux palais où en moins d'une demi-journée on pouvait traverser cinq mille ans d'histoire. Elle y avait caressé des statues, s'était nourrie de mythologie jusqu'à se fondre dans les paysages peints par les maîtres, dans les batailles épiques, au sein des banquets et des foires, en Flandres, en Italie, en Grèce.

Elle passait son temps à les admirer. Il y en avait cependant une qu'elle plaçait au-dessus de toutes : *Les Bergers d'Arcadie* de Nicolas Poussin. Il se dégageait de ce tableau un mystère. Elle avait cinq ans lorsque son père le lui avait fait découvrir. Luc Maurin parlait de « clefs » à son sujet, mais il n'en avait jamais révélé le secret, laissant à sa fille le soin de le décoder à sa manière. Thérèse l'avait étudié pendant des années et avait rédigé plusieurs mémoires, ouvrant de nouvelles pistes aux chercheurs. Elle n'était cependant pas satisfaite et il lui tardait de connaître le fond des pensées de son père.

Etant en avance sur son rendez-vous avec monsieur Tabès-Blumberger, elle se décida à se rendre dans la salle où se trouvait l'énigmatique tableau. Les nombreux visiteurs étaient presque tous invariablement attirés par la Joconde et les œuvres monumentales de la grande galerie. Thérèse abandonna le gros de ce troupeau avec un soupir de satisfaction.

Assis face à l'œuvre sur une chaise pliante, un vieux prêtre en soutane usée en faisait une copie au crayon. Cette présence troubla Thérèse tant elle était inattendue et incongrue. Elle resta à distance du religieux qui s'appliquait et contempla le tableau. Cette représentation des bergers agissait comme un baume chaque fois qu'elle l'approchait, mais elle ne se laissait pas tromper par la tranquille apparence des personnages et le bucolique paysage. Son esprit replaça la scène dans le ciel astronomique ; elle en était arrivée à cette conclusion : la bergère de droite représentait la constellation de la Vierge qui posait sa main gauche sur la constellation du Bouvier, le berger agenouillé n'était autre que la constellation d'Hercule et celui qui posait son bras sur le tombeau figurait le Serpentaire. Pour des raisons extrêmement complexes, elle pensait qu'il s'agissait du tombeau de Virgile face à la ville d'Herculanum. Son père avait salué cette trouvaille tout en lui disant qu'elle n'avait fait qu'effleurer la vérité.

« Et moi aussi en Arcadie », traduisit-elle.

Deux des bergers désignaient « ET IN ARCADIA EGO ». Etait-ce en partie un vers de Virgile ? Thérèse y ajouta VIXI ; elle supposait que ce verbe manquait. La rectification donnait : « Moi aussi j'ai vécu en Arcadie. » Elle essayait de se mettre à la place de Poussin. Une fois de plus, elle examina le tombeau de plus près en espérant découvrir un nouvel élément.

Etait-ce un effet de son imagination ?

Elle colla son œil à la toile et discerna une tache sous le vernis. Des lèpres se propageaient sur les toiles lorsque la lumière et la chimie opéraient de concert. Les battements de son cœur s'accélérèrent. Les contours de la tache se précisèrent sous l'action d'un invisible pinceau.

— Le verrou égyptien, balbutia-t-elle.

Le hiéroglyphe « S » venait de prendre forme sous ses yeux.

— Mademoiselle ?

La voix ne l'atteignit pas ; elle avait rejoint les bergers.

— Mademoiselle !

Elle sursauta et se retourna. Le prêtre la fixait bizarrement en pointant son crayon vers elle.

— S'il vous plaît, écartez-vous un peu du cadre, poursuivit le vieil homme.

— Je suis désolée, bredouilla-t-elle.

Elle était blanche et tremblait.

— Vous ne vous sentez pas bien ?

— C'est que... Non, ce n'est rien, juste un petit malaise... Ça va passer.

Thérèse n'osait plus regarder la toile, elle s'approcha du prêtre et contempla son travail. Ce n'était pas un novice. Le trait précisait certains détails indispensables à la compréhension symbolique de la représentation. Les mains étaient particulièrement mises en valeur.

— Vous avez du talent, dit-elle en maîtrisant sa peur.

— Oh, merci ! Je ne suis cependant qu'un amateur. Un copiste sans imagination qui œuvre pour les sulpiciens de son ordre. Il décorera la sacristie de ma petite église à Rennes-les-Bains. Là-bas, j'aurai tout mon temps pour l'étudier entre deux messes. J'ai une passion pour les énigmes... Vous aussi, n'est-ce pas ?

— Qu'est-ce qui vous fait dire cela ? s'étonna-t-elle.

— L'intuition. Vous n'êtes pas une passante ordinaire. Je vous ai observée. Que pensez-vous des *Bergers d'Arcadie* ?

— Que Poussin les a associés à l'œuvre de Virgile.

— Intéressant... Savez-vous qu'il s'agit d'une carte ?

— Oui, d'une partie du zodiaque.

— D'une partie de notre monde aussi.

Thérèse n'en pouvait plus. La question lui brûlait la langue, elle l'arracha à sa bouche :

— Avez-vous remarqué la tache au bas du tombeau ?

— Quelle tache ?

Thérèse s'arma de courage et regarda le tableau. Le verrou était bien présent, parfaitement représenté avec son cercle et ses deux pattes horizontales.

— Quelle tache ? insista le prêtre.

— Pardonnez-moi, je dois m'en aller, répondit-elle en le quittant précipitamment.

— Prenez garde à vous, il y a des secrets qui tuent ! lui lança-t-il.

3

Thérèse ne savait pas où elle était. Ne raisonnant plus, elle se sentait poursuivie par des forces maléfiques. Le Louvre avait été autrefois le théâtre de meurtres ; il grouillait d'esprits malintentionnés. Quelque chose avait appelé les fantômes des gens assassinés et libéré les âmes des œuvres exposées. Elle vit la *Victoire de Samothrace* agiter ses ailes, du sang couler de la tête d'un saint Jean-Baptiste ; les yeux d'un cheval luisaient. Elle erra longtemps avant de retrouver le chemin du département des antiquités égyptiennes et un semblant de sérénité.

Tu deviens folle, réfléchis un peu ! Tu connais les mathématiques, la physique, la chimie, l'astronomie et tu comprends huit langues anciennes ! C'est assez pour expliquer les phénomènes naturels et les illusions créées par les humains. Les dieux ont cessé d'exister à la chute de Memphis, de Babylone et de Rome et le dieu des juifs, des chrétiens et des musulmans a fini par ignorer les hommes.

Elle chercha une piste rationnelle. Par deux fois, le hiéroglyphe du verrou s'était matérialisé sur des tombaux. Elle n'avait vu personne s'en approcher avant leur apparition. Son œil balaya des écrits égyptiens dans une vitrine. Des verrous désignant la lettre « S » parsemaient les textes ; ils étaient à leur place, parfaitement adaptés au sens des phrases.

C'était de « bons signes » obéissant aux règles grammaticales des scribes.

Thérèse se fit du bien en interprétant la pensée pratique des anciens Egyptiens, mais cette pensée prenait parfois des formes étranges et inquiétantes.

Derrière les vitrines, de hiératiques Bastet, Sekhmet et Anubis taillés dans le granit attendaient d'être ranimés par des paroles sacrées. A nouveau, elle pensa être la proie désignée des dieux du Nil. Elle hâta le pas, croisant des visiteurs poussés par les gardiens vers les sorties. Le musée se vidait. Elle ne fut pas inquiétée par les surveillants. On connaissait la fille du célèbre archéologue et linguiste Luc Maurin, ami de monsieur le conservateur Horace Tabès-Blumberger. Elle avait pratiquement été élevée entre les murs de cette noble demeure, et les employés qui la rencontraient pressentaient qu'elle occuperait bientôt un fauteuil important au sein de l'administration.

Thérèse atteignit les parties du palais interdites au public.

Les bureaux avaient été désertés dès les premiers tintements des clochettes agitées par les chefs de service. Ils sentaient l'encre, le papier, la colle et cette indéfinissable odeur de poussière moisie se dégageant des archives entassées dans les armoires. Entre les classeurs noirs et les registres gris, les antiquités de toutes sortes attendaient d'être diagnostiquées et cataloguées. Des étiquettes pendaient aux cous des statuettes, aux anses des vases, aux manches des armes et des sceptres. Dans un désordre indescriptible, les objets de l'Ancien et du Nouvel Empire, des époques ptolémaïque et romaine, étaient soumis à une approbation qui les propulserait dans l'une des prestigieuses salles du Louvre, mais la plupart iraient rejoindre les réserves du sous-sol et ne verraient plus jamais la lumière du jour.

Le Louvre était aussi une tombe.

Thérèse en prit conscience. Elle avançait avec difficulté en contournant des caisses arrivées quinze jours auparavant par le train. Le couloir qui menait au bureau du conservateur semblait volontairement parsemé d'embûches. Elle les contourna et parvint au but. Le nom du renommé conservateur avait été gravé sur une plaque de cuivre. Il inspirait le respect ; il remonta le moral de Thérèse. Ce guide spirituel l'attendait derrière le battant de la porte légèrement entrebâillée.

Thérèse frappa.

Elle n'entendit pas la voix grave à l'accent lorrain lui dire d'entrer. Elle donna deux coups de plus. Pas de réponse. Repoussant le battant, elle pénétra dans la clarté de la vaste pièce bordée de trois hautes fenêtres et s'immobilisa. Deux Hathor de granit noir grandeur nature veillaient de part et d'autre du bureau ministre chargé de livres et de dossiers. Le conservateur était entre les deux gardiennes, immobile, la face posée sur une liasse de papyrus.

— Monsieur ?

Il ne releva pas la tête.

Thérèse déglutit et s'abandonna à la peur. Ce sentiment avait pris racine au cimetière du Père-Lachaise, il n'avait cessé de croître depuis dans son esprit et sa chair, triompha.

— Monsieur ! cria-t-elle.

Tabès-Blumberger ne bougea pas. Il dort, se persuada-t-elle. Elle mit cette surdité sur le compte de l'âge avancé de l'honorable vieillard dont elle voyait le crâne couronné de cheveux blancs.

Tu dois lui venir en aide, lui dicta soudain sa conscience alors que s'imposait l'idée d'un malaise cardiaque.

Un pas après l'autre, soulevant des semelles lestées de plomb, elle contourna le bureau et s'immobilisa tout près du corps qu'elle n'osa pas toucher. Tabès-Blumberger était un personnage important, craint et respecté par la communauté scientifique internationale; Thérèse et toute une génération de jeunes chercheurs lui vouaient un véritable culte.

— Monsieur, c'est moi, Thérèse Maurin, dit-elle en se penchant vers lui.

Elle aurait tout aussi bien pu s'adresser à l'une des deux Hathor aux longues oreilles de vache; il n'entendait rien. Le réveiller devenait urgent; elle ne voulait pas se laisser surprendre par la nuit. Au-delà des fenêtres, la Seine commençait à rougir sous le feu déclinant du soleil, le ciel s'embrasait, les façades rosissaient, l'heure crépusculaire chassait les pêcheurs à la ligne. Bientôt les abords du Louvre appartiendraient aux prostituées et aux mauvais garçons... et le musée aux revenants.

Sa main mal assurée se posa sur l'épaule du conservateur. Il n'eut aucune réaction. Elle lui donna une secousse, puis une autre. S'enhardissant, elle le prit par les deux épaules et le redressa sur son fauteuil. Il s'affaissa la tête en arrière et Thérèse poussa un cri.

Un poignard était planté dans sa poitrine. Le vieil homme perdait du sang par la bouche ouverte. Sa barbichette blanche en était imprégnée. Les papyrus sur lesquels avait reposé son visage en étaient imbibés. Ses yeux d'un bleu vitreux la regardaient. Une muette incompréhension se peignait sur cette face ascétique. Il avait été surpris.

Thérèse imagina la scène, la rapidité de l'exécution, la force du meurtrier. La lame était complètement enfoncée. Le manche entièrement sculpté d'arabesques était en ivoire. C'était une arme ancienne et de grande valeur. Des lettres arabes s'inscrivaient sur la garde recouverte d'or. Thérèse parlait et lisait parfaitement l'arabe. Elle traduisit aussitôt la partie visible du texte : «... s'abattre sans que personne le puisse conjurer...». Ce fut alors qu'elle aperçut le papyrus, roulé dans la main gauche du cadavre. Instinctivement, elle le détacha des doigts crispés, puis le glissa dans le cartable qu'elle portait en bandoulière.

Tout s'était déroulé très vite depuis qu'elle avait alerté le gardien-chef de nuit. Une armée de policiers avait déboulé dans le musée. Eclairés par des dizaines de lampes à pétrole que les agents avaient récupérées dans les autres bureaux, cinq inspecteurs fouinaient dans la pièce du crime, à la recherche d'indices. Le gardien-chef du Louvre était au garde-à-vous, terrorisé par la vue du cadavre qu'on avait déposé sur le sol et autour duquel s'affairaient deux médecins accrédités par les autorités. Il désirait s'en aller, mais le patron de la meute policière ne l'avait pas encore interrogé. Il s'entretenait avec mademoiselle Maurin depuis plus d'une demi-heure, la harcelant de questions.

— Vous n'avez rien remarqué de particulier?

— Non, mentit-elle en soutenant le regard myope de cet homme tenace dont elle devinait l'intelligence et la ruse.

Les yeux du commissaire René Vaissière paraissaient minuscules derrière les verres épais des lunettes posées sur le bout de son nez épais et busqué, réduits à deux têtes d'épingle étincelantes. De haute stature, les cheveux grisonnants peignés en arrière, René Vaissière était élégamment vêtu ; sur le revers de sa veste anglaise, la rosette de la Légion d'honneur prouvait qu'il avait rendu de grands services à l'Etat. Toujours en mouvement, il marchait comme un danseur d'opéra et avait des délicatesses de précieuse du Grand Siècle. Ses longues mains virevoltaient sur les objets ; d'une caresse, il les classait dans son répertoire mental. Il ne ressemblait guère à un fonctionnaire de la police ; il était cependant considéré comme le meilleur limier de son corps… et le plus opportuniste.

— Vous l'avez donc redressé sur son fauteuil?

— Oui.

C'était la troisième fois qu'il lui demandait cela. Thérèse répondait à l'économie.

— Et vous n'avez rien déplacé sur son bureau?

— Non.

— Le vol ne semble pas être le mobile dans cette affaire, expliqua le commissaire. Monsieur Tabès-Blumberger avait trois mille francs sur lui, une sacrée somme ! A votre connaissance, était-il joueur ?

— Pardon ?

— Jouait-il aux cartes, aux dés, à des jeux d'argent ?

— Vous salissez sa mémoire ! Monsieur Tabès-Blumberger consacrait sa vie aux antiquités et aux langues anciennes. Certes, il dépensait des sommes considérables, mais c'était toujours pour acquérir de nouvelles œuvres.

— Ne vous énervez pas, mademoiselle Maurin, je cherche une raison à ce meurtre... Nous ne sommes pas en présence d'une affaire ordinaire. Le conservateur était un ami du président, comme l'est votre père. Il n'a pas été tué par balle, mais par une arme de collection, dit le commissaire.

Il empoigna l'arme que l'un des médecins avait retirée de la poitrine et donna un coup en l'air de haut en bas, reproduisant le geste de l'assassin.

— C'est un poignard abbasside du XIIIe siècle, dit Thérèse.

Le commissaire lui jeta un regard de biais ; il n'aimait pas recevoir de leçon en présence de ses hommes, surtout de la part d'une femme. Il eut cependant assez de tact pour la complimenter :

— Vous auriez votre place dans nos services. Nous manquons de spécialistes. Que pensez-vous de cette calligraphie sur la garde ? demanda-t-il en lui tendant le poignard.

Thérèse recula. L'objet l'effrayait ; le sang avait séché sur la lame courbe. Elle avait été forgée à Bagdad ou à Damas par un maître armurier. Une magie l'imprégnait.

— Vous ne risquez rien, ironisa le commissaire.

Piquée au vif, elle s'en empara résolument et la fit tourner sur son axe, découvrant en entier l'inscription :

Le châtiment de ton Seigneur à coup sûr s'abattra
Sans que personne le puisse conjurer
Au Jour où le ciel roulera d'un roulis
Où les montagnes marcheront leur marche.

— Je ne connais pas assez l'arabe, je suis désolée, mentit-elle. Vous allez devoir faire appel à un vrai spécialiste, ironisa-t-elle à son tour en lui remettant l'arme.

D'instinct, le commissaire Vaissière sut qu'elle ne disait pas la vérité. Il avait lu de la satisfaction dans le beau regard sombre de la jeune femme. Il fit semblant d'être déçu.

— Dommage, nous aurions gagné du temps. C'est tout pour cette nuit, mademoiselle Maurin. Vous pouvez rentrer chez vous ; l'un de mes hommes va vous accompagner et vous trouver un fiacre. Bréguet !

— Oui, commissaire, répondit un inspecteur.

— Vous avez entendu ?

— Oui, monsieur.

— A bientôt, mademoiselle Maurin.

— Adieu, lança-t-elle comme un défi en lui tournant le dos.

4

Trois jours et trois nuits durant, Thérèse avait essayé de donner un sens à la journée fatidique au cours de laquelle l'ami de son père, Horace Tabès-Blumberger, avait trouvé la mort. Ce drame n'avait guère affecté sa mère. En apprenant la nouvelle, Odette Maurin avait laconiquement dit : «Voilà ce qui arrive lorsqu'on trafique sur le dos des morts. Ton père devrait en tenir compte et ne plus fouiller ces maudites pyramides en Egypte.»

Ne voulant pas polémiquer, Thérèse avait préféré retourner chez elle afin d'en finir avec toutes ces énigmes. Malgré sa capacité de réflexion et son sens de l'analyse, il lui avait été impossible d'établir un lien entre les événements. Les avertissements du fantôme de la jeune fille au Père-Lachaise, l'illusion sur le tableau des *Bergers d'Arcadie*, sa rencontre avec le prêtre de Rennes-les-Bains et l'assassinat du conservateur défiaient la logique.

Elle avait cependant marqué un point en trouvant l'origine du texte arabe ciselé sur la garde du poignard abbasside. Il s'agissait de quatre versets de la cinquante-deuxième sourate du Coran, appelée «le Mont en qui les savants voyaient le Sinaï». Le livre sacré de l'islam n'avait pas de secrets pour elle. Sous la conduite de son père, puis sous celle d'un professeur marocain qui donnait des cours aux particuliers, elle avait appris à écrire et à lire le Coran et les œuvres poétiques arabes.

La nuit avait été longue. Thérèse avait épluché deux biographies de Poussin et un mémoire sur le dieu Seth. Elle s'alanguissait au creux de son lit qu'elle partageait avec deux douzaines de livres et de nombreux cahiers aux pages couvertes de notes et de dessins.

En fin d'après-midi, elle se rendrait à Saint-Sulpice avec sa mère. On y célébrerait la messe anniversaire à la mémoire d'Armand. A quoi bon ? Elle aurait voulu être loin de Paris. Elle se mit à rêver aux mosquées du Caire, aux palais des sultans, aux souks grouillants de vie, aux mystérieuses pyramides tremblant sur le désert brûlant, aux colères du Nil. Elle avait beaucoup lu d'ouvrages savants sur ce pays et les longues lettres de son père la nourrissaient de précieux détails. Il ne décrivait pas seulement les antiques monuments dans lesquels il menait ses recherches, il parlait aussi des habitants, des mœurs, de l'islam. Thérèse se réfugia quelques instants là-bas. Il lui sembla entendre les muezzins appeler les fidèles, les paysans chanter dans les champs, les chameaux blatérer. Sans l'expliquer, elle sentait que cette terre était la sienne. Elle prit le Coran ouvert à la page de la cinquante-deuxième sourate et se mit à lire à haute voix :

— « Au nom de Dieu, le Tout-Miséricorde, le Miséricordieux
« Par le Mont
« Par l'écriture en lignes
« Sur un parchemin étalé
« Par la Maison fréquentée
« Par la voûte élevée
« Par la mer abondée
« Le châtiment de ton Seigneur à coup sûr s'abattra
« Sans que personne le puisse conjurer
« Au Jour où le ciel roulera d'un roulis

«Où les montagnes marcheront leur marche :
«En ce jour-là malheur à ceux qui démentent
«A ceux qui se jouent mal à propos
«Au Jour où ils seront projetés dans le feu de la Géhenne
«Voici le Feu que vous démentiez
«Alors, n'est-ce que sorcellerie, ou ne voyez-vous pas clair?
«Brûlez-y! Endurez, n'endurez pas : vous pâtirez
«De même, en juste récompense de ce que vous pratiquiez.»

Thérèse récitait, exaltée par la puissance du texte. Elle reprit son haleine, mesura le manque d'espace et eut envie de repousser les murs, de les abattre, de se fondre dans le soleil conquérant. Dans la rue de Rennes, un cheval se mit à hennir, puis ce fut le silence. La magie de la sourate n'opérait plus; Thérèse referma le Coran et contempla le papyrus qu'elle avait dérobé à Tabès-Blumberger. L'incrédulité lui fit hausser les sourcils et entrouvrir les lèvres. Elle n'avait jamais rien lu de pareil. Ce manuscrit contenait deux signes inconnus et des séries de points accolées aux hiéroglyphes. Elle l'avait interprété au mieux :

O Dorée, comme ces chants sont merveilleux
Mille vingt-quatre sous le ciel méridional
Seize mille six cents sous le Mur Blanc
Semblables aux chants d'Horus lui-même.
Pharaon chante en maître de ce chœur
Il est l'enfant qui agite le sistre
Et repousse les envahisseurs de la mer.

A première vue, ce papyrus paraissait ancien. Il avait cependant une étonnante texture, comme s'il venait d'être fabriqué. Thérèse savait reconnaître un faux. Celui-ci en était un. Il avait été adroitement vieilli par l'un de ces artistes du Caire ou d'Alexandrie qui proposaient des «pièces de valeur» aux amateurs non éclairés.

Quelle était sa fonction ? En quoi pouvait-il intéresser Tabès-Blumberger, savant d'envergure, homme avisé, pourfendeur de faussaires ? Que signifiaient les points et ces deux signes : un cercle inscrit dans un carré et une couronne surmontée d'une barque ?

Elle s'était posé ces questions à maintes reprises. Une seule personne pouvait l'éclairer : son père. Elle n'avait aucune raison de rester à Paris à présent. Elle le rejoindrait avant l'automne. C'était décidé !

Elle releva la tête. Les rumeurs de la ville ne parvenaient plus à ses oreilles, si ce n'étaient des chuchotis et des vibrations venant des appartements voisins. Logiquement, elle n'aurait pas dû les entendre ; en plein jour, les bruits de l'immeuble étaient étouffés par le roulement des véhicules sur les pavés. Thérèse quitta son lit, resserra sa robe d'intérieur froufroutante et s'approcha de la fenêtre.

La circulation était dense. Fiacres, calèches, charrettes et omnibus formaient des convois. Les cochers criaient, les fouets claquaient, les passants par centaines arpentaient les trottoirs, mais elle ne les entendait pas.

Elle serra les poings ; cette fois, elle ne se laisserait pas impressionner par des tours de prestidigitateur ! Elle se concentra sur les phénomènes acoustiques. Les chuchotis persistaient, les vibrations augmentaient. Elle en localisa l'origine.

— Ils sont sur le palier ! dit-elle en sortant de la chambre.

Elle traversa en trombe son bureau et ouvrit brusquement la porte d'entrée.

Son cri d'effroi fit sursauter l'homme appuyé à la rampe de l'escalier.

— Inspecteur Bréguet ! s'étonna-t-elle d'une voix coléreuse. Que faites-vous ici ?

— J'assure votre protection, bredouilla le jeune inspecteur en rougissant.

Son regard avait glissé le long de la robe d'intérieur de

Thérèse qui, sans être transparente, n'en était pas moins suggestive avec son sage décolleté bordé de dentelles et sa coupe qui laissait les bras à nu et les chevilles découvertes.

Thérèse ne s'en offusqua pas. Elle ne le considérait pas comme un homme. Il avait le visage poupin, imberbe, de longs cils, une bouche en forme de cœur, des cheveux d'un jaune fade, et il sentait l'eau de Cologne bon marché.

— De quel droit ? Je n'ai nul besoin d'être protégée !

— Je ne fais qu'obéir aux ordres du commissaire Vaissière.

— Et vous perdez votre temps ! Vous seriez plus utile en enquêtant sur ce meurtre abominable. Votre commissaire a-t-il résolu l'énigme ?

— Non, il n'y a apparemment aucun mobile... En fait, je ne suis pas dans la confidence. Cette affaire se traite en haut lieu et, en haut lieu, on estime que vous êtes en danger.

— Moi, en danger ? Qui me voudrait du mal ?

— Je l'ignore, mademoiselle.

— Eh bien, protégez-moi donc, mais tenez-vous toujours à distance, je ne veux pas vous voir entrer dans mon champ de vision ! conclut-elle sèchement en refermant la porte au nez du policier.

Thérèse était furieuse. Elle en avait oublié les chuchotis et les vibrations. Les sons de la rue parvenaient à nouveau à ses oreilles, rassurants. Elle soupira. Elle devait se préparer pour la corvée. Sa mère l'attendait.

5

L'appartement était sombre et sentait le renfermé. Les fenêtres s'ouvraient rarement sur les persiennes entrecroisées et le jardin du Luxembourg où s'égaillaient les Parisiens. La gorge serrée, Thérèse laissa son regard s'adapter à la pénombre. Sa mère vivait en recluse dans ce vaste huit-pièces entretenu par Adèle, la vieille servante arlésienne qui venait de l'embrasser après lui avoir ouvert la porte. Les plantes gigantesques s'appropriaient les lieux. Aechmea, ficus et sansevieria verdissaient l'artificielle nuit, enveloppant les antiques statues égyptiennes, grecques et romaines ramenées par son père.

Il lui vint des souvenirs de petite fille, quand elle s'adressait à ces êtres de granit et de marbre, confiant ses menus malheurs et se plaignant de son frère, l'affreux garçonnet qui lui tirait les tresses et la pinçait.

Armand, pensa-t-elle en regrettant le temps où tous deux découvraient le monde magique dévoilé par leur père.

Armand ne se cachait plus derrière les statues pour la surprendre. La voix de Père ne s'élevait plus jusqu'aux moulures des plafonds ; maman ne chantait plus de berceuses en provençal. Le temps s'était arrêté, les pendules ne marquaient pas les heures. On ne les avait pas remontées depuis le décès d'Armand, car Odette Maurin refusait d'entendre les tic-tac et les sonneries qui lui rappelaient la ronde de la Terre et des étoiles autour du Soleil, les apparitions de la Lune et le renouveau de la vie. Elle luttait contre les grands rouages de l'univers tout en s'accrochant aux souvenirs, certaine de retrouver son fils dans des cieux où le temps n'aurait plus prise. La seule horloge fonctionnant se trouvait dans la chambre d'Adèle qui, de plus, portait une montre à gousset dans l'une des poches de sa robe de serge grise.

— Maman va mieux? demanda Thérèse à la servante.

La vieille Adèle hocha la tête en soupirant. C'était un signe de désespérance, habituel sous ce toit. Il signifiait que «Madame» n'avait rien avalé depuis deux jours, jeûnant en raison de la messe à venir.

— Il faut faire quelque chose, finit-elle par dire avec un accent provençal marqué.

— On ne peut pas l'aider, tu le sais très bien.

— Tu es trop dure avec ta mère!

Elles se tutoyaient depuis que Thérèse savait marcher, plus proches l'une de l'autre que ne l'étaient une mère et sa fille, s'aimant sans contrepartie. Adèle avait élevé Thérèse; elle avait demandé à Dieu de prendre sa vie quand la «pitchoune» avait contracté la rougeole, tremblait à l'idée de la voir rejoindre un jour monsieur Maurin chez les infidèles et s'inquiétait quand les fils de bonne famille manifestaient des intentions de mariage. Elle planta son regard aux paupières lourdes dans celui de sa jeune protégée.

— Tu entends ce que je te dis?

— J'aime maman, répondit simplement Thérèse en contenant ses larmes.

Adèle la prit dans ses bras.

— Ma pauvre petite... ma pauvre petite.

L'effusion ne dura pas. Thérèse passa le dos de sa main sur ses yeux et se reprit. Après une inspiration profonde, elle se dirigea vers la chambre de sa mère.

Odette contemplait les deux photos sépia encadrées de bois de rose sur la commode. Deux cierges les éclairaient. La première représentait Armand en aube de communiant ; la seconde le montrait en fier soldat de l'Empire. Odette se perdait dans le double regard de ce fils lointain qu'elle appelait de tout son cœur. Sur le lit, elle avait étalé l'ensemble bleu marine qu'Armand portait à l'âge de dix ans. Il lui arrivait d'étreindre ces vêtements et de les sentir sans retrouver l'odeur de sa chair chérie.

Son regard se vida quand Thérèse entra et, d'une voix monocorde, elle constata :

— Tu es déjà... Ah ! C'est donc l'heure d'y aller.

Elle n'esquissa pas le moindre geste d'affection. Elle avait l'air d'une Parque à la robe empesée de plis et de festons, au plastron de soie noire sur lequel brillait une petite croix d'or. L'irruption de sa fille la troublait ; elle détourna la tête.

— Laisse-moi me préparer.

— Maman...

— Laisse-moi !

— Je vais t'attendre dans le bureau de papa, répondit Thérèse le cœur gros.

L'immense tableau occupait dix-neuf mètres carrés du mur. Thérèse n'avait jamais su pourquoi son père l'avait commandé, et encore moins pourquoi il n'était pas achevé. Un sixième de la toile attendait d'être rempli par le pinceau de l'artiste fou qui avait travaillé sur les conseils de Luc Maurin.

La fascination s'empara de Thérèse ; nul ne pouvait y échapper. Sur les collines et au sein des vallées, les cités n'étaient que palais, châteaux, temples à colonnes, frontons baroques, pyramides aux lignes pures, minarets ciselés, statues d'or, stupas de bronze, gargouilles de fer, ponts de cristal, cascades de feu liquide, rues pavées d'argent, jardins suspendus... Et un peu partout des coryphées et des prêtres de toutes religions entraînaient des chœurs dont les chants devaient monter jusqu'aux nuages roses d'un ciel de cuivre. Des hommes et des femmes faisaient ripaille autour de longues tables chargées de victuailles. Là, des danseurs en tenue d'officiers impériaux et des danseuses en robes-fleurs tournoyaient au rythme d'une valse sur une mosaïque de marbre. Ailleurs, dans un palais persan, des bayadères aux voiles diaphanes charmaient un prince étendu sur des coussins de soie, tandis qu'aux créneaux d'une forteresse voisine, de mystiques sadous tendaient leurs bras vers une tribu africaine jouant du tam-tam.

Thérèse se perdait dans les détails, se perdait tout court. Il y avait quelque chose d'hypnotique dans cet ensemble qui semblait se renouveler à chacune de ses visites. Son œil glissa sur les cités vivantes et se figea au centre de l'œuvre où les terribles Seth, Khonsou et Sekhmet dominaient de leur haute stature des milliers de tombes et de mastabas. Cette triade répandait des maux, commandait aux morts de se lever, aux démons de voler. Au sein de ces cimetières se formaient d'antiques phalanges, des armées médiévales, des cavaleries de toutes époques, menées par des princes casqués, des seigneurs barbares, des rois perses, des empereurs romains, des sultans et des papes guerriers. Des soldats aux cheveux ondulant sur les épaules bardées d'acier, la barbe salie de terre et de sanie, des bijoux grossiers au col, aux poignets et aux chevilles côtoyaient de sveltes fantassins à la peau brune et au torse nu, de farouches Amazones tendant leur arc et des légionnaires brandissant des enseignes. Ces contingents ressuscités par les puissants dieux de l'Egypte arboraient boucliers, rondaches, écus et targes décorés de hiéroglyphes, de têtes monstrueuses, de figures allégoriques et de symboles magiques. Haches, massues, épées, pilums, javelots, piques hérissaient ces cohortes qui avaient pris le mors aux dents dans le royaume des défunts en compagnie de scorpions, de stryges, de goules, de loups-garous, de bêtes sans nom à six pattes, à huit cornes, assoiffés du sang des vivants.

Cette abominable multitude franchissait un fleuve et se lançait à l'assaut des flancs arides d'une montagne bordant la partie inachevée du tableau. Les vivants se tenaient là, Thérèse en était persuadée. Elle fixa la surface blanche en essayant d'imaginer les personnages. De quelle bataille s'agissait-il ? Son père ne lui avait jamais donné d'explication ; elle le soupçonnait même d'en être incapable. Ses yeux se plissèrent, son cœur se mit à tambouriner contre ses côtes…

De minuscules coups de pinceau avaient été ajoutés dans le coin supérieur. Ils n'y étaient pas lors de sa dernière venue. Elle voulut avoir la certitude que ce n'étaient pas des moisissures et alla chercher l'escabeau de la grande bibliothèque faisant face au tableau.

Elle grimpa lentement.

Ce n'était pas des moisissures, mais l'amorce d'une crinière, d'un cartouche, d'une oreille noire et pointue et d'un rayon de soleil. Elle ne pouvait pas croire que l'artiste avait travaillé en l'absence de son père.

Maman ne le permettrait pas ! se dit-elle.

Si personne n'était entré dans cette pièce… Thérèse refusa l'idée d'une opération du Saint-Esprit ou l'intervention d'une entité de l'au-delà. Du bout de l'index, elle toucha les peintures. Elles étaient sèches, vierges de vernis, comme le reste de l'œuvre. Elle huma la toile, aspira de la poussière.

Elle a toujours été ainsi peinte, se dit-elle en forçant un peu sa conclusion.

Elle demeura quelques instants dubitative. Comment ces détails avaient-ils pu lui échapper ? Elle, si observatrice ! Elle se creusa la mémoire et se revit avec son père neuf ans plus tôt, admirant l'adresse de l'artiste juché sur son échelle. Ce dernier donnait forme et couleur à la montagne. Il n'avait jamais terminé les ombres des ravins. Neuf ans déjà ! Elle réalisa soudain qu'elle ne connaissait pas son nom. Juste son prénom : Alexandre...

— Que fais-tu là-haut? cria sa mère en entrant soudain dans le bureau.

Thérèse faillit tomber; elle se rattrapa au montant de l'escabeau. Odette Maurin enchaîna :

— Un jour, je ferai décrocher cette horreur et je vendrai vos antiquités! Tous nos malheurs viennent de vos collections morbides. Ton père et toi vous vous complaisez au milieu des morts, des momies et des objets païens ayant appartenu à d'abominables faiseurs de magie noire. Il faudrait... il faudrait les jeter... dans la Seine... oui... qu'ils disparaissent dans les eaux...

Odette se mit à bredouiller; elle s'effondra soudain en larmes.

— Je n'ai pas voulu de cette vie... Oh mon Dieu, ayez pitié...

— Maman!

Thérèse tenta de la prendre dans ses bras, mais sa mère la repoussa :

— Ne me touche pas! Tu es noire de péchés!

— Que se passe-t-il ici?

Adèle venait d'apparaître, la tête serrée dans un fichu noir. La servante avait le don de calmer madame Maurin.

— Vous ne devriez pas pénétrer ici, vous savez bien que cette peinture vous met dans tous vos états.

— Elle est maléfique, dit Odette, je le sens.

— Ce n'est qu'un barbouillage et il n'est même pas terminé, et c'est tant mieux! expliqua Adèle. Vous voilà bien à présent avec vos yeux gonflés.

— Ils gonfleront de toute manière à l'église, répondit Odette en pensant à la messe.

Adèle plaignit silencieusement Odette. Madame Maurin ne serait pas la seule à verser des larmes sous le regard du Christ.

6

Après avoir croisé le regard méprisant de mademoiselle Maurin, l'inspecteur Bréguet s'était attaché aux pas des trois femmes. Respectant la volonté de Thérèse, il les suivait à bonne distance. La demoiselle se déplaçait avec une sorte de majesté et de grâce naturelles. Elle lui inspirait des pensées d'amour, des idées charnelles, des baisers volés sous les porches, l'envie de composer des poèmes, mais il n'avait pas le talent d'un troubadour ni la superbe d'un chevalier.

Ses sens de limier n'étaient pas en alerte. Des gens ordinaires, des familles sans histoire, des ouvriers et des bourgeois déambulaient dans la bonne humeur le long des trottoirs. Mademoiselle Maurin n'était pas en danger dans ce quartier occupé en majorité par des bonnes sœurs et des curés. Le jeune inspecteur se sentait inutile. Le commissaire Vaissière, dans son souci de plaire au gouvernement, faisait du zèle. Son supérieur avait mobilisé vingt hommes sur l'affaire Tabès-Blumberger que la presse, manipulée par ses soins, avait montée en épingle.

Bréguet, cependant, ne se plaignait pas. Cette mission de routine lui plaisait. « Protéger » officiellement mademoiselle Maurin lui ouvrait des perspectives et neutralisait sa timidité. Il aurait juste voulu que la belle lui témoignât plus de sympathie. Un sourire de sa part et il se serait cru promu au rang de prétendant.

Il caressa du regard la nuque de Thérèse, mise en valeur par l'enroulement savant d'un chignon posé derrière la tête.

Thérèse se savait observée par le policier. A aucun moment elle ne tourna la tête dans sa direction. Elle doutait de l'efficacité de ce rougissant gringalet si quelqu'un venait à l'agresser. Elle oublia sa présence dès qu'elle aperçut les tours de Saint-Sulpice.

Le temple opulent de pierres de taille se dressait au sein du quartier occupé par les ordres religieux, telle une forteresse construite dans le but de défendre un trésor sacré et secret. Deux cent trente-quatre ans plus tôt, la régente Anne d'Autriche avait déposé la première pierre de cet immense et inquiétant édifice mal aimé des habitants du coin.

Thérèse en faisait partie; elle ne croyait pas à la bonne parole des défenseurs de Saint-Sulpice : « C'est pour Jésus seul, non pour leur propre gloire, que les bâtisseurs de cette église ont voulu la faire noble et belle. Tout ici converge vers le Christ. »

Non, tout ici ne convergeait pas vers le Christ. Dans des temps reculés, quand Paris s'appelait Lutèce, il y avait là un temple d'Isis. Les forces rayonnaient vers la façade, entraînant tout ce que la capitale comptait de prêtres, de novices, de diacres, de moines et de sœurs non cloîtrées des ordres charitables. Les trois femmes se mêlèrent aux groupes d'hommes et de femmes en robes qui se hâtaient en toute humilité vers les colonnes majestueuses.

Comme sa mère et Adèle, Thérèse courba la tête en entrant, s'inclina devant le bénitier pour marquer son corps d'une croix pure, avant de s'avancer dans la nef gigantesque à peine éclairée par les dentelles d'une multitude de cierges. Des centaines de flammes agitées par d'imperceptibles courants d'air tremblaient dans les stations du chemin de croix. En d'autres temps, quand elle apprenait le catéchisme et se préparait à la communion, Thérèse était sensible à cette foi étalée.

Que de bougies, que de prières, que de vœux et de contrition dépensés en vain. Un million de *Notre Père* n'auraient pas ramené Armand. Thérèse n'en était pas moins émue ; elle balaya lentement de l'œil cet espace, découvrit les amis et les relations de ses parents réunis sous la chaire autour de deux secrétaires d'Etat, de cinq parlementaires, d'une duchesse et d'un évêque. Emanations de l'Empire déchu, ces rentiers richement vêtus, millionnaires pour la plupart, contrastaient avec la Vierge en marbre blanc imaginée par Jean-Baptiste Pigalle. Les visages de cette caste se fendirent d'un sourire compassé en apercevant les trois femmes dans l'allée centrale.

Thérèse n'aimait pas ces gens, et elle eut une pensée pour son père qui avait cessé de les fréquenter. Ils appartenaient à une époque révolue. Elle évita leurs regards lourds d'hypocrisie et de fausse tendresse et porta de l'intérêt aux vrais habitués de Saint-Sulpice. Ici, des sœurs de la Charité demandaient une faveur à saint Paul, leurs faces blêmes levées vers la statue reflétaient leurs espoirs et leur foi. Là, un curé s'agenouillait, la tête baissée sur les sandales de saint Jean-Baptiste, en demandant de soulager les souffrances des pauvres. Beaucoup de prélats cherchaient à atteindre la béatitude en s'enivrant de saintes paroles.

Thérèse devinait les mots qui tombaient des lèvres, des mots de pitié, des mots sanctifiés, des mots à la gloire du Christ et de son représentant sur terre, le bien-aimé pape Léon XIII ennemi de la France républicaine. Les requêtes montaient vers les saints polychromes dont les regards extatiques se perdaient dans les profondeurs de l'église. Les scènes se répétaient de station en station, mais ce qu'elle découvrit dans la chapelle des Saints Anges lui glaça les sangs.

Sous le plafond représentant saint Michel terrassant le dragon, assis sur une chaise pliante, l'abbé rencontré au Louvre devant *Les Bergers d'Arcadie* dessinait *Héliodore chassé du temple*.

Thérèse fut sur le point de se diriger vers lui, mais les amis de la famille les entourèrent. Quelqu'un lui tendit une main molle ; elle déposa un baiser sur une joue moite, sentit des parfums de prix, de subtils effluves de crèmes, jusqu'à l'écœurement, écouta distraitement ce qu'on lui disait car son esprit était dans la chapelle des Saints Anges, jusqu'au moment où une voix basse s'adressa à elle :

— J'éprouve de la peine à votre égard, mademoiselle Maurin. Vous aviez de l'affection pour monsieur Tabès-Blumberger.

Rompant avec le fil qui la reliait à l'abbé de Rennes-les-Bains assis dans la chapelle, Thérèse examina son interlocuteur. Il avait des yeux vifs et intelligents, une fine moustache, des lèvres pleines et une quarantaine d'années. Il poursuivit :

— Je suis un admirateur de votre père.

— Qui êtes-vous ?

— Félix Faure, sous-secrétaire d'Etat aux colonies, pour vous servir.

— Mon père me manque, répondit-elle. J'irai bientôt le rejoindre.

— Nous ne pourrons pas vous protéger en Egypte.

— Expliquez-vous !

Félix Faure mit l'index en travers de sa bouche, puis se détourna d'elle. Le prêtre et les enfants de chœur venaient d'apparaître. On prenait place ; les femmes d'un côté et les hommes de l'autre. Thérèse ne put en savoir davantage et se sentit à nouveau aux prises avec des événements qui la dépassaient.

Thérèse avait été la seule à ne pas communier, à ne pas chanter, à ne pas prier. Dissimulé dans l'ombre, près de l'obélisque du gnomon solaire, l'inspecteur Bréguet avait noté les signes de nervosité de la jeune femme. De temps en temps, elle regardait en direction de la chapelle des Saints Anges où un vieux prêtre dessinait. Etant athée, Bréguet ne fréquentait guère les églises, sauf lorsqu'une enquête le conduisait dans l'une d'elles. Saint-Sulpice, où il n'était encore jamais entré, n'inspirait pas la quiétude. On avait l'impression d'être à l'intérieur du corps d'une bête monstrueuse... ou dans une caverne sculptée par les initiés d'une civilisation disparue. Le lieu lui paraissait énigmatique, il n'expliquait pas la présence du gnomon dont le fil de cuivre cheminait en un arc de cercle vers l'autel. Il contempla l'obélisque; sur ce monument païen, une main chrétienne avait gravé :

> QUE DOIS-JE CHERCHER DANS LE CIEL.
> ET QUE PUIS-JE DÉSIRER SUR LA TERRE.
> SINON VOUS-MÊME, SEIGNEUR.
> VOUS ÊTES LE DIEU DE MON CŒUR ET L'HÉRITAGE
> QUE J'ESPÈRE POUR L'ÉTERNITÉ.

Tout à sa lecture, Bréguet n'entendit pas l'amen de l'officiant. Quand il se tourna vers l'assemblée des fidèles s'acheminant lentement vers la sortie, Thérèse avait disparu. Madame Odette Maurin, la servante et une autre femme conversaient avec le curé. Son cœur poussa un galop. Il quitta le gnomon, fit une vingtaine de pas dans l'allée centrale et regagna la protection d'un pilier en voyant mademoiselle Maurin en compagnie d'un homme à la belle prestance discuter sous la bienveillante statue de sainte Geneviève.

— Il ne s'agit pas d'un crime crapuleux, dit Félix Faure.

— Que savez-vous sur ce meurtre ?

— Les intérêts de la France sont en jeu, je ne peux vous en dire plus. Pour votre malheur, vous étiez proche de Tabès-Blumberger et vous êtes la fille de Luc Maurin. Ces liens vous font courir un très grand danger.

— Vous mêlez mon père à cette affaire ? Il est au Caire, il n'est pas revenu en France depuis trois ans.

— Nous le rapatrierons en temps voulu. Je vous le demande en toute amitié, mademoiselle Maurin : ne vous rendez pas en Egypte.

— Monsieur le sous-secrétaire d'Etat aux colonies, personne sur cette terre ne m'empêchera de traverser la Méditerranée. Ni vous, ni le président de la République, ni Dieu, dit-elle en se tournant vers le Christ en croix.

— Je vous admire, mademoiselle, mais je crains que nous ne soyons forcés de vous assigner à résidence.

— Vous m'assignerez en Egypte, à Dachour ou à Gizeh, ironisa-t-elle en s'éloignant.

Elle fut rattrapée par Adèle qui la sermonna et la somma de soutenir sa mère, mais Thérèse prétexta qu'elle avait besoin d'être seule et renvoya la servante.

7

L'inspecteur Bréguet ne quitta plus Thérèse, respectant la distance qu'elle lui avait fixée. Elle se rendit dans la chapelle des Saints Anges, mais n'entra pas immédiatement, observant l'abbé sur sa chaise. Bréguet se demanda pourquoi elle était attirée par ce religieux. Quand ce dernier lui adressa la parole, il en déduisit qu'elle le connaissait. Hélas, il était trop loin pour entendre ce qui se disait.

— Chère mademoiselle, c'est un plaisir de vous revoir.

Thérèse avait envie de saisir cet homme chétif par le col et de le malmener jusqu'à ce qu'il lui révèle la raison de sa présence dans cette église, mais la crainte l'empêchait d'agir. Elle se décida à avancer quand il tourna la tête vers elle, souriant, l'air débonnaire.

— Etes-vous réellement abbé, monsieur ?

— Je vous le confirme, jusqu'à nouvel ordre, je resterai en poste à la paroisse de Rennes-les-Bains. On m'enterrera sûrement là-bas, mademoiselle Maurin.

Thérèse pâlit, mais ne s'emporta pas. Evidemment, il connaissait son nom, le contraire l'eût étonnée. Il la scrutait, guettait ses réactions. Il se comportait comme un examinateur face à un candidat. Elle lui demanda calmement :

— Dois-je être honorée de l'intérêt que vous me portez ?

— C'est un intérêt de dimension universelle... Votre existence, mademoiselle, malmène mes croyances. Je connais beaucoup de choses sur vous. Mais là n'est pas le propos, il ne m'appartient pas de les révéler, je ne suis qu'un simple guide. Que pensez-vous d'Eugène Delacroix ?

La question surprit Thérèse.

— Me poserez-vous toujours des questions sur les peintres ?

— Cela fait partie des attributions du guide... Eugène Delacroix avait votre tempérament. C'était un batailleur et un jouisseur...

— Monsieur !

— Allons, mademoiselle, ne vous offusquez pas. Ces qualificatifs ne sont pas péjoratifs. Delacroix faisait aussi partie des initiés et des génies. Comme Poussin, il a su introduire des clefs dans son œuvre. Nous étions au cimetière du Père-Lachaise quand il a été inhumé.

— Mon père et Tabès-Blumberger y étaient aussi, ne put s'empêcher de dire Thérèse en se souvenant de ce mois d'août 1863.

Elle avait onze ans. Elle et Armand n'avaient pas été autorisés à rendre hommage au grand peintre.

Ce détail laissa l'abbé dans l'indifférence. Il contempla à nouveau la toile.

— Que nous dit cet *Héliodore chassé du temple* ? demanda-t-il en désignant la toile du crayon. Parlons histoire, chère mademoiselle. Etonnez-moi. On vous dit brillante et digne d'une chaire à l'Académie.

L'abbé se montrait charmeur, persuasif. Il savait intriguer, usant de tous les tons. Thérèse se prit au jeu. Elle joignit son regard à celui du religieux et commenta :

— Il décrit un épisode du livre des Maccabées, quand le roi grec Séleucus IV envoya Héliodore piller le temple de Jérusalem. Je daterais cette scène du IIe siècle avant notre ère.

Boudet montra son contentement en hochant plusieurs fois la tête ; il poursuivit :

— Héliodore commença le pillage. Alors un cheval richement caparaçonné monté par un redoutable cavalier cuirassé d'or apparut. Cet animal bondissait avec impétuosité, agitant ses antérieurs contre Héliodore. Le cavalier commandait deux jeunes hommes qui se mirent à flageller Héliodore sans relâche.

— Et le chassèrent du temple, ajouta Thérèse.

— Je constate que vous n'ignorez rien de cette histoire. Mais savez-vous ce que contenait le temple ?

— De l'or, des perles, des bijoux.

— Certes, certes... Mais quoi encore ?

— Peut-être l'Arche d'Alliance, et sûrement la menora et les trompettes de Jéricho. Le temple regorgeait d'objets saints.

Cette discussion passionnait l'abbé. Il avait enfin trouvé un interlocuteur à sa mesure. Thérèse était bien « l'élue » pressentie ; il regrettait que ce fût une femme. Il minimisait cet aspect en la considérant comme une nouvelle Marie Madeleine.

— L'arche ne s'y trouvait plus au temps d'Héliodore. Les trompettes de Jéricho et la menora furent amenées à Rome par l'empereur Titus. Tant de trésors disparus... soupira-t-il.

— Tout archéologue rêve de les retrouver.

— Vous avez été formée dans ce but, susurra l'abbé. Savez-vous quelque chose sur le Gardal ?

Thérèse n'eut guère à creuser sa mémoire : le Gardal avait été l'objet de nombreuses discussions entre son père et Tabès-Blumberger, trois ans auparavant. Les deux savants émettaient des hypothèses. Elle s'en tint à la plus probable :

— Le Gardal était un vase sacré en forme de barque réservé au culte d'Isis et d'Osiris. Il contenait un parfum merveilleux qui assurait la vie dans l'au-delà. Les grandes prêtresses en eurent la garde à Memphis, à Thèbes, puis à Philae.

L'abbé buvait les paroles de Thérèse ; il lui semblait entendre le Grand Maître de son ordre qui lui avait enseigné les secrets égyptiens. Il ajouta :

— Des sources nous indiquent qu'il fut dérobé au temps de Ramsès III par les Hébreux et placé, longtemps après l'exode, dans le temple de Jérusalem. En 930 avant notre ère, le pharaon Chéchonq II attaqua Israël, reprit le Gardal et des tonnes d'or qu'il ramena dans sa capitale, Tanis. Il s'agit du vrai Graal, mademoiselle Maurin.

— Du vrai Graal ? s'étonna Thérèse.

— Je ne commets pas un sacrilège en affirmant cette vérité. Cela n'enlève rien aux valeurs chrétiennes. La coupe qui recueillit le sang de Jésus a les mêmes vertus que le Gardal.

— Mais, en reconnaissant la puissance d'un objet païen, vous remettez en cause les fondements de l'enseignement chrétien.

— Je sais, et j'en suis profondément trouble.

— Pourquoi me révélez-vous ces choses ?

— Je suis mandaté pour vous informer. Ne m'en demandez pas davantage, mon troisième rang d'initié ne m'autorise pas à en dire plus. Nous sommes à Saint-Sulpice, au-dessus d'un ancien temple d'Isis dont il reste quelques pierres sous l'ancienne église. C'est une terre consacrée et vivante. Le temps presse, dit-il en retournant la feuille de son dessin. A présent, retenez bien ce que vous voyez.

Les yeux de Thérèse s'écarquillèrent. L'envers de la feuille à dessin était couvert d'une écriture bâton donnant des instructions :

MADEMOISELLE MAURIN, descendez dans la crypte. Un passage a été récemment pratiqué au niveau du troisième pilier gauche face en regardant l'autel. Il donne dans un ancien cimetière enseveli. Empruntez-le, mais ne vous écartez surtout pas de l'axe central du chemin. Ici sont enterrés les « morts-vivants ». Vous compterez dix-neuf pas jusqu'à une pierre munie d'un anneau sur laquelle sont gravées sept croix et une coupe. La pierre est descellée, mais vous seule pouvez l'ouvrir en tirant sur l'anneau. Quoi que vous voyiez, gardez votre sang-froid et emparez-vous de la boîte qui s'y trouve ; elle vous appartient.

— Mais que...

— Chut, mademoiselle Maurin, votre ange gardien nous observe, dit l'abbé en coulant un regard de biais vers l'inspecteur Bréguet. Ne perdez plus de temps. Une lampe à pétrole a été déposée à votre intention dans la sacristie. Allez-y immédiatement et ne réveillez pas les morts. Que Dieu vous garde !

Thérèse quitta la chapelle des Saints Anges, emportée par la curiosité et sa soif de mystères.

L'inspecteur Bréguet la vit disparaître dans la sacristie et hésita à interroger le vieux prêtre qui refermait son carton à dessin. Sa mission était de protéger Thérèse Maurin, pas de faire du zèle. Il alla se poster à quelques mètres de la sacristie sans prêter attention aux nombreux religieux qui allaient et venaient autour de lui.

L'homme en robe grise paraissait insignifiant. Il se confondait avec la grisaille des pierres. Son visage banal et fade n'attirait pas les regards. On oubliait son existence trois secondes après l'avoir vu ; il avait l'air d'un misérable moine de province venu prier pour son salut. Cependant la lueur fauve qui brillait au fond de ses pupilles n'avait rien de banal. Elle traduisait une grande intelligence et une férocité sans égale ; elle passa sur la nuque de l'inspecteur Bréguet, mais ne s'y attarda pas.

Le policier français ne comptait pas. Le moine respectait

les priorités : il avait éliminé Tabès-Blumberger, premier maillon de la chaîne ; il devait détruire le second maillon : la fille de l'éminent savant Luc Maurin. Les mains dans les amples manches de sa robe miteuse et le capuchon dissimulant son regard, il passa devant l'inspecteur et entra dans la sacristie.

8

Thérèse avançait prudemment. Elle avait atteint la partie inférieure de Saint-Sulpice, construite au centre du labyrinthe des anciennes carrières de Paris et des égouts. Ce n'était pas à proprement parler une crypte, mais les restes de l'église du XIIIe siècle attenant à un cimetière médiéval qui n'avait pas subi le sort des autres cimetières parisiens, détruits pour des raisons de santé publique. On avait transféré des dizaines de milliers de squelettes dans les catacombes sans toucher à ceux de la vieille église souterraine.

Ils sont entiers, ne put s'empêcher de penser Thérèse.

Les morts enfouis ici ne se décomposaient pas. On s'en était aperçu avec terreur au moment de l'ouverture des tombes. Quelques-uns avaient crié au miracle, d'autres conclu à un phénomène scientifique sans donner de véritables explications, mais personne n'avait pris la responsabilité d'envoyer les corps dans les catacombes.

Isis est encore présente, se dit Thérèse.

C'était une idée faite pour rassurer. La bonne déesse du Nil n'avait jamais fait de mal à quiconque. On avait construit cette église pour annihiler son pouvoir de résurrection. Thérèse s'arrêta face à l'autel et inspira profondément. Son père lui avait appris à respecter les endroits habités par les souvenirs ; ils pouvaient se révéler dangereux.

La lampe à pétrole diffusait une aura orangée qui rendait les lieux inamicaux. C'était comme si, par un phénomène de métempsycose, l'âme des rituels liturgiques morts depuis des siècles se logeait dans la maçonnerie gothique des piliers et des voûtes. Thérèse sentit d'impalpables présences. Les prêtres disparus, les pénitents, les chevaliers et les manants imprégnaient les pierres.

L'ouverture décrite sur la feuille à dessin se trouvait bien après le troisième pilier. Il s'agissait de l'un de ces passages menant aux anciennes carrières. Il donnait sur un large couloir aux murs couverts de dalles funéraires. Des défunts reposaient là. La lumière de la lampe ressuscita des noms, des croix, des mots en latin, le tout venant des symboles chrétiens utilisés pour personnifier les tombes.

Thérèse commença à compter les pas.

Au quatrième, un tintement la fit s'arrêter.

En cherchant à ne pas perdre de vue la jeune femme qu'il repérait à la clarté de la lampe, le moine avait heurté un pilier avec son poignard. Il jura silencieusement et bloqua sa respiration. Il se demanda pourquoi elle était descendue dans ce trou à rats ; il ne comprenait pas les archéologues, les historiens, les antiquaires, tous ces gens se complaisant dans les toiles d'araignée, les poussières et les débris. Des chercheurs de malheur, en avait-il conclu quand il avait étudié les dossiers des six hommes et de mademoiselle Maurin. A l'Amirauté, on lui avait remis sept poignards de collection en lui interdisant d'utiliser une arme à feu ou le cordon d'étrangleur. Il n'en avait pas l'explication. Ses supérieurs avaient parfois des lubies.

Les sens en alerte, il sonda les profondeurs de la crypte. Il n'aimait pas les lieux hantés. Un poids pesait dans son ventre. Il avait ressenti la même chose au Louvre pendant l'approche du conservateur. On suivait ses faits et gestes, des êtres invisibles l'observaient. Ses parents lui avaient mis des superstitions en tête lorsqu'il était enfant, et elles ressurgissaient. Il se jugea stupide. Il n'y avait que lui et sa future victime. En s'imaginant entouré de fantômes, il perdait sa concentration.

Du bout de ses doigts, il lissa l'acier de son poignard. Le froid de la lame le rassura. Il était «entier» quand il tenait une arme entre les mains. On l'avait formé à prendre des vies; il n'en tirait pas de plaisir. Il remplissait mécaniquement et parfaitement ses missions, fier de rendre service à sa patrie.

Thérèse ne bougeait plus. Elle attendit plus d'une minute en tendant l'oreille vers l'église. Le bruit ne se répéta pas, mais sa peur se propageait car elle était consciente d'un danger.

Protégez-la! Protégez-la!...

C'était une douce voix, pareille à un chant. Elle se propagea dans les anciennes galeries, mais aucune oreille humaine ne pouvait l'entendre.

Protégez-la...

Elle fit vibrer la terre sanctifiée, réveillant les forces contenues dans la matrice des roches, la vie dans les catacombes. Des tas d'os s'effondrèrent, des piles de crânes se désagrégèrent, des âmes perdues essayèrent de réintégrer les squelettes, mais la voix qui avait pouvoir de vie n'était pas destinée aux ossements jaunis et effrités.

Thérèse compta les derniers pas qui la séparaient de la pierre gravée de sept croix et d'une coupe. A hauteur de sa poitrine, un anneau rouillé était fixé au centre des croix. Quelqu'un avait descellé le panneau à coups de burin. Il lui suffisait de tirer l'anneau pour découvrir l'intérieur. Elle n'osait pas faire ce geste qui, elle en avait l'intuition, allait changer le cours de son existence. Il était encore temps de renoncer, de ne plus se laisser manipuler, de choisir son chemin. Elle examina les autres inscriptions. Il y avait des dates. Toutes étaient antérieures à l'année 1599. Elle vit se dessiner sur sa droite une forme. Un homme en robe de bure entra dans le halo de sa lampe.

— Qui êtes-vous ?

Le moine ne répondit pas. Il assura son poignard. Il avait décidé de frapper de bas en haut. La lame capta la lumière orangée et le regard terrorisé de Thérèse. Aucun des deux n'entendit la voix toute proche qui, de caveau en caveau, s'adressait aux morts. Au sein des cavités et des niches, ceux dont les corps ne s'étaient jamais décomposés battirent des paupières et desserrèrent les lèvres [1].

— Non ! cria-t-elle en voyant l'arme.

Le moine poussa aussi un cri. Un rictus d'effroi déforma ses traits. Un bras venait de surgir de la paroi. Il n'avait pas l'air réel, mais fait d'un gaz parcouru de luminosités verdâtres et d'ondes liquides donnant de l'apparence aux nerfs et aux muscles.

Le moine avait affronté beaucoup d'ennemis durant son existence, mais jamais rien de semblable. L'épaule et la tête suivirent le bras ; ils appartenaient à un homme aux cheveux très longs et aux yeux emplis de lumière verte.

Il abattit le poignard de toutes ses forces dans le cou de ce spectre. La lame passa au travers sans rencontrer de résistance et se brisa contre le mur. La terreur le paralysa. Il n'essaya pas de repousser la main qui plongeait vers sa poitrine. Un froid intense se répandit en lui quand, sans déchirer ses chairs, elle atteignit son cœur.

La douleur fut intense et brève. Le cœur cessa de battre. Le moine s'effondra sans un cri.

Thérèse attendit son tour. Il lui vint l'image de ses parents

1. L'énigme de la conservation des corps inhumés sous Saint-Sulpice n'a jamais été élucidée.

penchés sur son berceau, le souvenir d'une petite fille en robe rouge sautant à la corde... Le spectre se tourna vers elle. Il souriait, l'air bienveillant. Les doigts de sa main s'écartèrent ; il les agita en signe d'adieu, puis dans un bruit de crépitements électriques, il se désagrégea en milliers de particules aspirées par la terre sanctifiée. A ce moment, Thérèse entendit la voix douce et féminine :

Je t'attends en Egypte. Aide-moi à sauver Père. Tu as connu les formules. Tu les retrouveras. Prends le coffret de Khonsou et d'Anubis.

La dernière phrase avait été prononcée en égyptien archaïque. Thérèse crut qu'elle devenait folle. Elle était cernée par la nuit dans un lieu où les Gallo-Romains célébraient le culte d'Isis ; il y avait le moine à ses pieds, des morts-vivants dans les niches, les sept croix, la coupe et l'anneau dans sa main.

Elle était descendue sous terre pour s'emparer d'un objet ; elle empoigna violemment l'anneau et tira. La pierre qui occultait la niche se détacha et se brisa sur le sol. Thérèse avait dépassé le stade de la peur.

La morte au visage intact était allongée sur une couverture moirée qui semblait avoir été tissée la veille. On l'avait placée les pieds en avant, la tête vers l'extérieur posée sur un coussin de velours grenat. Une robe au corsage blanc plissé vêtait cette jeune femme aux cheveux blonds torsadés maintenus par des épingles surmontées de perles. Le bas du corps se perdait dans la niche étroite grossièrement taillée dans le calcaire.

Vivante.

Le qualificatif s'imposa à Thérèse qui, étrangement, ne se sentait plus en danger, mais sous la protection des habitants du cimetière souterrain. C'était incroyable. Les Egyptiens, versés dans l'art de la momification, n'auraient pu obtenir un tel résultat. On s'attendait à la voir respirer et battre des paupières. Elle avait les traits lourds d'une femme du

Sud. La boîte était posée sur ses mains entrecroisées. Craignant de la réveiller, Thérèse glissa son bras en évitant de la toucher.

De facture égyptienne, la boîte était très ancienne. Semblable à un plumier aux dimensions imposantes, elle pesait à peu près trois kilogrammes. Sur le couvercle était inscrit en hiéroglyphes :

Grande est la crainte que tu inspires.
L'œil brûlant d'Horus. Le souffle d'Amon. La main de Khonsou.

Les quatre faces étaient couvertes de croix ankh et de montagnes. La poitrine de Thérèse se souleva ; l'objet précieux lui faisait oublier l'endroit où elle se trouvait, les « morts-vivants », le moine étendu au visage figé en un rictus de peur et de douleur.

L'inspecteur Bréguet regardait sa montre quand Thérèse sortit de la sacristie. Il recula dans l'ombre, mais la voix de la jeune femme l'arrêta :

— Inspecteur !

Elle eut droit aux regards offusqués des prieurs. Bréguet essaya de se faire petit ; il eut l'impression d'être jugé pour sacrilège, lui le représentant de la République, le suppôt de la laïcité, mais il fit bonne figure à Thérèse :

— Que puis-je pour vous, mademoiselle ? demanda-t-il tout bas en examinant la boîte coincée sous son bras.

— Vous assurez toujours ma protection ?

— Plus que jamais.

— Alors il faudra revoir vos méthodes de surveillance : on a essayé de me tuer.

— Quoi ? s'écria-t-il.

Des têtes se redressèrent. Des yeux luirent de colère. Des pensées d'inquisiteurs s'élevèrent vers les cieux et on voua le couple aux enfers.

— Montrez-moi votre agresseur ! exigea-t-il en portant la main au revolver qu'il dissimulait dans la poche de son veston.

— Il est mort... Je crois...

— Comment ça, il est mort ?

— Je n'en sais rien, il s'est effondré avant de me poignarder.

L'inspecteur demeura dubitatif, puis il lui prit le bras et l'entraîna dans la sacristie.

— Montrez-moi le corps !

— Il est dans la crypte. Allez-y seul. Je ne retournerai pas sous terre.

Elle lui désigna la lampe à pétrole.

— Attendez-moi ici !

Quand il disparut, Thérèse s'en alla. Elle avait hâte d'ouvrir la boîte.

Elle n'avait jamais rien vu de pareil. Une odeur particulière émanait du bois qu'elle ne parvenait pas à identifier. Elle avait déjà senti cette essence, mais où ? La boîte était faite d'un assemblage de pièces parfaitement jointes sur lesquelles étaient incrustés les hiéroglyphes d'argent. Quatre goupilles de bronze maintenaient le couvercle ; il suffisait de les faire glisser hors de leur logement. Thérèse remarqua qu'elles étaient numérotées : 1, 4, 3, 2.

Les chiffres étaient désignés par des encoches verticales sur les extrémités des goupilles. Elle les libéra dans l'ordre indiqué et rabattit le couvercle. Une bande de papyrus apparut ; elle en couvrait d'autres.

— Ça alors ! s'exclama-t-elle.

L'écriture remontait au Moyen Empire ; elle la data de la XIe dynastie. En quelques minutes, elle se fit une idée du contenu des textes. Cinq papyrus racontaient l'histoire d'une momie royale volée sous l'Ancien Empire.

— Snéfrou, lut-elle dans un cartouche.

Elle ne connaissait pas grand-chose de ce roi qui avait fait élever la formidable pyramide rhomboïdale de Dachour. L'un des textes précisait que le roi féru de magie avait passé un pacte avec Isis et Khonsou, provoquant la jalousie des prophètes qui, en dérobant sa momie dans la Maison des Morts, l'avaient privé de la vie éternelle. Dix autres papyrus portant le nom de Sénet, fille de Snéfrou, donnaient les formules relatives à la résurrection. Leurs tournures étaient magiques et faisaient appel à la puissance d'Isis et de Khonsou.

Un dernier papyrus parlait du culte secret de Snéfrou au pays des Nubiens, là où le souffle d'Amon avait été révélé.

Thérèse était comblée. Ces papyrus étaient de première importance ; mais ils ne répondaient pas à ses interrogations. Dans quel but l'avait-on guidée jusqu'à eux ? Qui les avait placés sous Saint-Sulpice ? Qui la manipulait ?

Elle rangea les papyrus, referma la boîte qu'elle emporterait en Egypte. Un seul homme pouvait l'éclairer : son père.

9

L'inspecteur Bréguet avait acheté une cravate de soie noire, revêtu son plus beau costume, s'était chaussé de cuir fauve. Il améliorait son apparence de jour en jour, prenait des airs d'importance lorsqu'il accompagnait Thérèse Maurin à l'hôtel de police. Ses collègues l'enviaient tout en se moquant de lui. Thérèse avait été convoquée quatre fois par le commissaire Vaissière et, quatre fois, Bréguet s'était pavané comme un paon dans les couloirs grouillants de policiers aux côtés de la belle et fière demoiselle. Il ne la quittait plus, dormait dans un fiacre sous sa fenêtre et refusait d'être relayé. A deux reprises, elle avait tenté de lui fausser compagnie, parvenant même à monter à la gare de Lyon dans un train en partance pour Marseille. Il avait omis de signaler ces escapades à son supérieur, ignorant qu'il n'était pas le seul à surveiller la bouillante et remuante archéologue.

Thérèse plaignait ce pauvre garçon ; aujourd'hui, il ressemblait à un dandy se rendant à un bal sur les bords de la Marne. Ses chaussures neuves devaient lui faire mal car il claudiquait légèrement. Il se mit à marcher droit quand ils entrèrent dans le ministère des Colonies où Thérèse avait été « invitée » par monsieur le sous-secrétaire d'Etat Félix Faure.

Thérèse rongeait son frein. « Ils » ne la lâchaient plus

depuis sa sortie de Saint-Sulpice. Elle avait appris que le moine terrassé par une crise cardiaque n'appartenait à aucun ordre. Se faisant passer pour un négociant écossais en bois, il s'était déguisé pour la circonstance. Depuis mars, il vivait dans une pension de famille à Issy-les-Moulineaux. Faux papiers, fausse identité. Les hommes du commissaire Vaissière avaient retracé le parcours de cet homme énigmatique arrivé à Calais en décembre 1879, qui s'était rendu à Rennes, Toulouse, Marseille et Lyon avant de se fixer dans le populaire quartier de la Manufacture, près du séminaire Saint-Sulpice à Issy-les-Moulineaux. Sous le nom banal de Peter Smith, il avait fait le tour de la France. De fortes présomptions en faisaient l'assassin de Tabès-Blumberger. Le poignard brisé retrouvé dans la crypte de Saint-Sulpice était l'exacte réplique de l'arme qui avait terrassé le conservateur. On ne saurait rien de plus sur cet homme ; il était impossible de collaborer avec la justice anglaise. Les relations franco-anglaises étaient au plus bas et on soupçonnait en haut lieu les services militaires de Sa Gracieuse Majesté d'être les employeurs de monsieur Smith.

Thérèse n'était pas dans la confidence de la police ; les volets politiques de l'enquête ne lui avaient pas été dévoilés et elle ignorait les raisons de sa présence au ministère des Colonies. Toute cette agitation autour de sa personne l'importunait. On la tenait en laisse. C'en était assez ! L'envie de s'échapper la démangeait.

L'intérieur du bâtiment à l'architecture pompeuse était livré à une foule de fonctionnaires obséquieux vaquant à des tâches paperassières qui consistaient à recopier des décrets d'application, des règlements et des notices. Ils tamponnaient des milliers de documents et faisaient l'inventaire des richesses à piller. Les zélés bureaucrates transformaient les arachides, les palmiers à huile, les bananiers et le tabac en chiffres, quantifiaient les forêts de karités, de kapokiers et de ketmies, réglementaient les récoltes du pourghère et du sésame, spéculaient sur les productions de coton et de café, tentaient d'évaluer les gisements aurifères de la Province éburnéenne et les possibilités de prospection du diamant en Sierra Leone et en Haute-Guinée. Les rapports des géologues et des ingénieurs concernant le cuivre, l'étain, le manganèse, le chrome et les phosphates affluaient.

Il y avait des millions de francs à gagner dans les déserts ingrats et au cœur des jungles. Encore fallait-il pacifier l'Afrique, écraser par-ci par-là quelques tribus, sécuriser des frontières et écarter les prédateurs anglais et allemands. Les représentants des grands propriétaires terriens qui se partageaient les territoires conquis arpentaient les couloirs du ministère, entraient en conquérants dans les bureaux et négociaient l'aide de l'Etat, réclamant des soldats et des travailleurs qualifiés. Les dossiers ne traînaient pas. De grosses enveloppes bourrées de billets suffisaient à débloquer les rouages administratifs. Thérèse n'avait aucune idée des complots qui se tramaient dans ce sanctuaire de la République. Elle évoluait dans un souk gigantesque où les voix ne s'élevaient pas, où on tenait à l'apparat et à l'étiquette.

Un huissier aux larges favoris vint cueillir Thérèse au pied d'un escalier monumental flanqué de deux Fortune en plâtre et demanda à l'inspecteur d'attendre dans un salon réservé aux visiteurs. Il emmena la jeune femme jusqu'à une double porte capitonnée qu'il ouvrit en annonçant : « Mademoiselle Maurin ».

Dans une vaste pièce décorée de statues et de masques africains, l'attendaient le sous-secrétaire d'Etat aux Colonies Félix Faure et le commissaire Vaissière. Tous deux étaient penchés sur une carte d'Afrique ; ils relevèrent la tête et arborèrent le même sourire séducteur.

— Bienvenue au ministère, lança Félix Faure d'une voix de stentor.

Suivi du commissaire, il abandonna le bureau et parut dans toute sa superbe, grand, puissant, héros de l'Antiquité et pionnier du futur. Thérèse fut sensible à son charisme. Il lui serra la main très fort. La solide poigne de Vaissière suivit. Tous deux voulaient lui témoigner un intérêt dépassant la simple marque de la politesse et de l'affection.

— Rares sont les femmes admises dans les ministères, dit Thérèse. A quoi dois-je cet honneur ?

— A la disparition de Tabès-Blumberger, mademoiselle, répondit le commissaire. Vous n'auriez jamais dû vous retrouver ici, les circonstances nous ont obligés à prendre cette décision...

Le commissaire marqua un temps d'arrêt et échangea un regard entendu avec Félix Faure avant de reprendre :

— Nous collaborons, monsieur le secrétaire et moi-même, avec les services des ministères des Armées, de la Marine et des Affaires étrangères, à des projets d'envergure concernant le rayonnement de la France. Monsieur le conservateur des antiquités, en nous quittant, nous a mis dans l'embarras. Il nous rendait des services inestimables, n'est-ce pas, monsieur le secrétaire ?

On aurait dit deux acteurs connaissant parfaitement leur rôle. Félix Faure acquiesça. Il jeta un regard circonspect sur les deux douzaines de masques accrochés de part et d'autre d'un buste de la République. Il les suspectait d'abriter des esprits mauvais, surtout un, de la tribu Salampasu, dont la face bardée d'épaisses plaques de cuivre était percée d'yeux et d'une bouche rectangulaires rehaussés de kaolin.

Thérèse repéra le masque et ressentit aussitôt la présence de l'esprit.

— Vous en savez plus que moi sur ces masques, dit Félix Faure.

— Non, je ne connais rien à l'Afrique noire.

— Mais vous êtes désormais la meilleure spécialiste de l'Egypte après votre père.

Le ton était devenu sérieux. Le secrétaire d'Etat s'abîma dans ses pensées avant de poursuivre :

— Nous sommes engagés dans une compétition féroce avec les Anglais sur l'Afrique centrale et de l'Est. Il est probable que nous en viendrons aux armes dans certaines régions, mais pour l'heure nous consacrons notre temps et notre énergie à améliorer nos relations avec les tribus.

Thérèse l'écoutait attentivement. Où voulait-il en venir? La main du secrétaire survola la carte de l'Afrique et se posa sur le Sahara.

— Deux grands projets nous tiennent à cœur, mademoiselle Maurin. Le premier est officiel; nous voulons relier l'Algérie au Soudan par une voie ferrée afin de dynamiser l'économie de nos colonies en réduisant considérablement les temps de transport. Nous implanterons des milliers de colons dans les régions subtropicales du Tchad et du Niger qui contribueront au rayonnement de la France dans cette partie de l'Afrique. Tout est à faire! Le plus difficile sera de pacifier ces zones. Une mission commandée par le lieutenant-colonel Flatters a quitté, il y a quelque temps, Ouargla dans le but de reconnaître la route la plus propice à l'établissement du chemin de fer projeté et évaluer les forces des Touaregs, des Ouled Sidi Cheikh et des Senoussya, peuples particulièrement belliqueux qui ne manqueront pas de s'opposer aux visées françaises.

Thérèse ne comprenait toujours pas pourquoi il dévoilait le plan expansionniste du gouvernement. Son intérêt s'aiguisa quand il aborda la seconde partie de ses explications :

— Mais nos ambitions ne se limitent pas à désenclaver le Soudan français. J'en viens à notre deuxième projet, qui concerne le Soudan sous influence anglaise; cette vaste terre cinq fois plus grande que la France qui s'étend de la Nubie au Congo nous intéresse au plus haut point. Si nous parvenons à nous allier avec les tribus du Darfour et du Nil en nous emparant de Khartoum, nous ferons un pas décisif vers la mer Rouge et l'océan Indien tout en contraignant les Anglais à réviser leurs ambitions. Ils nous ont volé le canal de Suez ! Ils n'atteindront pas la Nubie, clama-t-il en tapotant le sud de l'Egypte du bout de l'index.

A l'évocation des Anglais, les ennemis de toujours, il s'était enflammé. Son souffle puissant alimentait le feu d'un tempérament sanguin et passionné.

— Vous pouvez nous aider à évincer l'Angleterre de cette partie du monde ! dit-il en insistant du regard.

— Moi ! ?

— Oui, vous.

Félix Faure contourna son bureau et s'approcha d'une imposante console à trois pieds sur laquelle trônait une magnifique et haute statue déblé.

— Approchez-vous, mademoiselle.

Accompagnée du commissaire, Thérèse vint examiner l'œuvre.

— C'est un pilon de danse pour les rituels de la région du Paro.

Thérèse était impressionnée par la force de la sculpture qui faisait corps avec le pilon cylindrique. La tête dolichocéphale coiffée d'un casque à cimier symbolisant un animal mythologique était finement travaillée, les oreilles décollées, le front bombé, les sourcils arqués, les yeux fendus soulignés d'une double scarification, le nez long légèrement retroussé, la bouche proéminente montrant les dents. Ces traits semblaient sur le point de s'animer.

Thérèse ferma les yeux quand les chuchotis se firent entendre et soudain la voix se manifesta :

Je suis un esprit déblé, je frappe le sol pour éveiller les âmes des défunts, je t'aiderai à trouver le roi et je te protégerai des gardiens du portique, emmène-moi avec toi...

— Vous ne vous sentez pas bien, mademoiselle ? demanda le commissaire.

Thérèse battit des paupières. Soucieux, les deux hommes la contemplaient.

— Non, non, ce n'est rien... Je suis très sensible à ce genre d'objet.

— Celui-ci a une particularité, reprit Félix Faure.

Il manipula la base cylindrique, se servit de ses pouces pour faire glisser une pièce de bois. Il y avait une cavité. Il en retira des papyrus roulés et les présenta à Thérèse.

— Tabès-Blumberger les traduisait. Acceptez-vous de le faire à sa place ?

— C'est un grand honneur que vous me faites. Je suis une novice.

— Ne vous mésestimez pas. Nous connaissons vos talents.

Thérèse n'hésita plus. Elle prit les papyrus, les déroula et ne fut pas surprise par leur contenu. Les manuscrits étaient de la même facture que ceux dérobés dans le bureau du conservateur. C'étaient aussi des faux remarquables dont les bords brunis s'effritaient sous ses doigts. Elle commença à traduire :

— « An 8, quatrième mois d'Akhet, dernier jour sous la majesté de ce dieu sont arrivés les deux officiers et les deux architectes de la reine. Que leurs noms soient martelés car ils arment les ennemis d'Amon et emmènent des barques pour s'emparer de la Basse Egypte. Envoyez-nous de l'or et des soldats et nous ferons vivre le gibier d'eau et les serpents qui sont sur le dos de Geb, car je suis le Vivant qui est sous Nout. »

Thérèse lut le second, puis le troisième papyrus qui évoquait une invasion imminente. Elle manquait un peu d'assurance. Sa traduction ne tenait pas compte des signes inconnus intercalés entre les hiéroglyphes. Elle buta sur le nom d'un cartouche apposé sur le dernier document :

— Na... Natakamani. Je ne connais pas ce pharaon. Je suis désolée, il m'est impossible d'interpréter avec exactitude certaines parties. Il y a des traits et des points qui ne correspondent pas à l'écriture égyptienne. Je doute même de leur antiquité... à moins qu'ils n'appartiennent à une variante cunéiforme introduite à une époque que je ne peux dater.

— Vous avez été parfaite, mademoiselle Maurin, dit Félix Faure. Vraiment parfaite. Ne vous souciez pas des signes inconnus. En effet, ils ne sont pas égyptiens. Un spécialiste les déchiffrera.

— A quelle civilisation appartiennent-ils ?

— A la nôtre, mademoiselle.

— Je ne comprends pas.

— Vous en saurez bientôt plus sur ce langage chiffré. Pouvez-vous nous mettre sur papier ce que vous venez de traduire ?

— Bien sûr.

Le sous-secrétaire d'Etat et le commissaire échangèrent un regard entendu. Thérèse jaugea les deux compères. Elle attendait beaucoup d'eux. Elle brûlait de curiosité. Cela lui rappelait les jeux de piste et les énigmes inventées par son père quand elle était enfant. Les deux hommes la testaient ; elle les laissa venir. Le commissaire Vaissière lissa sa moustache. Il avait l'air d'un félin en chasse.

— Vous voulez quitter la France au plus vite pour rejoindre votre père au Caire, nous le savons, dit-il. Vos désirs vont être exaucés. Vous partez après-demain : voici vos billets.

Le commissaire tendit une grosse enveloppe brune.

— De train et de bateau, précisa-t-il. Vous embarquez dimanche à Marseille sur le *Niémen*. Tous vos frais seront pris en charge par le ministère des Armées. Vous trouverez aussi un ordre de mission archéologique pour une période de deux ans. A cet égard, vous recevrez deux mille francs par trimestre encaissables aux banques de Suez et d'Alexandrie.

Thérèse en resta bouche bée. Elle ne parvenait pas à croire ce qu'elle entendait. L'embarquement, le ministère des

Armées, une mission archéologique... Ils se moquaient d'elle. C'était encore une illusion.

— Mais je ne suis pas prête, dit-elle bêtement.

— Le temps presse, mademoiselle. Emportez le strict minimum. Vous trouverez de quoi vous vêtir en Egypte. Le *Niémen* sera peut-être le dernier bateau à pouvoir gagner Alexandrie avant un blocus anglais. L'inspecteur Bréguet vous accompagnera jusqu'au Caire.

— Non !

— Vous devez arriver vivante au pied des pyramides et prendre le relais de votre père. Que vous le vouliez ou non, Bréguet fera partie du voyage.

— C'est bon, soupira-t-elle. Accordez-moi une faveur, demanda-t-elle à Félix Faure.

— Je vous écoute.

— Donnez-moi la statue déblé.

— C'est une acquisition de l'Etat, il m'est impossible de vous l'offrir.

— Donc, vous me permettez de la prendre, répliqua-t-elle en s'emparant de la haute statue filiforme.

— Diable, mais c'est du vol ! s'écria le commissaire.

— Juste un emprunt dans le cadre d'une mission scientifique, répliqua-t-elle sur un ton moqueur. Vous consignerez cela sur papier, monsieur le sous-secrétaire d'Etat. Je suis sûre que cet objet ne figure pas encore à l'Inventaire des biens. Je vous salue, messieurs.

Ils la regardèrent s'en aller, interloqués et fascinés, regrettant déjà de n'avoir plus le temps de lui faire la cour. Elle aurait été une maîtresse parfaite, exigeante et fantasque. Elle était désormais un agent du gouvernement français.

Thérèse passa fièrement devant l'inspecteur Bréguet et quitta le ministère. Il la rattrapa dans la rue et la suivit de près. Les cheveux de la jeune femme se défaisaient. Deux épingles s'étaient détachées du chignon, libérant de longues mèches. Caresser cette chevelure rebelle, embrasser cette nuque fragile, ce cou d'ivoire, l'aurait comblé. Il n'avait jamais échangé un baiser ; son expérience des femmes se limitait à une dizaine d'étreintes fugitives dans les bordels de la rue Saint-Denis. Cette envie débordante l'empêchait de se concentrer sur l'environnement où, à tout instant, le danger pouvait se manifester. Il n'observait plus les règles de sécurité policière.

Thérèse se retourna brusquement. Il se figea.

— Vous saviez ! cria-t-elle en le désignant d'un doigt accusateur.

— Pardon ?

— Vous saviez, pour le voyage en Egypte.

Il se mit à rougir et bégaya :

— Je n'avais pas le droit de vous en parler... Vous... vous avez accepté de partir ?

Il n'ajouta pas : « en ma compagnie ».

— Oui. Je vous rassure, vous n'avez pesé en rien dans ma décision. Quand je pense que je vais devoir vous supporter jusqu'au Caire ! Quelle misère !

Bréguet aurait voulu disparaître ; elle lui faisait du mal. Il se promit d'être à la hauteur de sa mission et de gagner sa confiance.

10

Le soleil glissa ses dernières clartés entre les cheminées d'usine et les flèches des églises. L'homme contempla le ciel déclinant ; c'était l'heure de la quatrième prière, mais il ne se courba pas sur le sol en direction de La Mecque. Il lui était impossible d'exprimer sa foi dans ce pays ; il se serait fait repérer. On le prenait pour un Grec, négociant en café. Il ne démentait pas ses interlocuteurs : il parlait parfaitement la langue d'Homère, apprise au contact des marchands d'Alexandrie et d'Istanbul, et s'exprimait aussi bien en anglais, en turc et en hébreu. Il s'adressa toutefois tout bas à Dieu dans sa langue maternelle :

— Allah, je suis ton humble serviteur. Aide-moi à punir les mécréants.

Le cœur illuminé, il attacha à nouveau son regard sombre au couple de chrétiens qu'il suivait depuis Paris. La femme serait bientôt sacrifiée. Elle avait échappé de justesse à la mort dans l'église ; il la frapperait au bon moment. Il avait tout son temps et beaucoup d'argent. Les Anglais, ces imbéciles, le payaient bien, ignorant qu'il était un agent des nationalistes égyptiens, le bras armé des fellahs du Nil.

Dans un ultime embrasement, les toits de Marseille rougeoyèrent, et le vent qui prenait d'assaut les hauts quartiers redoubla de fureur. Les dieux bienveillants de Provence s'en allèrent avec le crépuscule.

Seth le Rouge se manifeste, pensa Thérèse en voyant s'étendre l'auréole de sang sur l'horizon. Elle n'avait aucune amulette pour se protéger. Seth le malfaisant appelait les démons de la nuit. L'imagination de Thérèse galopait. Elle brida cet esprit trop fantasque.

On finira par t'enfermer à l'asile, ma pauvre, si tu continues à croire au retour des dieux antiques.

Elle se tenait face au vent. Il soulevait la mer, tordait les cyprès du Roucas-Blanc, emportait les mouettes et les pigeons, chassait les passants pressés de rentrer chez eux, tourmentait l'inspecteur Bréguet. L'inspecteur ne supportait pas le mistral qu'il avait éprouvé deux jours auparavant sur le quai de la gare Saint-Charles. Il n'en pouvait plus. Mademoiselle Maurin le promenait de l'Estaque à la Pointe-Rouge, du port à Saint-Barnabé. Ils avaient traversé quatre fois la cité, visité un nombre incalculable d'églises, trois musées, la citadelle, l'abbaye Saint-Victor, le grouillant quartier du Panier où demeurait une cousine infirmière qu'elle n'avait pu trouver.

Bréguet fronça les narines. Les odeurs des lointaines savonneries et des conserveries, les fumées âcres des tuileries et les effluves nauséabonds des distilleries lui soulevèrent le cœur. Il ne comprenait pas l'engouement de la jeune fille pour cette ville trop vieille et indisciplinée à son goût. Il se mit à plaindre ses collègues policiers. Ici tout était combine et trafic illicite, prostitution et crime. Cent peuples venus d'Afrique et d'Asie se côtoyaient. Les Arabes et les Indochinois s'acoquinaient avec les Corses et les Italiens. Il était nourri de clichés et d'a priori ; il refusait de voir la Marseille industrieuse, dynamique et humaniste qui avait donné tant de grands hommes à la nation. Elle lui était tout aussi insupportable que le mistral.

— Maudit vent ! se plaignit-il.

— Demain, il ne vous importunera plus, dit Thérèse qui avait fini par s'habituer à la présence de l'insipide protecteur. Vous pourrez vous enfermer dans votre cabine et apprendre quelques rudiments d'arabe.

Magnanime, elle lui avait prêté ses carnets où elle avait dressé des listes de mots et d'expressions avec lesquelles elle avait commencé l'étude de cette langue dix ans auparavant.

— Il paraît qu'il y a de terribles vents de sable là-bas.

— Des vents qui tuent... Mon père me l'a écrit.

— Pourquoi allez-vous sur cette terre ingrate ? demanda-t-il sur un ton triste.

— J'ai toujours rêvé de voir les pyramides. J'ai été élevée et formée pour découvrir les secrets de cette civilisation. J'accomplirai mon destin sur les bords du Nil, pas ailleurs. Les tempêtes de sable ne m'arrêteront pas.

Son impertinence ne plut pas au mistral. Il hurla en une violente bourrasque et la fit chanceler. Elle tint bon. Elle refusa d'écouter l'avertissement qu'il soufflait avec une rage soutenue ; elle en avait assez d'interpréter les signes néfastes qui se multipliaient depuis des jours et des nuits.

— Rentrons à l'hôtel, dit-elle.

Ils descendirent vers le port par la rue Paradis. L'homme quitta l'ombre du porche et se mêla aux passants. A aucun moment ils ne décelèrent sa présence.

Le mistral ne s'était pas essoufflé pendant la nuit. Il sifflait lugubrement entre les vergues, les mâts, les câbles et les chaînes. Des parcelles de rouille se détachaient des coques alignées le long des quais ; il achevait le travail de la mer. Deux cargos et un trois-mâts agonisaient à quelques encablures du *Niémen*. Thérèse et Bréguet les entendaient gémir sous les coups de boutoir des vagues et les poussées des rafales. Ces plaintes entretenaient leur émotion. Tous ressentaient un poids au ventre. Le *Niémen* s'apprêtait à larguer ses amarres. Sur le pont, les marins couraient, libéraient des poulies, fermaient les écoutilles.

— Dieu nous garde, dit Bréguet.

Des coups de sifflet se perdirent dans le vacarme du port. Dans une vapeur soufflée par des chaudières géantes, sous les cheminées suintantes qui crachaient des nuages de suie, au pied des entrepôts et des messageries striés de crasse, les dockers, les oreilles assourdies par les roulements continuels des grues sur les rails et le va-et-vient des chariots tirés par des chevaux, chargés de sacs de coprah, de café, d'arachides et de régimes de bananes, se figèrent pour contempler le paquebot.

Ils rêvèrent pendant quelques instants aux pays exotiques décrits par les marins, à des villes de légende, à des oasis. Il y avait cette altière jeune femme, cheveux au vent sur le pont supérieur du *Niémen*, inaccessible, fille d'ambassadeur ou promise à un pacha de l'Orient. Il leur vint des images de harems, d'esclaves lascives couvertes de bijoux, de seins laiteux, de cuisses d'ébène, de ventres accueillants. Les voix des contremaîtres et des chefs d'équipe les ramenèrent à l'ordre, et ils oublièrent le *Niémen* qui mettait le cap sur les îles du Frioul.

— Reverrons-nous la France ? murmura Bréguet.

— Vous la reverrez, dit Thérèse.

Des incertitudes la tenaillaient. Elle avait l'impression de quitter sa patrie à jamais. Son regard resta rivé à la cité qui s'amenuisait, à ce creuset du futur, à ces collines accoucheuses de marchands et de bâtisseurs. Elle songea à cet avenir en gestation sous l'inextricable épanouissement des toits et des ruelles.

Quel futur l'attendait en Egypte ?

L'homme élégant en costume crème posté à l'avant du navire s'emplit les poumons d'air marin. Son visage ascétique au teint mat s'éclaira d'un sourire. Il éprouvait du bonheur à quitter le monde des chrétiens. Il lui tardait de troquer ses habits d'Occidental contre une djellaba et de nourrir son âme dans une mosquée du Caire. Il avait fait la promesse à Allah de se rendre à La Mecque après la proclamation de l'indépendance de l'Egypte et l'extermination des Européens et des Turcs. Dieu l'aimait. En son nom, il avait déjà tué un Espagnol et deux Italiens associés aux Juifs d'Alexandrie. Il lui offrirait le cœur de la Française dont il apercevait le buste droit parmi les passagers penchés sur le bastingage.

Il croisa le regard fureteur de l'inspecteur français. Ce dernier n'avait pas bonne mine; il devait craindre la mer, il ne supporterait pas la chaleur du désert; il n'était pas fait pour vivre longtemps.

Le temps d'observation et d'investigation s'achevait. Rassuré, Bréguet soupira. Il n'avait pas repéré de suspect. Déchargé d'un poids, il se consacra aussitôt à lutter contre le mal de mer.

— Tout est normal à bord, nous sommes en sécurité, je retourne à la cabine.

Thérèse acquiesça. Pauvre inspecteur. Comme il était pâle. La mer lui travaillait l'estomac et il serrait les dents. Qu'en serait-il au large, au sein des flots débridés?

Le *Niémen* l'atteignit rapidement après avoir dépassé le cap Sicié au sud de Toulon. Quand la côte disparut sous la ligne bleue de l'horizon, Thérèse rompit le fil qui la reliait à son passé et regagna sa cabine.

Elle avait la seize et Bréguet la quatorze. C'était une cabine de luxe avec cabinet de toilette attenant. Il y en avait vingt-quatre du même type, et quarante-quatre de seconde classe. Le *Niémen* et trois autres bateaux de même tonnage avaient été mis à flot en 1866 pour satisfaire une clientèle de choix. Il y avait autant d'hommes d'équipage que de passagers et, sous la conduite d'un chef de renom, dix cuisiniers concoctaient de succulents plats.

Thérèse apprécia une fois de plus l'agencement et le confort de cet espace clos de bois précieux et de cuivre. La déesse Nout étendant ses ailes dorées décorait les lampes à pétrole montées sur des supports de bronze fixés aux chevets. Le cartouche de Néfertiti avait été sculpté sur la coiffeuse à pieds de lion. Une tête de sphinx surmontait la glace mobile. Au-dessus du lit, une huile montrait le temple ensablé de Karnak.

L'Egypte s'imposait.

Des noms de pharaons et de dignitaires déroulèrent leurs hiéroglyphes dans son esprit. Thérèse se sentait bien. Elle s'allongea sur le lit en croisant les mains sous sa nuque et pensa à son père à la recherche d'indices sur les règnes de Khéops et de Khéphren. Le grand archéologue s'était juré de percer le mystère des pyramides. Elle l'aiderait à trouver les chambres secrètes.

Un sourire étira ses lèvres. Pénétrer dans les pyramides ! Trouver des passages au sein des blocs gigantesques ! Atteindre les sarcophages ! Quelle excitation ! Quel bonheur !

Elle tourna sur le lit.

— Salut, Khéops ! gloussa-t-elle en jetant le coussin à travers la cabine.

A cet instant, elle s'immobilisa. Il y avait une fève sous le coussin qu'elle venait de lancer. Elle reposait sur le lit. La vue d'un cafard l'aurait moins impressionnée. La fève était sèche, mais elle n'avait pas été dissimulée dans la mie d'un gâteau des rois.

Thérèse la disséqua de l'œil. Elle n'avait rien de particulier. En toute logique, elle symbolisait la chance. Thérèse ne s'en tint pas à cette version moderne et chrétienne. On n'avait pas introduit cette graine dans sa cabine avec de bonnes intentions. On voulait lui nuire, l'inquiéter ou l'alerter.

Elle la prit, la soupesa, l'examina et se souvint des écrits d'Hérodote. La fève était considérée par les Egyptiens comme un légume impur, les prêtres d'Amon et d'Isis ne pouvaient en supporter la vue, comme les disciples de Pythagore qui évoquaient ses propriétés immondes. Pour bien des peuples de l'Antiquité, elle concentrait en elle le mal.

— *Gre*, prononça-t-elle en hébreu.

« Fève », en hébreu, signifiait aussi : « faire la guerre ».

Quelqu'un à bord de ce bateau lui déclarait la guerre ou l'avertissait d'une guerre imminente. Pourquoi ? Devait-elle en parler à Bréguet ?

Thérèse ne se confia pas à Bréguet. L'inspecteur était incapable d'assimiler la moindre information.

— Ça ne va pas, ça ne va pas, répéta-t-il en essayant de faire bonne figure.

— Avez-vous vu le médecin ?

— Oui, il n'y a rien à faire. Je suis condamné à souffrir jusqu'à Alexandrie.

— Je vous plains, monsieur Bréguet.

— Achille... C'est mon prénom.

— Achille. Vous portez le nom d'un héros. J'y vois un signe. Vous accomplirez de grandes choses.

— Je ne crois pas. On me donnera bientôt à manger aux poissons.

— Et qui me protégera si vous disparaissez ?

— Vous êtes assez forte pour vous défendre.

Bréguet regarda autour de lui. La salle à manger était presque déserte. Ils étaient venus tôt. Un couple âgé, le nez dans leur assiette, occupait une table à l'opposé de la leur. Il prit sa serviette, y glissa son revolver et la tendit à la jeune femme.

— Prenez cette arme et n'hésitez pas à vous en servir.

— Et vous ?

— J'en ai une autre dans ma valise.

— Merci, Achille.

Ce remerciement lui fit un bien immense. Mais le roulis et le tangage le ramenèrent à sa nausée. Thérèse aurait voulu le soulager ; ses sentiments évoluaient ; elle avait été ingrate. A présent, elle était prise d'une véritable compassion pour cet homme fragile qui lui rappelait par certains côtés son frère.

Achille n'avait plus rien du fringant inspecteur parisien ; il était méconnaissable, verdâtre, rongé par les acides qui lui soulevaient le cœur. Il avait passé la nuit à vomir et à maudire le commissaire Vaissière. Il contempla d'un œil égaré le médaillon de veau aux petits pois qu'il n'avait pas entamé. Le serveur emporta le plat et revint avec un gâteau débordant de crème dans laquelle s'enfonçaient des fruits confits et des raisins de Corinthe. Après le velouté de champignons, l'assiette de jambon d'Auvergne, la truite au beurre et le médaillon de veau, c'était un véritable supplice. Il eut un hoquet et quitta précipitamment la table. Dans sa course effrénée vers le pont extérieur, il heurta l'élégant Grec sans s'excuser. Quand il parvint sur le côté tribord, il déversa le trop-plein de son estomac par-dessus bord, puis vit avec effroi grossir la mer et venir la tempête. Au loin, des clartés électriques couraient sur les nuées.

11

L'homme en costume crème se félicita de l'état du policier. La nature bienveillante œuvrait à sa place, affaiblissant ce piètre garde du corps qui n'offrirait pas de résistance le moment venu. Il fit une brève apparition au restaurant où la Française se tenait dignement à table. Elle était bien plus forte que son compagnon, et d'une grande beauté dans sa robe satinée mauve aux manches bouffantes. Si elle avait été musulmane et égyptienne, il en aurait fait sa deuxième épouse. Il eut un regard mauvais : c'était une chrétienne et une espionne. Elle le vit et lui décocha un sourire. Il lui répondit de la même façon et fut à deux doigts de lui adresser la parole. L'esprit troublé, il regagna sa cabine où l'attendait un frugal repas composé de fromage, de pain et de fruits. Quand il referma la porte, il prit sa tête entre ses mains et ferma les yeux.

Il louvoya longtemps entre ses sentiments.

La Française était au centre de ses préoccupations. Il ne comprenait pas l'attirance qu'il ressentait pour elle à présent. Elle avait ouvert une petite brèche dans son cœur. Certes, elle était chrétienne, mais il émanait d'elle quelque chose de différent des femmes occidentales qu'il avait fréquentées. C'était comme si... Il ne trouvait pas; il affina sa pensée intuitive, chercha à comprendre et trouva... Comme si elle appartenait au désert. Le désert avait vu naître cette femme. Il n'y avait pas d'autre explication. Il la refusa. La chair l'entraînait sur des chemins interdits et l'éloignait de l'islam. La Française n'avait jamais foulé les grains blonds d'une dune, ni vu les blancs ibis sur les bords du Nil. C'était une impure nourrie d'évangiles et élevée sous le signe de la croix. Fort de cette idée, il enfonça ses ongles dans les paumes. La douleur était salutaire. Elle chassa le beau visage de Thérèse qui l'obsédait et lui rendit son âme musulmane. Son désir s'échappa avec ses soupirs. Il ne toucha pas aux victuailles posées sur le plateau d'argent. Il voulait rester pur et s'en remettre à Dieu.

Une heure après le coucher du soleil, il fit ses ablutions et pria.

Le plancher oscillait, les cloisons grinçaient, Allah se manifestait à travers le tumulte des éléments et galvanisait la foi du fidèle prosterné. Quand la prière s'acheva, le *Niémen* fut ébranlé par un paquet de mer. Cette secousse le rapprocha de l'extase, il s'adressa à Dieu :

— Seigneur, je suis Abdul, ton zélé serviteur. Je te rappelle en mon âme, dans la crainte et l'humilité, à voix contenue, soir et matin. Je n'appartiens pas aux indifférents.

« Quand je suis auprès de mon Seigneur, aucun orgueil ne me détourne de l'adorer, de proclamer Sa transcendance, de me prosterner devant Lui.

« Allah très grand, rien ne me détournera de la Voie. Les ennemis de l'islam périront de ma main.

Abdul tourna ses mains ouvertes vers les brasillements qui, à travers le hublot, éclairaient sa cabine. Allah, le Commandeur de l'univers, était tout proche. Au-dehors, le ciel et l'océan ne faisaient qu'un, liés par les éclairs et l'écume. En de titanesques montagnes, traversées de mauvaises lueurs phosphorescentes, les vagues se succédaient et frappaient le navire par le travers avant.

Chancelant, porté par la foi, gorgé de forces envoyées par Dieu, Abdul se dirigea vers les valises posées près du lit. Il ouvrit la plus petite des deux, souleva des chemises et des caleçons. Il y avait une sacoche de cuir souple sanglée par des lanières. Elle s'ouvrait comme un triptyque. Chaque volet contenait un objet enveloppé d'un tissu de soie verte brodée d'anciennes calligraphies. Elles expliquaient que sept lames ayant appartenu aux sept premiers croyants emprisonnaient des âmes démoniaques et qu'elles étaient destinées à percer le cœur des adorateurs du roi sans tombe. Les protectrices cent onzième, cent douzième et cent treizième sourates entouraient ce texte énigmatique.

Abdul ne prenait pas ces paroles à la légère. Elles n'étaient pas tirées d'un conte pour enfants. Le cheik qui lui avait remis la sacoche appartenait à la haute hiérarchie secrète d'un islam qui prônait la guerre sainte et la stricte application de la charia. Ce représentant de Dieu lui avait donné les mêmes ordres que les Anglais : tuer la fille de l'archéologue.

La soie libéra le poignard. L'arme était exceptionnelle, animée d'une vie propre ; elle avait été fondue, battue, cinquante fois trempée par les anciens maîtres forgerons de Bagdad. Il l'admira puis la glissa dans sa ceinture avant de s'allonger sur le lit.

Thérèse se cramponnait à la rampe de la coursive. Tous les passagers avaient quitté le salon en crevant de peur et s'étaient enfermés dans leur cabine à la demande du capitaine. La peur la gagna aussi quand, dans les bégaiements assourdis de la tempête, les gémissements du bateau se firent humains.

Pas ici ! Pas maintenant ! se rebella-t-elle en sentant le plancher monter, puis s'écraser.

Le *Niémen* affrontait les vagues de face. Il souffrait. A n'en pas douter, des gens criaient de détresse dans la cale ou la salle des machines. Les plaintes montaient, se muèrent en prières. Ce n'étaient pas les mécaniciens qui exprimaient leur foi. Les voix ne parlaient pas français, ni aucune langue moderne. Thérèse refusait d'y croire. Les expériences précédentes avaient mis à mal sa raison ; elle ne voulait pas céder aux illusions engendrées par l'esprit. De toutes ses forces, elle serra la rampe des deux mains. Les voix ne se turent pas. Au contraire, elles s'unifièrent :

Imen bou-djou ré ta ! Oupouaout pou ké nédjèti.

Terrasse le mal ! Oupouaout est ton protecteur, dirent-elles. Puis : *Il a guidé ton père, il te montrera la route de la Montagne sacrée et t'aidera à repousser les ennemis.*

Oupouaout ! Oupouaout ! Oupouaout ! répétèrent-elles.

Thérèse se retint de crier. Un chacal fait d'une brume noire traversait la cloison à quelques mètres d'elle.

Ne crains rien, souffla en égyptien la voix féminine qu'elle avait déjà entendue plusieurs fois. *Il vient t'aider.*

Le chacal se dilua, puis réapparut un instant plus tard au centre de la coursive, fièrement dressé sur ses quatre pattes. Thérèse n'eut plus peur. Elle l'identifia bien comme Oupouaout le noir, l'ouvreur des chemins, l'initiateur, celui qui conduisait à la victoire et gardait les dieux. Il la contemplait de ses yeux luisants, d'un vert émeraude irisé d'or. Quand elle s'approcha de lui, il lui présenta le mufle. Elle le toucha du bout des doigts et il disparut à nouveau. Elle en garda une sensation de froid intense. Elle écouta. Seule la tempête parlait et l'appelait.

Il y eut l'éclair. Le plus puissant de tous. Fourche à cinq branches, il apparut du côté de la Sardaigne, fendit le ciel jusqu'à la mer et imprima ses brisures électriques dans les rétines du regard agrandi d'Abdul. Cette brillante irruption précéda de très peu un terrifiant coup de tonnerre. Abdul comprit le message. C'était l'heure choisie par Allah. Il se leva aussitôt et regarda à travers le hublot. Une vague immense roulait vers le *Niémen*. Il se cramponna aux leviers de fermeture et attendit le choc sans fermer les yeux. Il y eut comme une explosion quand le mur liquide frappa le navire. D'autres vagues arrivaient. Le fracas augmenta. La coque résonna de mille bruits, des galops la parcoururent, des marteaux pilonnaient les tôles rivetées. Abdul remercia Dieu; il pouvait forcer la porte de la cabine seize sans se faire repérer.

Dans la cabine quatorze, Achille Bréguet avait le nez dans le vomi, le corps endolori et le crâne en bouillie. Il griffait les draps poissés en pensant au naufrage. Ils allaient sombrer et être dévorés par les poissons. Dans les moments de lucidité, il se sentait lâche, inutile, indigne de sa mission, indigne de Thérèse. Il n'avait pas le droit de l'aimer; elle méritait mieux. Elle était si proche, si proche. Il tendit la main vers la cloison qui les séparait. Il ne l'atteindrait jamais.

Abdul épousait les mouvements du bateau; les Anglais lui avaient communiqué le goût de la mer en le formant sur une frégate de la flotte méditerranéenne. Il avait le pied marin, la souplesse d'un gabier, la témérité d'un corsaire. Le plancher de fer vibrait sous ses pieds. Le gros cœur mécanique du *Niémen* s'emballait. Il frappait de tous ses pistons pour entraîner l'arbre d'une hélice qui tournait à vide toutes les quinze secondes sous le gouvernail inutile.

Abdul marchait à demi courbé, les bras écartés. Quand il arriva devant la cabine seize, il n'hésita pas une seconde et s'attaqua à la serrure avec un trousseau de crochets. A Malte, les spécialistes de Sa Gracieuse Majesté lui avaient appris à venir à bout des systèmes les plus complexes. La serrure était simple; elle ne résista pas longtemps. Il ouvrit la porte et bondit à l'intérieur, le poignard brandi. Le lit n'était pas défait. Les lampes à pétrole n'étaient pas éteintes, mais il n'y avait personne. Il tourna sur lui-même, l'air ennuyé et inquiet, sans s'apercevoir du changement de la statue déblé coincée entre les valises. La vérité s'imposa très vite : la demoiselle était avec son garde du corps, ce stupide et insipide policier. La colère l'étrangla, une pinte de jalousie empourpra sa face. Il se retint de lacérer le couvre-lit à coups de lame. Ses yeux brillaient de méchanceté.

La même flamme passa dans le regard de la statue.

Il colla son oreille sur la paroi d'acajou qui séparait la cabine seize de la quatorze. Le bruit ambiant l'empêcha d'isoler les hypothétiques râles et soupirs des amants.

Attendre ici qu'elle revînt, la poignarder et jeter son cadavre dans les flots. Tel était le plan simple auquel il devait se tenir. Il referma soigneusement la porte de la cabine.

12

L'envoyé de Seth est sur ta barque, avait entendu Thérèse en déverrouillant les quatre leviers de la porte étanche. Personne ne l'avait vue quitter le pont des premières classes et grimper vers le pont supérieur. Les hommes d'équipage consignés dans leurs quartiers se blottissaient dans les hamacs. Les officiers occupaient les points stratégiques et tentaient de dompter le bateau. Thérèse agissait au mépris de la sécurité. Une force la poussait à communier avec la tempête. Un vent hurlant la plaqua contre l'acier riveté et lui arracha un cri de douleur. La tempête attaquait de tous côtés, la remplissant d'une violence inouïe. Thérèse se crut immortelle. L'épreuve de l'eau était une formalité ; elle avait rêvé maintes fois ce moment.

La voix tonna à nouveau à ses oreilles.

L'Egypte est loin ! Oupouaout a besoin de temps pour s'incarner pleinement sur cette barque. Seth et Khonsou le retiennent dans le royaume des morts. Tant que tu demeureras à cet endroit, l'eau vivante d'Isis te protégera de l'envoyé.

Thérèse ne saisissait pas le sens de ce message parlé dans la langue du Nouvel Empire. Elle ne cherchait plus à fermer son esprit. Il lui fallait l'admettre : les voix surnaturelles ne répondaient pas à la logique cartésienne. Il fut un temps où le zéro n'existait pas, où les pensées se réfugiaient dans le cœur des hommes, où la nature obéissait à des magiciens, où les dieux se battaient aux côtés des guerriers. Elle devait accepter cette logique-là.

— Qu'il en soit ainsi ! dit-elle.

Tout en empoignant solidement la rambarde qui courait sous la dunette, elle se donna à l'eau d'Isis.

Le nez du *Niémen* entra dans la vague gigantesque. Les écubiers se remplirent ; la proue et le pont avant disparurent. La masse liquide se brisa sur des obstacles dérisoires et grimpa jusqu'à Thérèse. Elle la recouvrit, la suffoqua, mais ne la fit pas reculer. Thérèse ne défaillit pas. Le destin et les dieux de l'Egypte avaient décidé de l'éprouver, croyait-elle.

Les éclairs fusèrent dans un désordre indescriptible. Ils surgissaient de la mer en furie, tombaient du ciel en débâcle, couraient d'un bout à l'autre d'une nuit en mouvement, embrasaient les horizons brisés et le squelette de fer du navire.

— Vous êtes devenue folle ?

Thérèse vit le visage du second s'imprimer brièvement en blanc sur le fond des ténèbres.

— Rentrez immédiatement ! hurla-t-il.

Elle se cramponnait.

— Diable ! jura-t-il en la voyant déterminée à rester.

Il l'attrapa par les hanches et la tira violemment. Elle résistait.

— Vous allez nous tuer ! De grâce, venez avec moi !

— Laissez-moi ! Je dois affronter la tempête.

— C'en est assez !

D'une secousse, il lui fit lâcher prise, l'emporta et la jeta à l'abri dans le couloir où les flots s'étaient répandus. Elle réalisa qu'elle avait mis en danger le navire et l'aida à repousser la porte pressée par le vent.

— Vous avez eu de la chance, dit-il. On ne peut tenir plus d'une minute à l'extérieur par des temps pareils. Vous mériteriez d'être mise aux fers.

Il l'examinait. Elle ne semblait pas éprouvée. Son regard ne s'égarait pas, n'exprimait pas de folie. Juste de la détermination. Il fut impressionné ; elle était d'une trempe exceptionnelle.

— Pourquoi avez-vous fait cela ? demanda-t-il.

— Je ne vous fournirai pas d'explication. Vous ne comprendriez pas.

— Vous me désobligez ; dans ces conditions je vais devoir faire mon rapport et vous allez être mise à l'amende.

— Je paierai ce qu'il faudra, mais je ne vous en dirai pas plus.

— Bien, comme vous voudrez. Je vais vous ramener dans votre cabine.

Abdul attendait la Française. Par peur du scandale, elle rentrerait bien avant l'aube. Seule. Le raffut du tonnerre et de la tempête ne faiblissait pas. Le *Niémen* roulait et tanguait de plus en plus fort. Il misait sur cette violence pour parvenir à ses fins. Le plus dur serait de traîner le corps sans laisser de traces. Il ne l'égorgerait pas ; il devait frapper au cœur ou au creux des reins. A un endroit où le sang ne s'écoulerait pas trop.

Etrangement, malgré le bruit, il entendit des voix s'exprimant dans une langue inconnue. Elles étaient si claires, si proches... Peu rassuré, il tourna la tête vers le cabinet de toilette. Il avait visité cet exigu réduit sans refermer la porte coulissante ; il n'y avait personne. Les voix persistaient. Elles venaient du lit... Juste au-dessus du lit. Il y avait une sculpture nègre à moitié empaquetée posée le long du meuble. La face sombre, mafflue et scarifiée apparaissait à l'air libre. Il détestait les Noirs, leur artisanat, leur religion primaire, leur comportement animal. Il partageait l'avis de ses amis du Caire : cette race n'était pas plus évoluée que les babouins. Sur les marchés aux esclaves du Soudan, ces bêtes à deux pattes ne valaient pas un bon mulet. Tout en essayant de déterminer d'où sortaient les voix, il décocha une moue de dégoût à cette figure qui...

Il l'examina mieux. Les yeux semblaient bouger. Le bois dont ils étaient faits n'avait pas la même texture que le reste du visage. Des incrustations minérales prenaient vie sous l'effet des éclairs, s'organisaient pour former les iris, les pupilles.

Abdul recula.

L'âme déblé s'était éveillée dès le début de la tempête. Elle était très âgée, aussi vieille que les fleuves et les montagnes d'Afrique. De puissants sorciers l'avaient emprisonnée dans un bois consacré. Pour la seconde fois, des voix amies venues du fond des temps s'étaient unies à la sienne afin d'ouvrir les Portes et de libérer le « chacal ». La femme blanche devait être protégée.

Il y avait à présent ce serviteur du mal armé d'un couteau terrifiant devant elle et elle ne pouvait pas montrer sa puissance. Trop d'eau l'entourait. Sans la terre qui contenait les morts, elle était inutile. Restait sa voix.

Oupouaout ! Oupouaout ! Oupouaout ! répéta-t-elle.

Cet écho se répercuta sous les grands portiques et les pylônes du monde des dieux et des morts, repoussa les démons de Khonsou et les créatures de Seth. A nouveau, Oupouaout le chacal ouvreur des chemins put atteindre la barque des vivants.

Il apparut sur le lit et bondit. Abdul hurla de terreur. Cet immonde carnassier aux yeux étirés et rougeoyants s'abattit sur lui et le mordit au bras. Ce fut comme si des pointes de feu le perçaient jusqu'à l'os ; il lâcha le poignard et s'arracha à l'ardente morsure. L'animal se dilua dans l'air mais Abdul n'était plus en état de reprendre l'initiative. La peur l'aveuglait. Il quitta la cabine seize en courant et se réfugia dans la sienne en appelant Allah à l'aide.

La porte de la cabine de Thérèse battait sous l'effet du roulis.

— Vous ne l'avez pas fermée ? demanda le second.

— Elle l'était quand je me suis rendue au restaurant.

Des plis barrèrent le front du marin. Il examina la serrure ; elle n'avait pas été fracturée. Il fureta des yeux à l'intérieur de la cabine. Le lit n'était pas défait. Les valises rangées côte à côte n'avaient pas été dessanglées, la penderie et les tiroirs des chevets clos portaient leurs clefs de cuivre. Il n'y avait pas eu vol ; cela le soulagea. Cette petite bourgeoise se fichait de lui. Il ne l'épargnerait pas dans son rapport au commandant.

Il la toisa d'un air narquois mais n'insista pas, l'invitant à s'enfermer jusqu'à la fin de la tempête. Ce qu'elle fit aussitôt. Quand la serrure fut bouclée, elle s'adossa à la porte. Son cœur cognait. Quelqu'un était venu, elle le sentait. La cabine était imprégnée de colère et de terreur. Elle mit du temps avant de se déshabiller. Elle alla s'asseoir sur le bord du lit et entreprit de délacer ses bottines. Quand elle baissa les yeux, elle aperçut le bout de métal sous la statue déblé. Ses poils se dressèrent lorsqu'elle dégagea le poignard courbe.

— Non, non, souffla-t-elle alors que s'imposait l'image de ce poignard planté dans le corps de Tabès-Blumberger.

C'était, autant qu'elle s'en souvenait, la copie conforme de l'arme du crime. La même main l'avait forgé, trempé, ciselé. Qui l'avait déposé ici sous la statue ? Une chaleur se répandait dans l'acier ; elle devint telle qu'il lui fut impossible de le garder entre les mains. Le poignard la rejetait. Elle le rangea dans le tiroir du chevet ; elle l'étudierait avec son père et des savants arabes. Tôt ou tard, cette arme livrerait ses secrets.

Le second décolla son oreille de la porte. Il avait attendu quelques minutes afin de s'assurer que la demoiselle se tenait tranquille. Il repartit en vacillant dans la coursive. Quand il passa devant la cabine du Grec, il entendit ce dernier s'exprimer à haute voix... en arabe. C'était étrange pour un Grec, mais cette nuit plus rien n'étonnait le second. Il gagna la dunette et fit son rapport au commandant.

Abdul se servait de son chapelet comme d'un bouclier. Les grains de nacre roulaient entre ses doigts. D'une voix émue et forte, il invoquait Allah à travers la trente et unième sourate; il personnalisait certains versets pour entrer en intimité avec lui :

— «... à ceux qui croient, effectuent les œuvres salutaires, reviendront les jardins du bonheur

«Où ils seront éternels, selon la promesse de Dieu en Vérité.

«Tu es le Tout-Puissant, le Sage.

«Tu as créé les cieux sans support que je puisse voir, fiché dans la terre des ancrages, pour qu'elle ne tremble sous mes pas, disséminé sur elle des spécimens de tous les animaux; sur elle fait descendre de l'eau du ciel et pousser les espèces bienfaisantes.

«Voilà ta création. Je t'en supplie, détruis les abominations envoyées par tes ennemis. Ce que j'ai vu ne t'appartient pas, Satan cherche à dénier tes bienfaits et je subis sa haine. Vois mon bras, ô Seigneur, et apaise mes souffrances!»

Il dénoua les mouchoirs qui couvraient la plaie noirâtre d'où le sang n'avait pas coulé. Les trous des crocs se boursouflaient, sa chair, ses nerfs, ses os le brûlaient; il retenait ses larmes. Il tomba dans l'inconscience quand la tempête se calma.

13

Trois jours s'étaient écoulés depuis la fin de la tempête. Thérèse ne parvenait pas à oublier Oupouaout et le poignard. Rien n'avait été volé ; le sac de voyage enfermé dans la penderie contenait toujours les précieux papyrus et l'argent : mille francs en or et sept mille livres égyptiennes. Elle n'en avait pas parlé à Achille Bréguet. L'inspecteur lui avait fait part de son mécontentement après le sermon du commandant. Ce dernier l'avait vertement tancée, mais il ne l'avait pas mise à l'amende.

De son escapade sur le pont extérieur le soir de la tempête, l'équipage et les passagers avaient fait des gorges chaudes. Depuis cet incident, on la regardait étrangement.

Lorsqu'elle entra en compagnie de l'inspecteur dans le salon Héliopolis, elle fut sous les feux croisés de tous les regards. Il y eut des hochements de tête, des airs entendus, des chuchotis, du mépris féminin, de l'admiration masculine.

Thérèse et Achille se dirigèrent vers l'angle où un dieu de pacotille en plâtre ressemblant vaguement à Osiris se dressait entre deux plantes vertes. Ils s'assirent tout près de trois hommes qui les saluèrent silencieusement. On pouvait presque deviner le cheminement de leurs pensées à l'égard de la jeune femme.

Ce n'était pas une gourgandine; elle n'avait pas l'allure d'une courtisane; elle ne sortait pas non plus d'une institution religieuse et elle n'était pas mariée. Des bruits couraient : on la disait fille d'un grand archéologue; l'homme avec qui elle s'affichait appartenait à la police; elle allait être présentée à un pacha... Les cancans ne satisfaisaient pas les trois compères qui l'observèrent à la dérobée. Ils préféraient la classer parmi les nouvelles aventurières qui écumaient le monde. Il y avait de la détermination dans son visage, de l'enthousiasme et de l'égarement.

Elle avait sûrement un «grain».

Ils reprirent leurs conversations en sirotant leur cognac.

— C'est insupportable, dit tout bas Bréguet.

— Qu'est-ce qui est insupportable?

— Vous êtes au centre de tous les regards. C'est de votre faute!

— En quoi cela vous gêne-t-il?

— Nous devions voyager discrètement et vous mettez tout en œuvre pour vous faire remarquer.

— Je crois plutôt que vous êtes jaloux.

— Qu'allez-vous inventer? bégaya-t-il.

— Achille, ne cherchez pas à dissimuler vos sentiments à mon égard, je vous observe depuis le début de notre rencontre et je vois bien où vous voulez en venir.

— Vous... vous... méprenez... je...

— Mademoiselle, monsieur, que puis-je vous servir?

Le serveur du salon sauva un Achille rouge de confusion. L'inspecteur répondit précipitamment :

— Une poire.

— Pour moi ce sera un quinquina, dit Thérèse.

Quand le garçon revint avec les boissons, l'impertinente et malicieuse Thérèse leva son verre :

— A vos amours!

— A votre réussite!

Il n'avait pas osé répondre : «Aux vôtres.» Il vida d'un

trait l'alcool blanc et se brûla l'estomac. Puis sa tête bourdonnante se mit à tourner. Il n'avait plus le mal de mer depuis que le paquebot voguait sur des eaux calmes, il craignait davantage le mal d'amour. L'alcool aidant, il aurait pu lui souffler tout bas l'un des poèmes qu'il avait appris les jours précédents en empruntant des livres à la bibliothèque. Il y en avait un surtout écrit par Baudelaire. « Parfum exotique ». Il le trouvait adapté à la situation et à ses envies cachées. Avec un peu de courage, il délivrerait les mots qui chantaient en lui :

Quand, les deux yeux fermés, en un soir chaud d'automne,
Je respire l'odeur de ton sein chaleureux,
Je vois se dérouler des rivages heureux
Qu'éblouissent les feux d'un soleil monotone ;

Une île paresseuse où la nature donne
Des arbres singuliers et des fruits savoureux ;
Des hommes dont le corps est mince et vigoureux,
Et des femmes dont l'œil par sa franchise étonne.

Guidé par ton odeur vers de charmants climats,
Je vois un port rempli de voiles et de mâts
Encor tout fatigués par la vague marine,

Pendant que le parfum des verts tamariniers,
Qui circule dans l'air et m'enfle la narine,
Se mêle dans mon âme au chant des mariniers.

Il chuchota le dernier vers en espérant une réaction de Thérèse. Il était prêt à déclarer son amour. Une seconde poire l'aiderait à vider son cœur, mais la jeune femme ne lui prêtait guère d'attention. Elle écoutait la conversation de la table voisine. Le ton montait.

— ... Si nous n'avions pas réuni cette commission

d'imbéciles sous la présidence de cet inexistant Lesseps, nous n'en serions pas là en Egypte !

— Vous êtes ingrat avec notre grand Français. Lesseps est accaparé par le creusement de son canal à Panamá. Son seul nom nous aide... Rendez-lui hommage, mon cher Rotmann, et ne mésestimez pas le travail de la commission menée par notre bon Liron d'Airolles. Les membres enquêteurs ont réussi à lui imputer la responsabilité des vices du gouvernement égyptien. Le déficit de ce pays est de deux cent cinquante millions de francs, ce n'est pas une mince somme et nous le réduirons avant de nous attaquer à l'énorme dette contractée en vingt ans. Nous sommes mandatés pour redresser les finances de l'Egypte et développer ses ressources, pas pour faire le procès de ceux qui nous ont précédés !

— Je ne fais aucun procès, répliqua Rotmann. On m'a envoyé pour colmater les brèches du coffre gouvernemental et réparer les erreurs de mes prédécesseurs. Cela fait quatre fois que je me rends au Caire pour liquider cette dette. Aujourd'hui j'agis à vos côtés en tant que représentant de la banque Rothschild et envoyé spécial du ministère des Finances, j'ai mené à bien la cession à l'Etat égyptien des propriétés foncières de la famille khédivale en gageant un emprunt de deux cent douze millions et demi de francs et je suis à l'origine de l'accord passé avec le Crédit foncier de France en privilégiant la participation du secteur privé aux recettes du canal de Suez. Je ne suis pas un philanthrope, on m'a donné du sable et je veux en faire de l'or. Vous-même, que je sache, n'avez pas d'autre ambition Gagner de l'argent est notre credo, Granger.

Le troisième homme toussa volontairement et étendit sa main entre les deux débatteurs. Il les réduisit au silence. Thérèse se dit qu'il devait être placé plus haut dans la hiérarchie. Son regard pétillait d'intelligence derrière les verres ovales de ses lunettes.

— Messieurs, vous vous emballez inutilement. Vous nous avez déjà servi ces arguments de nombreuses fois. Nous sommes loin de Paris et des débats publics. Serrons-nous les coudes, et nous continuerons à faire du bon travail. Nous réduirons cette effroyable dette de deux milliards et demi [1] si on nous en laisse le temps. Les plans élaborés dans les ministères sont parfaits sur le papier; la réalité égyptienne est autrement plus complexe et explosive. En ce moment même, des groupes d'officiers arabes mécontents de la réduction des effectifs de l'armée et de la diminution des soldes fomentent des révoltes. Ils sont menés par un certain Arabi dont les maîtres mots sont : «L'Egypte aux Egyptiens». Le peuple des villes est sensible aux beaux discours de ce colonel. Il est facile aux agitateurs de démontrer que notre politique est bananière. Nous sommes au bord d'une guerre civile. Et ne comptez pas trop sur l'alliance franco-anglaise et la participation d'une force d'intervention commune si la situation se dégradait. L'Angleterre veut faire cavalier seul, elle mine le terrain sous nos pas. Elle a pour ambition de contrôler le canal de Suez et d'étendre sa domination jusqu'au Congo.

— Pouvez-vous le prouver? demanda Granger.

— Je ne suis pas autorisé à vous dévoiler mes sources... de plus, on nous écoute, ajouta-t-il en souriant à Thérèse.

La jeune femme avait bu leurs paroles; ces propos entendus malgré lui rendaient Achille soucieux. Tous deux découvraient une autre Egypte. On ne leur avait pas décrit la situation instable du pays. Le père de Thérèse n'en parlait jamais. Le commissaire n'avait pas jugé bon de mettre l'inspecteur en garde. Ils allaient aborder une terre en proie à la révolte.

Thérèse et Achille échangèrent un regard qui en disait long. Vous êtes doublement en danger, pensa l'inspecteur.

1. Endettement global de l'Egypte en 1880.

Il quitta son siège sans dire un mot et se rendit sur le pont. Il gonfla ses poumons d'air du large jusqu'à l'ivresse. L'Egypte idyllique qu'il avait mentalement dessinée durant des jours n'existait plus. Il n'abandonnerait jamais Thérèse parmi les sauvages enturbannés. Il décida d'envoyer sa lettre de démission au commissaire Vaissière dès son arrivée à Alexandrie et de rester en Egypte.

L'homme ôta ses lunettes et tira trois gros cigares de la poche intérieure de son veston. Il en offrit deux à ses compagnons avant de se plier au rituel. Il examina la géométrie du cylindre, la sphère de la tête, la découpe droite du pied, l'enroulement de la cape, imagina les mains brunes roulant la feuille. La compacité parfaite du cigare qu'il éprouvait entre ses doigts était le premier gage d'un « fumé de qualité ». Il l'alluma, tira la première bouffée. Elle se révéla capiteuse. Plus rien ne comptait que ce plaisir-là. Dans douze minutes, après avoir traversé les parois de sa bouche, la nicotine irriguerait son cerveau et lui ouvrirait d'autres horizons.

Plus rien n'aurait compté sans la présence de la jeune femme à son proche horizon. Il n'avait pas l'intention d'en découvrir d'autres pour l'instant. Ses compagnons rêvassaient à des avenirs incertains, à des oasis, à des femmes mystérieuses, aux clefs du plaisir peintes au henné sur des ventres de sable brun. Les muscs des belles Arabes leur revenaient en mémoire. Ces amantes alanguies sur des sofas les attendaient, ils les retrouvaient toujours plus aimantes à chaque séjour.

Lui-même avait aimé une nomade à Assiout lors d'un voyage d'étude le long du Nil. Il portait encore les traces de ses dents et les marques de ses ongles. Il ne la reverrait plus ; elle avait été tuée par ses frères jaloux. Il avait appris le fatalisme, mais il croyait à la roue de la fortune et aux fées.

A un moment, il souffla un nuage bleuté en direction de Thérèse. La jolie Française réfléchissait, un crayon à la main.

Il crut qu'elle tenait un journal intime. Il était loin de la vérité.

Thérèse avait sorti son carnet de notes de la sacoche qu'elle emmenait partout. Elle affinait ses notes sur Oupouaout, Isis, Seth et Khonsou. Elle n'avait pas encore trouvé de lien entre ces protagonistes de l'ancienne Egypte et les poignards de Bagdad. Elle ne désespérait pas d'y parvenir.

Le lien fragile de la fumée soufflée par l'inconnu l'atteignit. Elle releva la tête ; il la contemplait à travers le voile bleuté. Ce visage n'était pas franchement agréable à l'œil. Il y avait quelque chose de médiéval, de barbare dans cet homme d'une quarantaine d'années. Une cicatrice zébrait son cou et son menton. Des traits forts exprimaient une nature brutale. La passion s'inscrivait dans les lèvres pleines et ourlées sous le nez épais. Elle l'aurait cru militaire et primaire s'il n'y avait pas eu ce regard vif et profond et ce haut front frangé de boucles brunes qui lui donnaient des airs de patricien romain. Des idées de génie, elle n'en doutait pas, naissaient derrière la couleur d'automne de ces yeux impudents.

La fumée s'estompa. Il ne les baissa pas. Elle résista.

— Vous avez de la chance, Justinien, dit soudain Granger.

— De la chance ? répondit-il en détournant son regard de Thérèse.

— Le nouveau khédive vous a honoré du titre de pacha.

— Ce n'est qu'un titre honorifique, mon bon André.

— Il vous ouvre toutes les portes et vous donne les coudées franches pour agir, poursuivit Rotmann.

— C'est un avantage, je le reconnais. Il me permettra de m'imposer parmi les fellahs.

— Les paysans vous sont acquis depuis longtemps. Vous avez amélioré leurs conditions de vie en irriguant le delta et en creusant des puits dans les oasis. Vous pourriez prendre la tête de ce pays si vous le vouliez.

— Vous y allez fort, Serge. Je ne suis pas Napoléon, pas égyptien, pas musulman, et la balafre que je porte prouve que je n'ai pas que des amis à l'ombre des mosquées. Le peuple est versatile, les puissants sont jaloux et les cités des morts sont pleines de pachas, d'émirs, de mamelouks, de beys assassinés, exécutés, empoisonnés. J'étais un jeune ingénieur quand j'ai été engagé par Lesseps à Suez ; j'ai appris à composer avec le sable, le soleil, les vents, les scorpions, les serpents, la malaria, la peste et le choléra. Ma vocation est de lutter contre ces fléaux et de venir en aide aux déshérités, pas de remplacer le khédive au Caire ou de fonder une nouvelle dynastie de sultans. Je continuerai à creuser des canaux, à construire des écoles et des hôpitaux tant qu'on voudra de moi dans ce pays.

— Cependant vous portez une bague de l'islam et vous vous habillez comme eux quand vous êtes là-bas, lui fit remarquer Granger.

Justinien remit ses lunettes et tourna sa main droite. Une bague d'argent cerclait son auriculaire. Elle était surmontée d'un morceau de métal rond et plat orné de calligraphies.

— L'habit ne fait pas le muezzin et ceci est un cadeau très précieux ; l'un des quatre-vingt-dix-neuf noms d'Allah y est inscrit. Cette bague renferme la lumière et les feux purificateurs.

Il s'en tint là. Ses deux collègues respectèrent son silence et se perdirent dans des pensées qui s'enchevêtraient comme les volutes émanant des cigares. Justinien tira une longue bouffée du sien. Quand il souffla la fumée, Thérèse n'était plus là.

14

Thérèse n'avait pas rejoint Achille. Son cœur battait à se rompre, d'un trop-plein de sentiments nouveaux, d'une foudre qui l'avait touchée soudainement.

Justinien. Il s'appelait Justinien comme l'empereur de Constantinople, vainqueur des Vandales et des Ostrogoths, grand législateur et constructeur infatigable. La comparaison ne lui paraissait pas hardie. Le Justinien qu'elle venait de quitter avait réellement la prestance d'un empereur.

Je pourrais être Théodora, se dit-elle en pensant à l'intrigante danseuse qui était devenue impératrice en épousant Flavius Anicius Justinianus Magnus.

Mais je ne sais pas danser, admit-elle en souriant.

Théodora, Thérèse. La similitude des prénoms les rapprochait. Il y avait du divin dans les trois lettres t, h et é.

Thérèse désirait rester humaine, s'apprêter, se pomponner, passer la seule et belle robe emportée pour honorer son père si d'aventure ils étaient invités à l'ambassade de France ou au palais khédival. Elle avait hâte de mûrir son visage d'un fard et d'approfondir son regard en quelques coups de pinceau.

Des gouttes de sueur suintaient sur sa figure cadavérique, qui semblait comme figée dans l'exhalaison d'un brouillard jaunâtre. Abdul ne parvenait plus à prononcer le nom d'Allah. Les gémissements avaient supplanté ses paroles et traduisaient la douleur qui se propageait.

Il se battait depuis quarante-huit heures contre la torture infligée par la morsure. Il avait envie de poser sa tête sur le coussin et de se reposer, mais la forme de repos dont il avait besoin n'existait pas. C'était quelque chose de plus profond que le sommeil, de plus vaste que la mort, l'envie de se fondre dans le néant des origines.

Assis sur le bord du lit, penché en avant, il soutenait son bras blessé entouré d'une serviette de bain. Il avait cru à la puissance de Dieu et aux bienfaits du Coran. Il ne s'émerveillait plus des paroles divines contenues dans les sourates. Leurs pouvoirs avaient été sans effet sur son mal ; il les avait pourtant récitées jusqu'aux larmes. L'impression d'être un élu l'avait quitté. Il souffrait et puait comme une bête à l'agonie dans le désert. Sa poitrine était une forge dans laquelle le mal grondait. Il enleva la serviette. Son bras apparut et l'horrifia. La chair gonflée était d'une couleur indéfinissable ; du jaune, du bleu, du marron et du noir se mêlaient au pus coulant des crevasses.

Il ne pouvait plus se passer de l'aide des hommes. Il se décida à quitter la cabine pour se rendre chez le médecin. Se redresser lui demanda un effort considérable. Les murs de la cabine se mirent à tourner. Son cerveau ne fixait plus les images captées par ses yeux. Il se concentra pour rester dans l'axe de la porte. Quand il parvint à l'ouvrir, la douleur, en une attaque foudroyante, le terrassa.

Thérèse vit chuter le Grec au moment où elle débouchait dans la coursive. Elle se précipita vers lui et s'écria, voyant l'état de son bras :

— Mon Dieu ! La gangrène...

Elle avait accompagné dans la mort des dizaines d'hommes pourrissant sur des civières pendant la guerre ;

elle avait jeté au feu des bras et des jambes coupés. L'odeur des chairs décomposées brûlant dans des fosses imprégnait encore sa gorge.

— Je vais chercher le médecin !

Abdul l'entendit à peine. Plongé dans les affres, il ne la reconnut pas. Elle posa une main fraîche sur son front.

— On va vous sauver !

— Nom de Dieu de nom de Dieu !

Le médecin du *Niémen* était un homme bourru qui avait servi en Indochine et enterré bon nombre de ses patients. Celui-là finirait dans les abysses ; les poissons n'en voudraient pas.

— Ne restez pas ici, mademoiselle, ce n'est pas votre place !

— Ma place est à vos côtés ; j'ai servi comme infirmière en 70 et sous la Commune.

Le docteur lui jeta un regard suspicieux. Une communarde ? C'était fort possible : cette fille avait un grain. Et des qualités. Elle faisait preuve de sang-froid et de courage. Il pouvait compter sur elle.

— C'est bon, je vous engage ! On va le transporter à l'infirmerie.

Les marins allongèrent le Grec sur la table. Après avoir découpé au scalpel la chemise du blessé, le docteur écouta le cœur et les poumons avec son stéthoscope. Cet examen lui rendit confiance. La gangrène ne s'était pas encore répandue dans le reste du corps. Il examina le bras et se demanda ce qui avait pu provoquer de pareilles plaies.

— Humide, dit-il.

Thérèse connaissait la gangrène dite humide qui s'accompagnait de cloques, de suppuration et de putréfaction. Le docteur se servit d'un stylet pour sonder les escarres qui formaient des sillons de pus. Il n'obtint aucune réaction. La mort était locale.

— Il faut couper, dit-il.

Il n'avait pas opéré depuis très longtemps. Il leva les yeux au plafond et passa une main dans les rares cheveux qui argentaient son crâne rose, comme s'il voulait ranimer des idées et des pratiques puisées dans le savoir médical accumulé des siècles auparavant, celui d'Hippocrate et de Galien. Il savait comment débrider les plaies gangrenées, avec anesthésie à l'éther et nettoyage à l'eau oxygénée avant de panser. Là, il était trop tard.

— Oui, il faut couper, répéta-t-il comme pour se donner du courage.

Abdul avait repris conscience.

— Vous ne couperez rien !

— Alors vous mourrez dans moins de vingt-quatre heures.

— La mort est préférable.

— J'ai juré de la combattre en toute occasion et je respecterai ce serment fait devant mes pairs, dit le docteur avant de donner l'ordre aux marins de le maintenir en place.

Les gaillards se ruèrent sur Abdul. Il n'eut pas la force de se débattre. Son regard terrifié et terrible s'adressa surtout à Thérèse.

— Prenez les paquets d'ouate, la bouteille d'éther et le doseur dans l'armoire à pharmacie, commanda le médecin à Thérèse.

Elle avait maintes fois exécuté de tels ordres dans les hôpitaux ou les églises réquisitionnées par les militaires. Elle ne trembla pas en ouvrant l'armoire. Le médecin se lava pour la seconde fois les mains. Il gagnait un peu de temps. La première démonstration publique d'anesthésie à l'éther avait été faite trente-quatre ans plus tôt par le professeur Morton. Lui-même l'avait expérimentée quatre fois durant sa longue carrière. Il s'étonna du savoir-faire de mademoiselle Maurin qui, sans attendre, avait défait les paquets d'ouate, qu'elle disposa en une épaisse couche protectrice sur le cou et la poitrine du Grec. On notait souvent des accidents broncho-pulmonaires dus au refroidissement provoqué par l'éther. Elle ne lui avait pas menti : elle avait bien servi comme infirmière.

Elle lui communiqua sa volonté et son courage. Il contourna la table d'opération et vint se placer au-dessus du visage du Grec maintenu dans l'étau des mains d'un marin.

— Non ! Non ! fit Abdul.

Le médecin appliqua le masque de coton sur le nez et la bouche du blessé et versa une bonne dose d'éther. L'effet ne fut pas immédiat. Le bougre résistait. Le médecin doubla la quantité de produit anesthésiant et vit se fermer les yeux fiévreux.

Les marins, non sans effroi, contemplaient les outils chirurgicaux aux lames affûtées qui avaient trempé dans une solution d'eau et de savon noir avant d'être rincés et alignés dans un large récipient plat d'acier poli. Ces instruments de torture brillaient. On ne pouvait s'empêcher d'imaginer les bistouris, le scalpel, les pinces hémostatiques, les aiguilles entrer dans ses propres chairs, fouiller les muscles, séparer les nerfs et les veines, atteindre les os. Plus inquiétante encore était la scie à cadre avec sa rangée de petites dents inclinées. A la vue de cet instrument, Thérèse ne put s'empêcher de frissonner. Elle s'était munie de compresses et attendait le bon vouloir du médecin.

Celui-ci respira un bon coup, serra les mâchoires et entreprit de couper les chairs saines au milieu de la partie supérieure du bras. Le sang coula. Thérèse épongea. Quand la scie grinça sur l'os, chacun ressentit la douleur. L'avant-bras pourri, le coude et une moitié du bras se détachèrent. A aucun instant le praticien ne perdit son assurance. Ses gestes académiques n'avaient rien à envier à ceux des grands chirurgiens. Il appliqua la méthode circulaire d'amputation et prit soin de couper ensuite obliquement les parties molles de façon à former un moignon important au-dessous de l'extrémité sectionnée de l'os.

La couture de la peau fut une formalité. Ils recouvrirent le moignon d'un épais bandage et relâchèrent leur tension. L'opération s'était parfaitement déroulée ; il le lut dans le regard approbateur de son infirmière.

— Merci pour votre aide, dit-il.

— Vous avez été parfait.

— Je vous le dois, avoua-t-il. J'ai fait le maximum. A Dieu de prendre le relais, à présent.

A cet instant, le Grec, dans son sommeil artificiel, se mit à parler d'une voix faible. Le médecin se pencha pour l'écouter.

— C'est étrange, il s'exprime en arabe.

Thérèse était la seule à comprendre cette langue.

« Seigneur, venge ton fils », avait dit Abdul.

15

Le capitaine brida les chevaux-vapeur du *Niémen* filant sur le miroir d'une mer laiteuse. Le sillage d'écume bruissante soulevait de paresseuses embarcations aux voiles triangulaires et flasques. A leur bord, les hommes souquaient ferme en chantant. Les mouettes rieuses tourbillonnaient au-dessus de la poupe, saluant par leurs cris aigus l'arrivée du paquebot dans les eaux égyptiennes.

Les passagers, un moment intrigués par la présence d'un navire de guerre anglais croisant au large, s'étaient rassemblés à tribord. Leurs regards pointaient vers la bande dorée du désert mourant sur la grève. On éprouvait de la mélancolie dans la contemplation de cette plage infinie et vierge et de ce ciel de métal fondu qui virait au bleu de cobalt à l'horizon.

Thérèse ne put s'empêcher de penser au grand Pompée assassiné sur cette rive, à la galère de Cléopâtre échouée sur ces bas-fonds, après la fuite d'Actium, aux hordes des «peuples de la mer» envahissant le riche royaume d'Amon. Elle remontait les siècles jusqu'aux fureurs d'antan. Des cris de victoire et de détresse se mêlèrent en une rumeur continue, et du désert paisible accoururent les fantomatiques armées des pharaons, des stratèges, des satrapes et des tribuns.

Ce n'étaient que des illusions et des échos.

Accoudé près d'elle, ignorant les événements du passé, Achille ne ressentait pas les mêmes choses. Ces étendues de sable l'inquiétaient. Des villes plates et rousses peuplées d'Arabes fanatiques se trouvaient là, hors de portée de l'œil. Des mosquées remplies d'ennemis enturbannés prêchant la guerre sainte pullulaient le long du Nil et dans les oasis. Il sentait le rayonnement de La Mecque, l'influence du Croissant, la fièvre de l'islam.

Sa vision du monde musulman était déformée par de lointaines leçons d'histoire, par ses lectures sur les croisades et aussi par la peur des étrangers léguée par sa mère, lingère inculte, qui classait dans l'ordre descendant Juifs, Arabes, Bohémiens et Chinois, « ces gens fourbes et voleurs qui sucent notre sang », disait-elle, les peuples qu'on devait faire disparaître.

Achille n'avait pas l'âme d'un croisé. Il n'était pas fait pour défendre une relique ou conquérir un lieu saint ; il était simplement prêt à mourir pour sauver la femme qu'il aimait. Toutes les lignes de fuite de ses visions aboutissaient à Thérèse, à elle seule.

Les visions de ce monde s'imprimaient en chiffres dans les cerveaux des trois Français pragmatiques et rompus aux âpres tractations avec les Turcs et les Arabes. Granger, Rotmann et Justinien spéculaient sur leurs chances de réussite. Dans quelques heures, ils retrouveraient leurs rusés interlocuteurs, les pratiques inavouables de tout bon négociateur formé aux usages de la politique coloniale. Ils ne poursuivaient pas les mêmes buts, mais chacun avait préparé des enveloppes de différentes grosseurs bourrées de billets de banque et d'actions au porteur pour la police, les fonctionnaires, les gros poissons du gouvernement et les chefs des familles dominantes. Ils arroseraient tout le monde afin d'aboutir, tout en sachant qu'arroser le désert était une action vaine.

Justinien ne pensa pas longtemps aux grands travaux d'adduction et d'assainissement qu'il devait mener à bien. Certes, le khédive l'avait nommé pacha, mais c'était un titre, pas un portefeuille de ministre. Il n'aimait pas les honneurs et les médailles ; il préférait les rires des paysans quand l'eau coulait dans les canaux.

Il aurait donné beaucoup pour un sourire de Thérèse Maurin, dont il connaissait bien le père ; Luc Maurin défendait aussi de justes causes. Son regard glissa de la côte à la coque, puis se fixa sur le profil de la jeune femme. C'était étrange, il avait déjà vu ce profil-là. Mais où ? Il ne chercha pas à se souvenir. Cela n'avait pas d'importance. Elle était là. Sa présence suffisait à son bonheur. Il renouait avec des sentiments enfouis au plus profond de son être.

Tout recommençait. Des douleurs remontèrent ; sa cicatrice lui fit mal. Il les repoussa. Et détourna son regard de Thérèse. Il ne voulait plus souffrir.

— Là où il y a la palme, il y a la vie, dit alors Rotmann.

Un bouquet de palmiers dattiers couronnait une dune lointaine. Cette piqûre d'arbres rompit le paysage monotone et soulagea bien des passagers qui faisaient ce voyage pour la première fois.

— Et il y a les hommes, ajouta Granger sur un ton pathétique.

Des cavaliers circassiens armés de fusils et de sabres venaient d'apparaître sur la rive.

— Ceux-là ne nous ennuieront pas, conclut Justinien.

Ses amis acquiescèrent. Les Circassiens formaient le gros de l'armée turque stationnée en Egypte et étaient jalousés par les militaires arabes. Leurs jours dans ce pays livré en pâture aux puissances occidentales et aux agitateurs étaient comptés.

Le *Niémen* abandonna ces cavaliers dont les montures peinaient dans les sables. Des cahutes de pêcheurs et leurs filets au maillage serré formaient des îlots de misère en marge du grand port encore invisible. Le désert perdait peu à peu sa blondeur ; il se para en quelques instants de verdure dans le quadrillage des canaux nourri par les branches du delta. Les odeurs de vase se faisaient sentir, l'eau jaunissait, le Nil en crue ensemençait de limon la mer et nourrissait la terre des pharaons. Les trois Français éprouvèrent de la fierté à la vue de ce renouveau de l'agriculture, de ce paysage pacifié par les fellahs. Ils étaient un peu à l'origine de ce miracle. Surtout Justinien, maître d'œuvre du plan d'irrigation, qui avait conduit les travaux dans cette partie du pays. Ils s'en réjouissaient sans ostentation. Rien n'était acquis. Ils le comprirent en voyant émerger le minaret au-dessus des maisons d'un village.

Abdul ne souffrait pratiquement pas. Le médecin lui avait fait avaler des drogues et administré des calmants par voie intraveineuse. La proximité de la sainte terre de ses ancêtres le revigorait et l'exaltait. Il trouva la force de se dresser et de coller son visage au hublot. Les larmes coulèrent quand il vit le minaret coiffé d'un croissant et le bulbe de brique de l'humble mosquée. Dieu n'avait pas accepté sa mort. Dieu, par ce doigt dressé, lui montrait la voie.

— Mon Seigneur est seul à savoir qui de Son chemin s'égare, et à savoir qui bien se guide. Loué soit mon Seigneur ! Sa volonté sera accomplie, dit Abdul.

Alexandrie apparut. Les passagers ne savaient plus où donner du regard. Les sirènes du *Niémen* mugirent. Deux longues et graves plaintes réveillèrent les nefs ancrées face au vaste port. Un gros cargo et deux navires au long cours lui répondirent. Sur les promontoires, des forts gardaient la ville mythique qui s'était déplacée dans le temps et retrouvait depuis peu son assise antique, entraînée par les marées liées aux événements tragiques ou heureux de son histoire. On construisait à tour de bras sur les ruines éparses des monuments érigés par les Ptolémées. Alexandrie se drapait de modernité au sud et à l'est. Au nord, l'hôpital, le palais de Ras El Tin, les casernements et les massifs bâtiments de l'arsenal occupaient un large bras de terre formant la baie. Au centre, les quartiers populaires s'ordonnaient autour du fort Gafarelli, de la mosquée El Fahan et de la place Méhémet-Ali.

Thérèse essayait de trouver des points de repère. Sa connaissance livresque se substituait à la réalité de ce qu'elle apercevait. Son esprit gomma les forteresses et les mosquées, les entrepôts et la gare portuaire, les immeubles européens et les bazars musulmans. Les palais de marbre, les temples d'or et les statues glorieuses réapparurent ; le phare fabuleux projeta sa flamme à des milles à la ronde ; la grande bibliothèque naquit de ses cendres et le savoir se propagea, entraînant la jeune femme sur les pas d'Archimède, de Platon, d'Aristote et de Pythagore.

Thérèse renoua avec les drames de la cité belle et dangereuse. Des souvenirs de fêtes, de guerres et de persécutions affluèrent. C'était comme si, par un phénomène de métempsycose, l'âme des événements et des êtres morts ressuscitait sous les coups des manœuvres éventrant la terre et s'en allaient se loger dans les quartiers neufs. L'émotion la gagna. Elle se sentit irrésistiblement attirée. On l'appelait, on l'accueillait, on la louait. Les imperceptibles voix du passé se manifestaient :

Bienvenue chez toi.

— Chez moi... je reviens chez les miens, balbutia-t-elle.

Cela fait longtemps que tu es partie, dit la voix d'une femme, toujours la même, parlant dans un égyptien où se mêlaient les archaïsmes de l'Ancien Empire et les subtilités du Nouvel Empire.

J'ai préparé les parfums, les encens et la myrrhe du pays de Pount, j'ai invoqué Amon, Rê et Isis, les Portes ont été ouvertes par Oupouaout et les Pylônes sont sous la protection d'Anubis.

Tu dois te rendre là-bas pour coiffer les couronnes, mais ne tarde pas. Les ennemis sont à l'affût ; Seth marche à la tête d'une armée de démons ; Khonsou est sur ses pas ; Satis la cornue vient ensuite avec Apophis et les forces hostiles du chaos primordial. Ils détruisent les benben *et les obélisques. Les ténèbres approchent. Ne tarde pas !*

La voix se tut. Le message était incompréhensible. Thérèse battit des paupières et sentit le moteur du bateau sous ses pieds. Il ronronnait en sourdine. La traversée s'achevait.

Les sirènes du *Niémen* furent à nouveau actionnées. Un remorqueur répondit à l'appel et s'amarra à la coque pour pousser le paquebot vers le quai. Des marins envahirent les ponts et s'apprêtèrent au mouillage.

Alexandrie grandissait. Achille reprit ses fonctions de garde du corps, mais la ville bruyante et inconnue glaçait son zèle, et si, pour d'autres, l'attrait magique en était extraordinaire, elle était pour lui l'antre de tous les cauchemars. Il se prépara à débarquer, malgré lui, sous la main d'une fatalité inéluctable, porté par l'amour qu'il vouait à Thérèse.

16

Thérèse n'écoutait plus la ville, ne la sentait plus, ne la voyait plus. Le bonheur la soustrayait à cet environnement débordant de vie, d'odeurs et de couleurs. Il était là, unique dans la foule, la dominant par son charisme et sa haute stature.

— Papa ! s'écria-t-elle.

— Thérèse !

Luc Maurin se précipita, la prit dans ses bras, la souleva, la fit tourner.

— Que c'est bon de te retrouver !

— Oh papa, papa...

La joie l'étouffait, elle ne trouvait plus les mots pour l'exprimer. Ils se couvrirent de baisers. Peu leur importaient les regards obtus des bourgeoises sous les ombrelles, la mine pincée des rentiers, le courroux contenu des musulmans. Eux seuls existaient au sein de ce pullulement humain, des clameurs, de la poussière, des mouches, sous les feux ardents du soleil. Ils tournèrent et tournèrent en une valse folle qui s'acheva dans des éclats de rire.

Un peu gêné et à l'écart, Achille attendit que cessassent leurs effusions. Il craignait déjà ce père hors du commun. Luc Maurin ressemblait à un maigre échassier voûté. Ce tassement des vertèbres contenait sa taille sous le mètre quatre-vingt-cinq. Il flottait dans ses vêtements couleur sable. La peau de son visage tannée par le soleil était traversée par de longues et profondes rides, et piquée de gros grains de beauté. Ces sillons et ce tavelage auraient inquiété plus d'un médecin, mais l'homme semblait solide, fait du bois dur et noueux des arbustes sauvages du désert. Son regard démentait les fatigues de sa peau ; il brillait d'une éternelle jeunesse et d'un bel acier bleu. On se brûlait à ce feu de l'âme. Luc Maurin, qui se sentait observé par le policier, s'adressa soudain à lui, la main tendue :

— Vous êtes l'inspecteur Achille Bréguet, je présume.

— Oui, répondit-il stupidement, désarçonné par cette entrée en matière.

— Luc Maurin, continua l'archéologue en se présentant. On m'a prévenu de votre présence à bord du *Niémen*. Je vous remercie d'avoir veillé sur ma fille.

La main que serra l'inspecteur était sèche et calleuse comme celle d'un terrassier. Elle le tenailla jusqu'à le faire souffrir. Le fer de lance du regard de Maurin se planta dans ses pupilles. Achille ne voulait pas se soumettre à la volonté de cet homme. Il libéra sa main et contempla Thérèse en forçant le ton :

— Je n'ai fait que mon devoir et je le poursuivrai jusqu'au Caire.

— C'est inutile, elle ne risque plus rien à présent. J'ai ma propre troupe de gardes bédouins.

— Sachez, monsieur, que j'exécuterai les ordres de ma mission jusqu'au bout... Et même au-delà s'il le faut ! Rien de ce que je découvre ici ne m'inspire confiance.

Maurin devina le secret de l'inspecteur. Le cœur de ce dernier était un livre ouvert sur lequel le nom de Thérèse s'enluminait de fleurs et d'angelots. Ce jeune homme était épris de sa fille. Il eut un petit haussement des sourcils et un sourire.

— Comme vous voudrez. C'est tout à votre honneur.

Restez aussi longtemps que vous le souhaitez. J'habite l'aile d'un vieux palais assez vaste pour abriter cinquante personnes. Je vous ferai visiter Le Caire, Gizeh et Memphis... et peut-être même goûter aux charmes de l'Egypte...

Luc Maurin ne put terminer sa phrase. Quelqu'un l'interpella :

— Le grand professeur Maurin en personne !

— Sainte Isis ! Protégez-nous ! répliqua-t-il en voyant arriver les trois Français et leurs six porteurs de bagages.

Rotmann, qui avait apostrophé l'archéologue, continua sur le même ton :

— Il recense et vend des momies, découvre des trésors, trafique avec les antiquaires et est toujours aussi mal fagoté.

— Ah ! Je n'ai hélas pas vos talents de marchand du temple, mon bon Rotmann, et je manque perpétuellement de crédits ; que serais-je sans vous et votre ami Rothschild ? M'apportez-vous quelques sous de la métropole, messieurs, ou vais-je devoir licencier mes fellahs ?

Ils rirent et se congratulèrent. Luc Maurin pressa chaleureusement les épaules de chacun. Quand vint le tour de Justinien, il dit :

— D'Urville, cela fait huit mois que vous êtes parti. L'Egypte attendait votre retour avec impatience.

— J'ai failli ne plus revenir. Lesseps a tenté de m'envoyer à Panamá. Il ne manquait pas d'arguments, mais je ne crois pas à la réalisation de son projet monté à la va-vite avec des actionnaires avides et des ingénieurs illuminés. Le canal entre l'Atlantique et le Pacifique est, en l'état actuel de nos moyens techniques, une utopie.

— J'en suis soulagé, je vais avoir besoin de vos services d'ingénieur.

— Vous allez creuser ?

— Oui.

— Profond ?

— Un tunnel sous une pyramide.

— Khéops ?

— Non, plus au sud, Snéfrou à Dachour.

— Diable !

A cet instant, la foule s'écarta et laissa le passage à des brancardiers. Il y avait un homme au bras coupé sur leur civière.

— Il s'est blessé à bord, une nuit de tempête. On a dû l'amputer, dit tout bas Justinien.

— Pauvre homme.

Des regards compassés glissaient sur Abdul. Il avait la pâleur d'un mannequin de cire, un visage d'ivoire dans lequel la douleur et la colère avaient planté deux escarboucles rougeoyantes. Ces braises sous les paupières alourdies palpitèrent à la vue de Thérèse. Le désir de vengeance ranimé fit grimper sa fièvre.

Elle était vivante, elle avait réussi à atteindre l'Egypte. Abdul se sentit à nouveau en état de péché mortel. Il mettait en doute le pardon d'Allah.

— Mon fils ne faillira pas deux fois, dit une voix chaude et douce en arabe.

Elle agit comme un onguent sur sa plaie, comme le souffle d'un ange sur son esprit.

L'ange en djellaba blanche, au turban blanc, au chapelet blanc, accompagné d'un fidèle et colossal nubien portant une massue, lui souriait. Il avait les traits fins, un petit nez légèrement busqué. Pas une ride ne marquait son visage semblable à ceux des enluminures persanes.

La pensée d'Abdul s'envola vers cet envoyé du ciel qui l'avait initié trente ans plus tôt dans l'oasis du Fayoum.

— Mon Maître, mon Maître !

S'il n'avait pas été si faible, Abdul aurait quitté la civière pour embrasser la pierre noire enchâssée dans deux lunules d'argent que le Maître portait à l'index droit. Le Maître commandait les soldats de Dieu, les mollahs, les soufis et les derviches mystiques. De la Nubie au Sinaï, il avait rassemblé les vrais croyants. Aux plus méritants, il donnait des poignards consacrés et des missions. On disait qu'il servait avec trois autres lieutenants un saint guerrier vivant au Soudan. Après avoir posé les lèvres sur son chapelet, il disparut aux yeux d'Abdul. Ce dernier se sentait fort désormais. Il lui restait un bras valide et une main ferme pour brandir à nouveau l'arme forgée pour tuer les démons.

— Nous nous reverrons au Caire, dit Maurin aux trois Français, qui devaient rendre visite au gouverneur d'Alexandrie.

— J'ai hâte de creuser à vos côtés, lança Justinien en jetant un regard insistant à Thérèse.

Il lui serra la main longuement. Elle prit possession de sa chair et ils scellèrent leurs sentiments secrets.

17

Thérèse et Luc Maurin avaient laissé Achille à la gare. Il n'y avait plus de place en première ni en seconde classe. L'inspecteur attendrait le prochain départ, car on lui avait fortement déconseillé de monter dans les classes populaires avec les fellahs. Il se rendrait par ses propres moyens au palais de Bechtâq, résidence des Maurin.

Le train roulait depuis neuf heures. La locomotive verte à la chaudière cerclée de cuivre était tombée deux fois en panne. Elle ne dépassait pas les trente kilomètres à l'heure, s'arrêtait souvent pour accueillir un flot d'indigènes qui prenaient d'assaut les quatre wagons de troisième classe.

Thérèse s'était imprégnée des lenteurs et des odeurs du delta. L'air brûlant du désert Libyque asséchait ses peines. Elle avait répondu avec émotion aux questions pudiques de son père. Tout avait été dit sur « maman ». Les mots ne pouvaient pas les apaiser ; ils se sentaient en faute. Ils avaient abandonné la pauvre femme à son désespoir. Ils enfouirent leur chagrin au fond de leur cœur.

La locomotive essoufflée aborda les faubourgs poussiéreux de la capitale. Elle s'arrêta à une station où une foule grondante montra le poing aux Occidentaux ; il y avait des soldats égyptiens parmi elle.

— N'aie crainte, dit Luc. Ils crient beaucoup mais ne sont pas dangereux.

— J'ai entendu dire que les soldats étaient au bord de la révolte.

— On le dit. Ils sont menés par une brute épaisse, un colonel beau parleur du nom d'Arabi. Mais je ne les crois pas en mesure de renverser le pouvoir et de nous chasser. Les grandes puissances veillent et tiennent à se faire rembourser par l'Egypte. Nous avons beaucoup investi dans ce pays et nous tenons à en récolter les fruits.

— Tu parles comme un politique.

— J'ai pris conscience de certaines choses et je ne voudrais pas laisser ma place à un concurrent du British Museum. Je te dois des explications, Thérèse. Je m'en veux. Par notre faute, on t'a prise pour cible et, à présent, tu es entraînée malgré toi dans un engrenage que je ne suis pas en mesure d'arrêter.

— Que veux-tu dire, et qui est derrière ce «nous»? s'inquiéta Thérèse.

— Les explications viendront en leur temps.

Les bielles firent tourner à nouveau les roues, une fumée noire s'échappa de la cheminée de la locomotive et monta en un nuage néfaste. Le train s'enfonça entre les maisons en briques crues et gagna le cœur de la ville.

Les oreilles de Thérèse bourdonnaient encore. Elle avait mal dormi. Il y avait eu du bruit, des cris et des chants. La ville vivait la nuit. Les abords du vieux palais situé tout près du grand souk El Khalili retentissaient des clameurs des marchandages et du martelage des outils. Les cauchemars étaient venus ensuite, hachés par de brusques réveils; elle avait été poursuivie par Seth et Khonsou dans le dédale d'une pyramide, faite prisonnière et emmenée au tribunal des dieux où son âme avait été pesée. Jugée mauvaise, elle avait été jetée à la «Mangeuse». Plus d'âme, le néant, mais pas le repos dans ce lit à baldaquin où pendaient des voiles agités par les courants d'air. Apophis, Sekhmet, Satis et des entités inconnues étaient apparus tour à tour dans le désert soulevé par des tempêtes. Un poignard lui avait percé la poitrine.

Oui, sa première nuit dans cette immense chambre avait été difficile. La présence des gardes bédouins de son père ne l'avait pas rassurée. Les vieux murs gardaient en mémoire les crimes perpétrés au temps des mamelouks. L'endroit était hanté. Le soleil, en un élan glorieux, l'exorcisa et le purifia. Le sourire de Yasmina, jeune servante nubienne attachée à son service depuis la veille, paracheva l'action de Rê. Thérèse la vit dans le miroir de la coiffeuse devant lequel elle se brossait les cheveux.

— Bonjour, maîtresse, dit-elle en un français hésitant.

— Bonjour, Yasmina… Je t'en prie, ne m'appelle pas « maîtresse », répondit Thérèse en arabe.

— Mais je suis à ton service. Je dois te respecter, répondit Yasmina, soulagée de pouvoir s'exprimer dans sa langue.

— Thérèse, c'est mon prénom. Tu dois t'y habituer.

— Je ne peux pas. Je ne pourrais plus te servir, dit-elle en posant le plateau à thé sur le lit.

— Viens près de moi.

Yasmina s'approcha timidement en baissant la tête.

— Quel âge as-tu ?

— Quinze ans, maîtresse.

— J'en ai vingt-huit, je pourrais être ta grande sœur

Yasmina leva la tête, bouche bée.

— Qu'as-tu ?

— Tu as vingt-huit ans et tu n'es pas mariée ?

— Non.

— Le maître… Ton père et ta mère n'ont pas reçu de demande ?

— Pas que je sache. Les tiens t'ont promise à quelqu'un ?

— Oui, je me marierai l'an prochain.

— Et tu l'aimes, cet homme ?

— Je ne le connais pas. Il habite sur l'île à Zamalek. C'est un fabriquant de tapis. Je serai sa deuxième épouse. Il a quarante-trois ans.

— Quelle horreur ! Tu dois refuser ce mariage.

— Ce serait ma mort ! Allah me renierait. Le croyant doit s'incliner, se prosterner, se plier à la loi écrite par le Seigneur, et les femmes doivent obéir à leur père et à leur mari.

— Et moi, au nom de Dieu le Miséricordieux, qui n'a jamais voulu que les femmes soient esclaves, je jure de te sauver. Je parlerai à ton père.

— Mon père sert le maître, il soigne ses chevaux et commande une équipe de fellahs à Kheops.

— Alors, il me sera facile de le convaincre.

Thérèse souleva le menton de la jeune fille au visage d'ébène, aux lèvres charnues et retroussées. Elle était bien nubienne, polie dans de l'obsidienne, avec des yeux de corail noir. Cette madone du Nil était fière et courageuse.

— Je t'emmènerai dans le Sud, à Louxor et à Assouan, où je veux poursuivre mes recherches.

— C'est vrai ?

— Je n'ai qu'une parole.

— Qu'Allah te bénisse ! Viens, viens, je vais te montrer le plus bel endroit du palais.

Spontanément, Yasmina s'empara de la main de Thérèse et la força à la suivre.

— Mais je suis en chemise de nuit !

— Je connais des passages secrets et, là où on va, il n'y a pas d'hommes.

Elles empruntèrent des couloirs étroits, des passages voûtés couverts de moisissures, des escaliers aux marches usées, et parvinrent à l'air libre sur une terrasse surmontée de quatre bulbes de brique. Du linge étendu sur des cordes séchait, des chats maigres se prélassaient au soleil montant, insensibles aux caquètements des poules dans leurs cages, deux vieilles femmes triaient des dattes étalées sur de grands carrés de toile grise. Et il y avait la vue, époustouflante.

Thérèse retint son souffle face à tant de splendeurs.

Le Caire, Al Qahirah, le triomphateur, ancienne capitale des Fatimides venus d'Ifriqiyya en 969, cette ville fondée au nord de la cité copte Fustat, était le joyau des descendants de Fatima, ces Arabes qui se proclamaient les seuls héritiers du califat et s'opposaient aux musulmans partisans de la plus rigide orthodoxie, aux conquérants turcs et aux Européens.

Thérèse fut impressionnée par la multitude des mihrabs qui, droits comme des cierges, dominaient des quartiers d'immeuble en briques cuites. Le Nil coulait plus bas, ruban limoneux qu'il était impossible de franchir sans danger en période de crue. Thérèse se laissa prendre au paysage empreint de mystère et de sensualité. On ne pouvait traduire la beauté de cette cité par les mots. Flaubert ou Virgile auraient peut-être réussi à la décrire. Peut-être...

Et dire qu'elle avait quitté la grisaille de Paris pour venir prendre la mesure de son destin sur cette terre incandescente ! Elle était en rupture violente avec sa culture et souhaita à cet instant ancrer sa vie sur les vagues de sable assaillant la ville de tous côtés.

Elle les repéra soudain en regardant vers l'ouest.

— Les pyramides ! s'écria-t-elle.

— Ce sont les tombes des rois impies, dit Yasmina.

La jeune servante ne partageait pas l'enthousiasme de Thérèse. Ces constructions portaient malheur. Elles avaient été érigées au temps des dieux à tête animale et des démons qui avaient engendré Satan et ses légions. Seuls les fous et les voleurs s'aventuraient sous ces montagnes de pierres.

Thérèse retenait ses larmes. Durant des années, elle avait rêvé de les voir. Khéops, Khéphren, Mykérinos et les pyramides des reines écrasaient le Caire de toute leur puissance et repoussaient le ciel vers ses limites. Les hommes qui les avaient voulues ainsi ne pouvaient être que des dieux.

Elle détourna la tête quand l'air se mit à vibrer.

— Je retourne dans ma chambre, dit-elle à Yasmina.

18

Son père étudiait un papyrus médical quand elle entra dans l'ancienne salle d'audience transformée en entrepôt. Malgré l'importance de la surface et les nombreuses fenêtres lancéolées, on se serait cru dans une chambre mortuaire tant il y avait d'antiquités et de meubles funéraires entassés. Luc Maurin disparaissait entre les statues des dieux et les sarcophages de bois peint. Une montagne d'ibis et de chats momifiés ensevelissait en partie son bureau.

Thérèse avança avec précaution. Sur le sol, des centaines de poteries, de statuettes et d'amulettes attendaient d'être examinées. Elles étaient rassemblées dans des carrés et des rectangles de toutes tailles tracés à la craie et légendés sommairement. Tombe 8 de Pi-Sopdou, fosse de Pharbaïthos, tombe du scribe Ramosé, fouilles d'Imou, Edfou plan B, Edfou plan F, Tombe 117 de la vallée des nobles, lut entre autres Thérèse en exécutant des pas d'équilibriste sur ce morcellement de l'Egypte.

— Tu vois, dit son père sans lever la tête, le travail t'attendait. Ces trouvailles demandent à être identifiées avant de trouver leur place dans un musée.

— J'ai un problème à résoudre, dit-elle.

— De quel ordre ?

— Traduction de papyrus, répondit-elle en tapotant le cartable qu'elle portait.

— Des papyrus, d'où proviennent-ils ?

— Du Louvre, j'ai besoin de tes éclaircissements.

Luc Maurin tiqua et détourna la conversation.

— J'ai là, moi-même, un papyrus de première importance. Regarde.

Le manuscrit était étalé sur la table, les quatre coins calés par des scarabées en diorite. Large de quarante centimètres et long d'un mètre dix, couvert d'écriture hiératique, il avait souffert. Des parties manquaient, sur les bords, les fibres se désagrégeaient, des champignons avaient rogné sa surface brunie.

— Comment traduirais-tu ce groupe ? lui demanda-t-il en posant le doigt sur des signes.

— *In peret*... « produit la graine ».

— Plus exactement « répand la semence ». J'ai là, plus loin, ajouta-t-il en déplaçant son doigt, la preuve que les Egyptiens croyaient que le sperme venait des os : « Tu fécondes les femmes au moyen de la semence venant des os », et ici il est dit que Khonsou est celui qui met en forme la semence-os à l'intérieur de l'œuf. C'est une fameuse découverte. Ce papyrus provient de Karnak.

Au nom de Khonsou, le poil de Thérèse s'était hérissé. Elle se décida à refroidir l'enthousiasme de son père :

— Les miens étaient entre les mains de ton ami Tabès-Blumberger quand il a été assassiné. Le temps des explications est venu. Tu me les dois ! dit Thérèse en ouvrant son cartable.

Elle lui mit les papyrus sous le nez.

— Peux-tu me parler de l'origine et de la nature de ces faux remarquables ?

— Nous y voilà, soupira Luc. Viens avec moi.

Il s'empara des papyrus, prit une clef de fer dans un pot, sortit de l'entrepôt et descendit au rez-de-chaussée du palais où, dans une succession de salles obscures, se tenaient les Bédouins à son service.

Thérèse les avait vus la veille. Ces hommes farouches habillés de blanc, allongés sur des tapis, se levèrent et les saluèrent. Leur respect était profond, leur allégeance et leur loyauté envers l'archéologue, totale. Ils considéraient Luc Maurin comme leur émir. Un guerrier à la barbe en pointe arborant un sabre au côté gauche s'adressa à lui :

— Quels sont tes ordres ?

— Nous partirons demain, répondit Luc. Dis à Ramadan de faire le nécessaire, de préparer les chevaux, les chameaux et les vivres.

— J'y veillerai, maître.

Ils laissèrent derrière eux les Bédouins heureux. Au bout d'un couloir, il introduisit la clef dans la serrure d'une porte renforcée par des palmes de cuivre entrecroisées.

— C'est la bibliothèque, dit-il en repoussant le battant. Elle a été constituée par mes prédécesseurs arabes et turcs.

Dès que Thérèse fut entrée, il referma la porte et la verrouilla. Frappée par le volume de la pièce et l'importance des ouvrages réunis dans de hauts meubles à rayonnages, Thérèse gagna le centre de la vaste bibliothèque poussiéreuse et oubliée, éclairée d'un jour pâlissant qui coulait à travers d'étroites fenêtres grillagées. Visiblement, personne n'avait ouvert un livre ou consulté un manuscrit ici depuis des lustres.

L'endroit était mort. Les lecteurs s'en étaient allés, emportant avec eux les mots calligraphiés. Les livres avaient perdu leur puissance magique. On eût dit qu'ils avaient renoncé à leur âme, qu'ils s'étaient engourdis dans la pénombre. Ils ressemblaient à des tranches de bois sèches et brunes liées par les moisissures et les toiles d'araignée.

Devant leur inébranlable apathie, Thérèse fut saisie d'un obscur désespoir. Elle aurait voulu les prendre, les ouvrir, leur insuffler un peu de vie. La légère vibration annonçant la venue de la messagère de l'au-delà grésilla à ses oreilles. Elle se ferma. Le bruit disparut aussitôt.

— Tous ces livres et ces rouleaux, c'est extraordinaire, dit-elle.

— Ils contiennent tout le savoir arabe, perse, turc et juif, répondit Luc, mais nous n'avons jamais eu le temps de connaître leurs secrets. Un seul m'a été transmis par le dernier pacha de ce palais, qui gouverne aujourd'hui à Izmir.

L'archéologue se dirigea vers un grand panneau peint qui montrait Soliman le Magnifique sur son trône à Topkapı. Des cercles et des carrés en relief encadraient cette œuvre réalisée par un artiste italien du XVIIe siècle. Il appuya fortement sa paume sur l'un des cercles, puis sur l'un des carrés. On entendit un déclic. Le panneau tourna sur lui-même de quatre-vingt-dix degrés. Il s'était ouvert sur les ténèbres. Luc se baissa et récupéra une lampe à pétrole qu'il alluma avec son briquet.

La pièce qu'il éclaira faisait quatre pas sur quatre. Une table de bois blanc, un tabouret et deux coffres de fer la meublaient. Des niches pratiquées dans les murs contenaient des papyrus vierges et vieillis, des bouteilles d'encre et des roseaux.

Tout le nécessaire du scribe...

Luc Maurin posa la lampe sur la table, prit un papyrus, de l'encre et un calame. Devant sa fille stupéfaite, il se mit à aligner des hiéroglyphes de droite à gauche.

— Père !

Il ne releva pas la tête et s'appliqua à tracer les symboles d'une main sûre. Thérèse lut le texte qui prenait forme et relatait les déplacements des « ennemis d'Amon » de Memphis à Canope.

19

Les ennemis d'Amon entrèrent dans le khan El Khalili après avoir prié à la mosquée d'El Achraf Barsbai. Ils empruntèrent la rue des « cuivres » et rejoignirent le souk El Saghirin, occupé par les orfèvres. A cette heure où la chaleur n'accablait pas encore les hommes, les ruelles résonnaient du chant des *dawrs* et du martèlement des outils. Mais les ennemis d'Amon ne saluèrent pas d'un profond « Allah Akbar ! » ces douces chansons populaires qui évoquaient les souvenirs charnels et les promesses d'amour. Ils ne tressaillaient pas d'émoi, car ces airs ne trouvaient pas asile dans leurs âmes noires et desséchées, et ils n'avaient que mépris pour ceux qui se laissaient emporter par la fièvre des sens et se mettaient à danser de la tête et des mains. Leur haine pour cet art décadent les aurait conduits à égorger ce chien d'Abdou al-Hammouli, principal compositeur de *dawrs*, qui envoûtait les Cairotes avec ses poèmes, mais leurs couteaux avaient été forgés pour couper les gorges des infidèles, pas celles de leurs frères musulmans.

Ils étaient huit et avançaient de front, déterminés, sans place pour la réflexion ou la méditation, utilisant leurs instincts puissants tournés vers Dieu et leur maître, poussés par de fiévreuses appétences mystiques qu'ils ne pouvaient dompter.

On s'écartait devant eux ; les regards glissaient sur leurs ombres ; ils éveillaient des peurs irraisonnées. Ils s'engouffrèrent dans un étroit passage étincelant d'or et d'argent. Les colliers, les bagues, les bracelets, les coffrets et les médailles couvraient par milliers les étals des boutiques à l'intérieur desquelles les apprentis fondaient les lingots sous l'œil vigilant des orfèvres et des chefs de la corporation.

Les huit hommes entrèrent dans la plus cossue de ces entreprises familiales. Les métaux précieux semblaient sourdre du sol et des murs, la poussière d'or en suspension dans l'air accaparait les rayons du soleil tombant de minuscules ouvertures pratiquées au-dessus de l'entrée. L'un deux salua obséquieusement le propriétaire des lieux, un gros bonhomme drapé dans une djellaba de coton aux manches et au col brodés de soie, affalé sur un sofa. Celui-ci se redressa d'un coup. Ce mouvement brusque souleva des vagues graisseuses qui parcoururent son corps annelé et moururent en vaguelettes sur son visage luisant.

— Je ne vous attendais pas si tôt ! dit-il.

— Le Maître nous a dépêchés.

— Que Dieu bénisse le Maître ! s'empressa de dire le gros commerçant en exécutant un signe protecteur.

— Il n'appartient à nul homme de produire ce signe, sinon sur licence de Dieu. Quand vient l'ordre de Dieu, il est tranché selon le Vrai ; à ce moment-là perdent les tenants du faux, dit le meneur du groupe.

Cet homme avait parlé comme un mollah. Il parut terrible aux yeux du commerçant, affreux de visage et d'intentions. Il avait les yeux très écartés sous des sourcils épais, le nez mince et les narines larges, des lèvres très rouges et une épaisse et longue barbe noire. Il possédait tous les attributs d'un fanatique obéissant aux ordres du Maître.

— Je n'ai jamais offensé Dieu, Ahmed, jamais !

— Dieu te récompensera selon tes mérites. L'Egypte et son armée se préparent à renverser le régime. Le Maître a promis son soutien au colonel Arabi. Nous venons prélever la dîme.

— Mais j'ai déjà payé à la nouvelle lune !

— Tous ont payé à la nouvelle lune, et tous paient à nouveau. C'est à ton tour.

Le ton impératif et coupant n'admettait pas de réplique. Le riche boutiquier grinça des dents mais il s'arrangea pour ne rien en laisser paraître. Il contourna le comptoir et ouvrit un tiroir.

Ses mains boudinées puisèrent des pièces d'or et les répandirent sur le plateau d'une balance. Il y en avait de tous les pays, mais la plupart étaient turques et grecques, des piastres et des drachmes fines et légères. Trois cents grammes d'or lui parurent suffisants pour s'acquitter de cette dîme exceptionnelle.

— C'est tout ce que je peux donner, dit-il en faisant glisser le contenu du plateau dans un petit sac de jute.

Il ne vit pas venir le couteau. La lame zébra l'air et érafla son double menton. Le sang perla aussitôt sur cette peau trop tendue. Hébété et terrorisé, il contempla l'homme à la barbe noire qui avait l'impassibilité d'un serpent et s'apprêtait à frapper encore.

— J'ai, j'ai ce qu'il faut, bégaya-t-il en se précipitant vers l'arrière-boutique.

Il en revint avec deux grosses bourses et une liasse de billets français, anglais et allemands, bien plus que n'en demandait Ahmed.

— Garde les billets pour la prochaine lune, dit ce dernier en remettant les bourses à l'un de ses hommes. Tu es un bon musulman, Méhémet, Dieu t'accordera des récompenses.

— Béni soit le nom de Dieu ! répondit Méhémet.

Dans un bruissement de djellabas, les huit envoyés du Maître se volatilisèrent dans l'étroit passage. Ils avaient beaucoup d'argent à récolter. Soulever l'armée égyptienne et acheter les officiers demandait beaucoup d'or. Ils remontèrent vers le nord du khan. Quand ils furent en vue du vieux palais de l'émir Bechtâq, Ahmed se maîtrisa. L'archéologue français habitait cet endroit, sa fille l'avait rejoint. Ahmed ne cherchait pas à savoir pourquoi elle représentait un danger pour leur organisation. Il se serait occupé personnellement de cette faible créature si le Maître lui en avait donné l'ordre. Il réfréna son ardeur. Abdul avait été désigné pour accomplir la volonté du Maître. La Française tomberait sous les coups de son bras valide.

20

Dans la bibliothèque du palais de l'émir Bechtâq, seul le bruit du calame sur le manuscrit végétal troublait le silence. Thérèse retenait sa respiration. Elle surveillait les mouvements du roseau, interprétait les hiéroglyphes, suivait le cheminement des armées relaté par son père.

Quand le papyrus fut rempli, Luc sortit un carnet gris de la poche de sa veste, l'ouvrit et ajouta des points et des traits entre certains hiéroglyphes.

— Ces signes ont dû te troubler quand tu as lu les manuscrits de Tabès-Blumberger.

— C'est donc toi...

— Il s'agit d'un code.

— Je m'en doutais !

— Il a été mis au point par les services du Chiffre du ministère de la Guerre. Je les utilise à des fins que je qualifierai de patriotiques.

— Tu es un espion ?

— Ce titre est mal approprié. Disons que je suis un citoyen responsable qui défend les intérêts de la France. Tabès-Blumberger était mon relais à Paris, il réceptionnait les papyrus et les traduisait pour le compte de Félix Faure, du général Bonet et du commandant Rivière. Je me contente de mettre en forme les renseignements recueillis par nos officiers et nos hommes de l'ombre, qui surveillent les mouvements de l'armée égyptienne et les actions des Anglais. Je sais que tu as accepté de travailler pour Félix Faure, tu peux encore te rétracter. Dans deux ans s'achèvera ma mission en Egypte et je retournerai en France, au Louvre ou peut-être au ministère des Affaires étrangères. Si tu l'acceptes, je t'initierai aux secrets des codes et tu me remplaceras au Caire.

— Ai-je réellement le choix ?

— Pas vraiment, soupira Luc en serrant la main de sa fille. Peu de personnes ont nos talents. Tu sais, nous pourrions vivre en Grèce ou en Turquie, il y a beaucoup de choses à découvrir à Delphes ou à Ephèse. Les politiques ne nous en voudront pas si nous renonçons à ce travail d'« espions », comme tu le dis si bien. Après tout, nous ne sommes que des archéologues.

— Je serai d'abord une archéologue et à l'occasion une espionne, clama Thérèse. Je reste ! Livre-moi le secret des codes.

— Plus tard, plus tard... Je dois avant tout te montrer quelque chose qui m'a profondément troublé et qui n'a rien à voir avec ces papyrus.

Il ouvrit l'un des deux coffres. Il en retira un carton à dessin et deux statuettes bleues marquées chacune de deux cartouches.

— Il y a quatre mois, guidé par des fellahs sur un site non exploré, j'ai découvert une tombe de la XIVe dynastie entre Saqqarah et Dachour. Elle contenait encore son mobilier, le sarcophage était intact ; il l'est toujours, et abrite la momie d'une prêtresse. Voici les reproductions des peintures et des hiéroglyphes, dit-il en ouvrant le carton.

Il posa les feuilles à dessin les unes à côté des autres. Il y en avait cinq. Thérèse reconnut le coup de crayon de son père, ce trait précis reproduisant le travail des artistes des nécropoles. Sur l'un des dessins, deux personnages se tenaient par la main. Le premier portait les couronnes de la

Haute et de la Basse Egypte. Le second, une femme, tenait la croix ankh.

L'effroi envahit Thérèse.

— Mon Dieu ! s'exclama-t-elle.

— C'est incompréhensible et angoissant, je l'admets, à devenir fou, dit Luc en rapprochant la lampe à pétrole du dessin.

Thérèse fixa le visage de profil. Ce n'était pas une représentation classique. Il avait été peint avec un réalisme dépassant celui de la période atonienne du XVe siècle avant Jésus-Christ. Ce visage était le sien. Même forme du nez et des yeux, même force dans les maxillaires. L'ourlet prononcé de la lèvre supérieure avait été calqué sur le sien.

— Quand j'ai percé le mur de la tombe, un souffle est passé sur moi. J'ai eu l'impression de libérer des forces colossales.

— Tu m'as dit que c'était il y a quatre mois ?

— Oui, au mois de mai.

Thérèse se souvint de ce mois de mai et de sa visite au Père-Lachaise. Les phénomènes surnaturels avaient débuté à ce moment-là. Elle lutta contre la peur qui s'installait et se força à étudier le dessin. Deux cartouches flanquaient les personnages. Elle reconnut le nom du pharaon Snéfrou dans l'un et lut celui de Méryt-Rê dans l'autre. Un texte vertical révélait que la prêtresse d'Isis Méryt-Rê, cinq fois ressuscitée, fille du roi Djedkarê, servait dans le temple de Snéfrou.

— Que signifie « cinq fois ressuscitée » ? murmura-t-elle.

— Je l'ignore. A ma connaissance, il y a eu une autre Méryt-Rê sous la IVe dynastie, fille du roi Snéfrou et de la reine Hétephérès. Mais la logique m'interdit d'établir un lien entre ces deux princesses qui ont vécu à mille ans d'intervalle. Le tombeau était protégé par des formules de magie noire. Sur le sarcophage, j'ai relevé ces hiéroglyphes.

Il lui montra les autres feuilles. Thérèse n'éprouva pas de

difficulté à les lire, car ces écrits s'inspiraient largement du *Livre des morts* :

O Thot qui as proclamé victorieux Osiris contre ses ennemis, proclame victorieuse Méryt-Rê dans le tribunal qui siège chez les morts, cette nuit où l'on fait le dénombrement de ceux qui ne sont plus.

Le grand tribunal qui siège chez les morts, c'est Thot, c'est Osiris, c'est Anubis, c'est Isis.

Faire le dénombrement de ceux qui ne sont plus, c'est quand on restreint la liberté aux âmes des Enfants de la déchéance.

O Thot qui as proclamé victorieux Osiris contre ses ennemis, proclame victorieuse Méryt-Rê contre ses ennemis dans le grand tribunal qui est au grand piochage de la terre à Busiris, cette nuit de piocher la terre avec leur sang, où l'on proclame victorieux Osiris contre ses ennemis.

Le grand tribunal qui au piochage de la terre à Busiris c'est lors de la venue des confédérés de Seth quand ils ont fait leurs transformations en troupeaux ; alors ils sont tués en présence de ces dieux, et on leur prend leur sang, et on l'attribue aux habitants de Busiris.

O Thot qui as proclamé victorieux Osiris contre ses ennemis, proclame victorieuse Méryt-Rê contre ses ennemis dans le grand tribunal qui est à Naref, cette nuit où l'on tient secrètes les cérémonies.

Thérèse lisait et regardait son sosie. Ce texte avait été écrit pour elle… trois mille cinq cents ans plus tôt. Elle fut prise d'un vertige, aspirée par le vortex du temps. Elle ne voulait pas retrouver ce corps de prêtresse. Elle agrippa l'épaule de son père.

— Nous résoudrons cette énigme, dit-il. Je te le promets !

La voix assurée et forte de l'archéologue la remit en confiance ; elle enraya la fuite des siècles.

— Emmène-moi dans sa tombe, intima-t-elle.

— Je te laisserai l'honneur d'ouvrir son sarcophage. En auras-tu le courage ?

— Je l'ouvrirai et je déferai les bandelettes pour découvrir son visage.

— Lis encore ceci, c'est la partie la plus étrange des textes inscrits entre deux faucons portant la couronne Atef. C'est elle qui parle et nous avertit.

Luc ouvrit son carton à dessin et le présenta à sa fille. Il y avait une autre feuille.

Voyez, je vous ai donné cette viande de sacrifice qui m'est fournie par le temple et je ne peux faire revivre mon père Snéfrou.

Son corps a été volé.

Voyez, ses biens de vie, que j'ai scellés avec les prêtres ouâb, *ont été volés. La mort est aujourd'hui, aux yeux de mon père Snéfrou, comme la mort. J'ai appris autrefois le rituel de la résurrection pour sauver mon père Snéfrou, il est inscrit dans ma première tombe. J'ai appris dans la caverne de Geb et dans le creux du berceau d'Amon les prières de la délivrance et les mots pour repousser Seth et Khonsou. Cinq fois leurs envoyés m'ont tuée.*

Qu'il me soit permis de revivre et de retrouver le cadavre de mon père et de le ressusciter !

— Pourquoi se dit-elle fille de Snéfrou, alors qu'elle était celle du roi xoïte Djedkarê ?

— Cela fait partie du rébus que nous devons décoder. Je t'ai dit que je devais creuser sous la pyramide de Snéfrou.

— Oui.

— Je pense que la première tombe de Méryt-Rê s'y trouve.

21

Sœur Eloïse s'affola dès qu'elle vit le lit vide. Elle avait quitté le malade quinze minutes auparavant, après le changement du pansement. Ensuite, suivant à la lettre le traitement médical prescrit par le chef du service de chirurgie, elle lui avait fait avaler les sirops et les pilules ; il aurait dû dormir profondément. Il n'était plus dans sa chambre. Les draps avaient disparu. Elle crut qu'il s'était évadé par la fenêtre, comme un criminel de sa prison. C'était stupide ! La fenêtre était grillagée. S'il n'avait pas été riche, il se serait retrouvé dans l'une des salles communes à vingt lits et sous la surveillance permanente d'une religieuse ou d'un fonctionnaire égyptien.

Sœur Eloïse combinait toutes ses idées avec des « si ». S'il y avait eu un gardien français à l'entrée, si l'hôpital était fermé à double tour la nuit, si on attachait les malades... Elle ne serait pas à la recherche de ce mauvais chrétien qui avait déliré en arabe dès son arrivée.

Personne à la cantine, personne dans la réserve aux médicaments, personne dans les latrines. Elle courut en relevant sa robe jusqu'à la salle des malades en quarantaine, bouscula les sœurs Jeanne et Emilia qui portaient les plateaux de soupe. Dans la collision, sœur Jeanne perdit deux bols. Ils se fracassèrent sur le sol.

— Il a disparu ! Il a disparu ! s'écria sœur Eloïse en parcourant des yeux les vingt lits occupés par de pauvres hères souffrant du choléra et des fièvres du delta.

— Qui ?

— L'amputé... Le Grec du *Niémen* !

— Il ne peut être allé bien loin, dit sœur Emilia.

— Il est parti avec les draps, vous rendez-vous compte ? Avec les draps, se lamenta sœur Eloïse.

— Sainte Mère de l'Enfant Jésus ! s'exclama sœur Jeanne, il faut le retrouver avant que le docteur Henry s'en aperçoive.

Elles approuvèrent de la tête et lancèrent toutes trois un regard inquiet vers le plafond. Le bureau et le cabinet du docteur Henry, patron de ce mouroir, se trouvaient juste au-dessus. On devait alerter les autres sœurs et les hommes de service si on voulait éviter la sanction. Le docteur Henry ne pardonnait pas les fautes du personnel, surtout celles des sœurs de la Charité qu'il avait trouvées en place à l'inauguration du canal de Suez. Il ne croyait pas en Dieu. Issu des rangs des libres penseurs, fasciné par les théories naissantes des socialistes, il affichait fièrement son athéisme et méprisait les religieux de toutes confessions. Il interdisait aux musulmans de prier dans l'établissement, aux prêtres, aux popes et aux rabbins de veiller au chevet des mourants. Il se ferait une joie de renvoyer sœur Eloïse dans son couvent en Auvergne.

Les sœurs se dispersèrent dans le labyrinthique hôpital d'Alexandrie qui avait été tour à tour prison, caserne et dépendance de la marine turque. Elles cherchèrent en vain. Le Grec avait bel et bien disparu.

Les calmants n'agissaient plus. Abdul souffrait. Ceux qui le transportaient dans ses draps ne le ménageaient pas. Ils se dépêchaient en empruntant les sombres ruelles et en s'éloignant du centre quadrillé par les patrouilles circassiennes. Abdul supportait son mal sans peine. Les hommes venaient de la part du Maître ; ils le lui avaient dit. Le Maître le guérirait rapidement. Ses pouvoirs étaient immenses, car il était investi par Dieu.

Il sentit soudain les cahots du véhicule sur la voie. On l'avait déposé dans une charrette bâchée. Il lutta bien une demi-heure contre la douleur amplifiée par les trépidations. Il ne reconnut pas le faubourg misérable sur l'ancienne route de Canope quand on le tira hors du véhicule pour l'emmener sous terre.

La fièvre devait lui jouer des tours. Il voyait des peintures d'un autre âge palpiter sous l'effet des torches enflammées. Des hiéroglyphes couvraient les murs et le plafond arrondi d'un long boyau. Il entendait monter des louanges à Dieu.

Allah est grand ! Allah est juste !
Nous l'aimons dans sa gloire et nous accomplissons cinq fois la prière en rappel de son nom.
Il rétribuera nos âmes à raison des œuvres que nous accomplirons en son nom.
Allah est grand ! Allah est indulgent !
Et nous l'aimons !

Peu importait où on l'emmenait. Abdul entendait les voix des anges.

Le boyau débouchait sur une caverne immense taillée par la main de l'homme, dont la voûte basse était soutenue par des piliers portant les marques des anciens Egyptiens, des signes chrétiens et les paroles du Coran fraîchement calligraphiées sur les parties inférieures.

De nombreuses personnes occupaient ce lieu brillamment illuminé par les torches et des centaines de lampes à huile. Malgré les larmes brouillant sa vue, Abdul reconnut les soufis du Maître, les derviches *rifais* vêtus d'amples habits vert, rouge et noir. Ils n'étaient pas encore en transe, mais leurs regards frisaient déjà la démence. Quand ils virent Abdul, l'élu désigné par le Maître, ils se mirent à tourner dans le sens contraire des aiguilles d'une montre en frappant le sol avec leurs bâtons *tabaq* et *tayaq*. Les plus belliqueux, appartenant à la caste des derviches errants, se servaient de haches et de massues surmontées de têtes de bélier ou de démon.

Abdul fut déposé sur une table de pierre, face au Maître qui l'attendait et souriait. Le beau et juvénile visage de ce dernier se pencha vers lui :

— Tu vas guérir, Abdul, mon fils, et tu renaîtras plus fort qu'auparavant.

— Je ne faillirai plus...

— Je sais.

Le Maître se retira. La ronde des soufis continua. Ils frappèrent plus fort, et en rythme, les dalles mal jointes dans lesquelles avaient été creusées des rigoles. La caverne vibra de leurs coups et de leurs incantations :

— Au nom de Dieu, le Tout-Miséricorde, le Miséricordieux

« Toi, Abdul, qui t'es couvert d'une cape

« Lève-toi pour donner l'alarme

« Ton Seigneur, magnifie

« Tes vêtements, purifie

« Toute souillure, fuis.

Deux moines errants s'approchèrent de lui et découpèrent ses vêtements avec leurs stylets, deux autres emportèrent les lambeaux et les jetèrent dans un feu ardent. L'endroit ressemblait à une forge infernale, il avait été autrefois craint par les anciens Egyptiens, car c'était là, sous les Ptolémées, que les embaumeurs procédaient à la momification des corps.

Abdul ne fut pas entouré de bandelettes. On le revêtit d'une djellaba blanche. Un morceau carré de tissu noir bordé d'un entrelacs de fils d'or avait été cousu sur le devant de ce vêtement de prix offert par le Maître.

— Lève-toi pour donner l'alarme ! répétèrent les derviches.

« Ne donne pas à seule fin de plus obtenir

« Sois constant à ton Seigneur

« Quand de la trompe il sera sonné

« Ce sera alors un jour malaisé

« Peu propice aux adorateurs de Satan.

Ces paroles dites, ils reprirent leurs chants à la gloire d'Allah tandis que les gardiens de leur ordre fouettaient ceux que guettait la folie.

— C'est pour toi, mon fils.

Le cœur d'Abdul se remplit de joie. Le Maître lui remettait un poignard sacré. Il serra l'arme magique contre sa poitrine et se leva comme le lui avaient commandé les derviches.

Il était guéri.

22

Thérèse prit le poignard et le revolver et les rangea dans la malle de voyage. Le grand miroir lui renvoya l'image d'une exploratrice vêtue comme son père ; elle s'aimait beaucoup dans cette tenue faite pour résister à l'usure du sable et aux rayons du soleil. Elle ajouta une trousse contenant une trentaine de crayons, des paquets de fusains, des gommes et un attirail d'aquarelliste.

La campagne de fouilles devait durer huit mois. Il avait été prévu de se rendre au village d'Hélouan, situé en amont de Dachour, pour traverser le Nil en crue. On mettrait deux ou trois jours pour rejoindre le campement situé dans la palmeraie en bordure de la pyramide rhomboïdale.

On frappa à la porte de sa chambre.

— Mademoiselle Thérèse ?

— Entre, Yasmina.

— Je suis avec mon père, il vient pour les bagages.

Thérèse alla ouvrir. Le père de Yasmina, Ramadan, veuf, la quarantaine, était un grand Nubien très noir au nez aplati. Il avait une bonne tête. Il n'était pas timide. On le sentait habitué aux mœurs des Occidentaux qu'il servait depuis son plus jeune âge. Luc Maurin l'avait engagé douze ans plus tôt, lors de son équipée à Louxor en compagnie du célèbre Auguste Mariette.

— Comment vas-tu ? dit-il cordialement à la jeune femme en lui secouant la main.

— Très bien, et toi ?

— Heureux comme un chameau qui va quitter Le Caire et ses mouches.

— Ta fille également est aussi heureuse qu'une chamelle. N'est-ce pas, Yasmina ?

La jeune servante baissa les yeux quand le regard suspicieux de son père se posa sur elle.

— Je l'emmène avec moi, continua Thérèse. As-tu préparé tes affaires, Yasmina ?

— Oui.

— *Mesh momken !* s'écria-t-il.

— Ah ! Et pourquoi donc est-ce impossible ?

— Ma fille adorée ne peut vivre dans un campement.

— Moi, je le peux !

— Elle est promise à un homme ; elle doit se marier dans six mois !

— Tu repousseras le mariage. Que dirais-tu de deux mille piastres et de vingt napoléons or en compensation ?

Ramadan demeura songeur quelques secondes, puis ses traits se détendirent. Il eut un geste d'affection rare. Sa main caressa l'épaule de sa fille.

— Tu viens avec nous, dit-il. La marieuse arrangera nos affaires. Mon futur gendre attendra quelques mois de plus.

En bonne fille musulmane respectueuse, Yasmina contint sa joie et se contenta de dire :

— Qu'Allah te bénisse, père. Mille fois merci.

Ramadan leva la tête vers le trône invisible du Seigneur.

— Qu'Allah nous protège tous ! Des dangers nous attendent au pays des morts.

Puis, rayonnant de satisfaction, l'esprit comblé par les piastres et l'or si facilement gagnés, il s'adressa familièrement à sa bienfaitrice :

— J'ai oublié de te dire qu'un Français est arrivé d'Alexandrie à l'aube.

— Achille ! s'exclama Thérèse.

Elle se précipita hors de la chambre. Elle était heureuse. Elle allait retrouver son petit inspecteur.

Luc Maurin avait présenté l'inspecteur Bréguet à sa troupe. On avait apporté du thé brûlant que les hommes assis en tailleur sur des tapis aspiraient bruyamment du bout des lèvres. Achille avait mal vécu son arrivée au Caire. La capitale de l'Egypte était bien pire qu'Alexandrie ; elle étendait ses quartiers délabrés et surpeuplés sur la rive droite du Nil, vomissant ses immondices dans les rues et le long des canaux. Gagner le palais de Bechtâq à travers le gigantesque souk avait été un véritable calvaire. Il avait vu des assassins partout.

Il était encore sur ses gardes. Les Bédouins armés du professeur Maurin l'entouraient. Il n'aimait pas cette promiscuité et leurs regards acérés. Ces hommes le jaugeaient. Ils durent l'évaluer en bonne position sur l'échelle de leurs valeurs rudes et guerrières car leur chef, Karim le Coupeur, lui remit un fusil :

— C'est pour toi, dit-il dans un français guttural.

— Prenez-le ! lui enjoignit le professeur. Ils vous ont accepté. C'est un gage de confiance et d'amitié. Karim et les siens ne se trompent jamais. Ils voient loin dans le cœur des hommes… Et je confirme leur jugement. Vous êtes droit et plein de bravoure.

Rouge de confusion, Achille prit le chassepot à la crosse décorée de spirales de nacre et l'examina. Il fit jouer la culasse, caressa le fût, n'osant plus croiser les regards. Il s'était mépris au sujet de ces Arabes.

— J'en ferai bon usage, finit-il par lâcher.

— Je ne doute pas de vos capacités de tireur, mais laissez-moi vous rassurer. Je n'ai jamais entendu siffler une balle à mes oreilles en quinze ans de fouilles et d'explorations. Il y a bien quelques tribus belliqueuses dans le désert Libyque, mais elles ne vont jamais au-delà des grandes oasis. La vallée du Nil dont nous ne nous éloignerons pratiquement jamais est peuplée de paysans pacifistes. Et croyez-moi, ces gens-là ne sont pas sensibles aux propos révolutionnaires des nationalistes des villes.

— Peut-être qu'avec la venue de votre fille, les choses vont changer.

— Que voulez-vous dire ?

— On a essayé d'assassiner Thérèse dans l'église Saint-Sulpice.

— C'était l'acte d'un déséquilibré.

— Ne cherchez pas à minimiser cette tentative. C'était une préméditation. Le poignard retrouvé dans la crypte était identique à celui qui a tué votre ami Tabès-Blumberger. Nous avons fait analyser ces armes du XIIIe siècle forgées à Bagdad. On pense qu'il s'agit d'objets rituels. Je ne vais pas vous faire l'affront de vous demander si le nom du roi Snéfrou vous est inconnu.

— Snéfrou ?

La curiosité de Maurin s'éveillait.

— Quel rapport peut-il y avoir entre un roi de la IVe dynastie et des poignards arabes ? C'était la question que je voulais vous poser, professeur. Le manche de ces armes est creux. Il contient du sable et un grenat à queue de cheval sur lequel est gravé le cartouche de ce pharaon.

— Incroyable !

— Je pense que vous en savez beaucoup plus sur ces gens qui en veulent à votre fille.

— Cette supposition n'engage que vous.

— Vos rapports avec Félix Faure et certains ministères sont ambigus. J'ai enquêté comme j'ai pu, mais je me suis heurté à la toute-puissance de l'Etat. Je crois que vous n'êtes pas un simple archéologue.

Ce petit inspecteur était loin d'être un imbécile. Luc Maurin se dit qu'il manquait de recrues intelligentes et que ce serait une bonne chose de le faire engager par Félix Faure.

— Vous me prêtez des pouvoirs que je n'ai pas. Je suis loin de Paris et je ne brigue pas les honneurs. Félix Faure est un homme que je respecte et que je soutiens. Je m'intéresse particulièrement à Snéfrou, et je ne suis pas le seul. Il est possible que cet intérêt dépasse les spéculations des historiens au point qu'on veuille tuer ceux qui cherchent à localiser son sarcophage. Je vous éclairerai sur Snéfrou. Du moins, je vous décrirai et vous montrerai son univers quand nous serons à pied d'œuvre, sous sa pyramide. C'était un homme féru de magie... Nous tenterons de nous protéger de lui comme le faisaient les prêtres. Mais avant de vous blinder spirituellement, il est urgent de vous équiper matériellement.

— Matériellement ?

— Vos habits et vos chaussures ne sont pas adaptés. Avez-vous ce qu'il faut pour chevaucher et vivre en campement ?

— Je n'ai que des vêtements taillés pour Paris.

— Ramadan, mon intendant, vous fournira des pantalons amples et légers et des djellabas. Nous achèterons deux paires de bottes au khan en partant. Vous laisserez vos affaires de Parisien au palais. Pour le reste, Karim et ses fils vous équiperont ; les Bédouins sont passés maîtres dans l'art de résister à la chaleur et aux tempêtes de sable.

— Achille ! Enfin vous voilà !

La voix de Thérèse sonna la joie dans le cœur d'Achille. Il la vit apparaître, surgissant de l'ombre d'un couloir. Elle était habillée comme un homme, pantalon large coupé dans une solide toile beige, veste cintrée en lin, chemise kaki, chaussures montantes de fantassin circassien.

— Ça alors ! s'exclama-t-il.

— Eh oui, c'en est fini de la citadine en robe à jabot et à dentelles, dit Thérèse.

Luc Maurin, amusé par la mimique décontenancée du jeune inspecteur, appréciait la transformation de sa fille.

— La belle aventurière du désert a pris sa place. Nous ne nous plaindrons pas de ce changement. N'est-ce pas, monsieur Achille ?

— Non, non.

— Nous partirons un peu avant l'appel de la troisième prière. Cela vous laisse plus d'une heure pour vous préparer. La première étape sera courte. Ce soir, nous dormirons au musée de Gizeh, auprès de notre vénéré Mariette.

— Oh, père ! C'est merveilleux !

Thérèse venait d'exprimer son bonheur. Rencontrer Auguste Mariette était inespéré. Le grand archéologue avait nourri ses rêves d'étudiante.

— Il est très fatigué. L'aménagement du musée a été une épreuve de plus infligée au meilleur d'entre nous. Je ne voulais pas quitter Le Caire sans lui demander conseil.

23

La troupe à cheval, Luc, Achille et Thérèse en tête, Ramadan, Yasmina et les fellahs en queue sur les cinq charrettes contenant le matériel et les vivres, cheminait entre les maisons de Gizeh, soulevant une épaisse poussière. Elle ne tirait pas le bourg de sa torpeur. Les maigres chiens jaunes n'aboyaient pas. Les paupières des ancêtres ne battaient pas. Les femmes ne se précipitaient pas derrière les moucharabiehs. La curiosité des habitants se muait en rêves. Il était trois heures de l'après-midi.

Des dômes apparurent au-dessus des toits plats.

— Nous y sommes, dit Maurin en pensant à tous les ennuis que Mariette, lui-même et leurs collègues avaient rencontrés.

Plus de la moitié des objets et des statues avaient été transférés dans le nouveau musée de Gizeh. Le premier convoi de chariots s'était ébranlé dix mois auparavant, quittant le premier musée situé à Boulaq, quartier inondable et plusieurs fois inondé, situé sur les bords du Nil. C'était pour échapper à la montée des eaux qu'il avait été décidé de mettre l'ancien palais d'Ismaïl Pacha à la disposition d'Auguste Mariette afin de sauver le prestigieux patrimoine, mais le déménagement s'éternisait. Il n'avait pas été inscrit dans les priorités des tâches de l'administration du khédive. Le pompeux titre de bey d'Auguste Mariette ne suffisait pas à régler les problèmes. De plus, l'éminent archéologue s'était refusé à arroser les fonctionnaires ; il gardait ses piastres. Il y avait tant de chantiers à ouvrir. L'argent irait sur les lieux des fouilles et servirait à payer les fellahs.

— Que serions-nous sans Ismaïl Pacha ? dit Luc Maurin.

— Qui était ce pacha ? demanda Achille.

— Le vice-roi d'Egypte. Il a vécu parfois ici. Il a tenu tête aux grandes puissances et à son propre sultan avant de moderniser ce pays. Les canaux creusés, les terres fertilisées, les chemins de fer construits, les ports agrandis, les ponts jetés sur le Nil, les écoles ouvertes, la voirie améliorée, les usines créées, la culture du coton et de la canne à sucre développée, la réforme judiciaire et les terres gagnées sur le Soudan, tout cela, nous le lui devons. Oui, sans lui, il n'y aurait pas eu le canal de Suez, sans lui l'Egypte aurait été pillée par les antiquaires, livrée aux prévaricateurs bien avant le règne du khédive Tewfik, son imbécile de fils qui nous mène la vie dure depuis plus d'un an et nous conduit tout droit à la révolution. Sans lui, évidemment, la dette égyptienne ne s'élèverait pas à deux milliards deux cents millions de francs, précisa l'archéologue en ironisant. La reconstruction de ce palais a coûté une fortune. Et il faudrait déjà un million pour lui rendre une jeunesse.

La troupe mit pied à terre. Karim posta ses hommes autour des chariots et aux extrémités de la rue, ce qui ne rassura guère Achille. Puis on gagna la cour précédant l'entrée. Une douzaine de palmiers apportaient une touche de fraîcheur à un décor qui en avait bien besoin.

Le professeur Maurin avait dit vrai. Le nouveau musée demandait à être ravalé. Il avait été bâti en partie sur les restes d'une résidence princière du Moyen Age en empruntant son squelette. Ses murs de brique se scarifiaient ; il perdait les festons de ses décorations, de longues traînées de rouille s'échappaient des grilles occultant les fenêtres. L'endroit n'était pas engageant. On y entrait par une porte monumentale et on affrontait aussitôt quatre statues d'Anubis, véritables gardiens de basalte dont les yeux étirés ne lâchaient pas les visiteurs.

Ils sont vivants, pensa Thérèse.

Un sang noir irriguait leurs veines minérales. L'esprit du dieu lugubre les habitait. Il descendit sur elle, bienveillant. Anubis n'était pas son ennemi ; elle le savait depuis le début de ses contacts avec l'au-delà.

— Fichtre ! s'exclama Achille face à ces inquiétants chacals.

— Impressionnant, n'est-ce pas ? dit Luc Maurin. Anubis est le premier à avoir pratiqué la momification sur Osiris. Il veille sur les nécropoles. Vous verrez, il entrera dans vos rêves.

Achille fronça les sourcils. Ce n'était pas une bonne nouvelle. Il refusa de se laisser influencer par l'archéologue qui prenait toujours un malin plaisir à effrayer les « touristes ».

— Je ne crois pas en Dieu. Vous ne me ferez pas trembler avec ces dieux de pacotille.

— Craignez-les, Achille, intervint Thérèse. Ce ne sont pas des dieux de pacotille. Les millénaires n'ont en rien entamé leur pouvoir.

Son ton empreint de sérieux et de profondeur toucha les deux hommes. Ils la dévisagèrent, Luc circonspect, Achille ébranlé dans ses convictions.

— Nous ne pouvons pas effacer la foi inscrite dans les pierres, ajouta-t-elle en prenant les devants.

Ils en convinrent silencieusement et la suivirent dans sa pérégrination à travers les salles, salués par les gardiens somnolents. Thérèse s'extasia devant les trésors rassemblés par Mariette. De caresse en caresse, elle toucha les peaux polies de Sekhmet, de Thouéris, de Sobek, d'Osiris et des rois renaissant à la lumière du jour. Elle effleura les rondeurs des sarcophages de granit, les bois patinés des cercueils couverts de hiéroglyphes, les masques funéraires maquillés d'or. Elle était au diapason de cette mort magnifiée par les ciseaux, les rabots et les pinceaux. Les ondes émanaient des amulettes et des bijoux qui avaient été portés par les défunts. Elle les recevait et les acceptait; des images se formaient à la périphérie de son esprit.

Le petit peuple du Nil vaquait dans les champs, les prêtres de Rê glorifiaient le soleil sous les *benben*, les étudiants s'enivraient dans les maisons à bière, les nobles chassaient dans les roseaux, un roi composait un poème pour sa reine, et Thérèse appartenait à ce passé. Elle avait vécu parmi ces gens; elle en était sûre à présent.

Achille ne se sentait pas bien. Le professeur Maurin lui donnait un cours sommaire d'égyptologie; il l'écoutait à peine, en essayant de tenir tête aux habitants figés du musée. Ces dieux mi-hommes mi-animaux entreraient dans ses rêves malgré lui et l'entraîneraient dans le monde des morts représentés sur les cercueils. Il avait la tête pleine de ces représentations puériles et vaguement souriantes. Pire encore : dans une salle non aménagée, on avait entassé des momies de troisième classe, noires, vernies de saleté, pareilles à d'affreux insectes dégageant une odeur de moisi suffocante. Il ne s'attarda pas à les contempler et à recomposer leurs visages rongés par le cancer du temps.

— Elles offrent peu d'intérêt, ce sont des momies de troisième classe sommairement préparées pour le grand voyage par les embaumeurs. C'est moi qui les ai découvertes empilées dans le tombeau d'un noble près du mastaba de Kagemni. Des pauvres qui ne pouvaient s'offrir un tombeau. Leurs familles les ont placés dans un mastaba déjà équipé de son mobilier, auprès d'une riche momie qui a pu subvenir à leurs besoins dans l'au-delà. Venez par ici, voilà qui est plus intéressant.

Achille suivit cet intarissable guide qui tentait de le faire sourire par des propos dérisoires. Thérèse se joignit à eux. Elle ne pouvait poursuivre seule sa visite. C'était la dernière étape avant l'appartement privé de Mariette. Il n'y avait aucune statue, ni sarcophage, ni momie dans la pièce qu'ils venaient d'atteindre; des objets de la vie courante, poteries, plats, paniers et toutes sortes d'outils répartis dans des vitrines avaient été classés selon leur usage. Luc s'arrêta devant l'une d'elles et l'ouvrit; il en retira une tige de fer oxydé à l'extrémité en forme d'hameçon et l'approcha du nez de Thérèse.

— Sous la conduite du préposé au secret de l'atelier d'embaumement, expliqua-t-il, l'embaumeur out extrayait la cervelle par les narines. L'opération demandait de la dextérité mais elle ne permettait pas de vider complètement la boîte crânienne. Aussi devait-on procéder au drainage encéphalique en introduisant des dissolvants qui nettoyaient le reste.

Cela, Achille l'entendit clairement. Un frisson le parcourut. Il lui était insupportable de voir ce crochet frôlant le beau visage de Thérèse. Luc Maurin le faisait tourner au bout de ses doigts. Il paraissait réincarné en embaumeur out.

— Quels barbares! lâcha Achille.

— Non, détrompez-vous, le rabroua Thérèse. Ils étaient bien plus civilisés et organisés que nous. C'est le bon sens et la pratique qui les ont amenés à débarrasser le corps de tout ce qui était putrescible.

— Mais pourquoi?

— L'enveloppe charnelle devait être conservée. C'était un gage de vie éternelle dans les champs d'Ialou sur lesquels règne Osiris, le paradis des anciens Egyptiens.

— Ne nous attardons pas, coupa Luc, non sans avoir noté que sa fille avait employé le verbe «régner» au présent.

Mariette vous apportera de meilleures explications. C'est non seulement un archéologue hors pair, mais aussi un artiste qui a du souffle ; il nous l'a prouvé en écrivant le livret d'*Aïda* pour l'opéra de Verdi.

24

Le secrétaire de Mariette entra sur la pointe des pieds dans le salon où le grand archéologue s'enfermait. Il n'en était pas sorti depuis le début de l'été. Celui que les dignitaires turcs et les dirigeants cairotes appelaient respectueusement « bey » avait la tête penchée sur le côté, semblant dormir. Le secrétaire prenait toujours des précautions infinies en sa présence.

Usé par la malaria et par les attaques de ses rivaux anglais et des pilleurs de tombes, Mariette se maintenait en vie en avalant les drogues concoctées par son médecin arabe. Il avait soixante ans et en paraissait quatre-vingts. Ses yeux minés par les parasites ne distinguaient plus nettement les choses. Il reconstruisait son environnement en l'enrichissant de visions mythiques. Ces derniers temps, il ne s'éloignait plus de la momie du prince Khaemouaset et du scribe assis. Marcher jusqu'à la fenêtre était une épreuve au-dessus de ses forces et il n'éprouvait plus d'intérêt à contempler le monde des vivants ni à écouter la bruissante Gizeh au crépuscule. Il vivait entre ces deux symboles résumant sa vie, assis sur un fauteuil à bascule en attendant la prochaine crise qui l'emporterait vers les champs d'Ialou. Une étincelle ramena son double dans ce salon. Son ouïe fine et un instinct développé au cours des années passées dans la nuit des tombes palliaient les déficiences de sa vue. Il détecta la présence de son secrétaire :

— Approchez, respirez, Marc. Je ne sens pas encore le cadavre, dit-il d'une voix étonnamment jeune.

— Vous avez de la visite, monsieur : le professeur Maurin, sa fille et un de leurs amis.

Un regain d'énergie anima le visage dissimulé sous une épaisse barbe blanchie.

— Préparez le café et des gâteaux... et du thé... et leurs chambres. Ils dormiront sûrement ici. C'est une habitude chez Maurin. Ah, attendez, dit-il en quittant difficilement son siège.

Il marcha jusqu'à un meuble à tiroirs multiples, y chercha quelque chose, alla prendre un carton d'invitation vierge sur un bureau et revint en souriant après avoir griffonné quelques mots.

— Prenez ceci, vous ferez un paquet cadeau pour mademoiselle Maurin, s'empressa de dire Mariette en remettant le précieux présent à Marc.

Le secrétaire ne fut pas surpris par la générosité de son patron. Il sourit. Cela lui faisait du bien de voir le bey rayonner de joie. Luc Maurin était aimé de Mariette. Tous deux avaient porté un coup fatal aux pillards des nécropoles en faisant interdire la vente et le trafic d'antiquités sur tout le territoire égyptien. Ensemble, ils avaient percé les secrets du tombeau de Ti. Leur amitié était indéfectible.

Le salon dans lequel recevait Mariette revêtait tous les aspects d'une chambre mortuaire. Le soleil avait peu d'emprise sur les étroites jalousies des persiennes fermées. Des rais de lumière tombaient çà et là, trouant la pénombre chère à la momie serrée dans le sarcophage dont on avait retiré le couvercle. Les présentations faites, les Maurin et Achille, sur l'injonction de leur hôte, s'approchèrent du sarcophage près duquel le secrétaire avait déposé le plateau à gâteaux et les tasses, la cafetière et la théière.

— Mon ami le prince Khaemouaset, fils de Ramsès II, dit Mariette.

Décidément les archéologues faisaient preuve d'humour noir, constata Achille en jetant un bref regard sur le prince qui n'était pas d'une remarquable fraîcheur. Il envia le courage de Thérèse qui se pencha sur cette face de cauchemar et l'examina.

— C'est donc lui, le grand prêtre de Ptah que vous avez découvert dans la chapelle du Serapeum. Mais où est son fameux masque d'or ?

— En sécurité, ma chère enfant. Certains me tueraient pour posséder ce masque. Je bénéficiais d'une relative protection sous le règne d'Ismaïl Pacha, je n'en ai plus depuis l'avènement de son fils Tewfik. Ce dernier se laisserait facilement séduire par les collectionneurs contre espèces sonnantes et trébuchantes. Je n'ai plus aucune valeur aujourd'hui, alors que j'étais régulièrement à la une de l'*Indépendant*, de la *Réforme*, d'*Al-Watan*, du *Mirat-el-Chark* et du *Progrès égyptien*. Les Anglais ont beaucoup travaillé à ternir ma réputation.

— Vous êtes toujours considéré comme le meilleur archéologue du monde, dit Luc.

— Je te remercie, mon ami, tu es bien le seul à ne pas dire que j'ai joué ma vie sur des coups de dés.

Luc et Mariette se mirent à discuter longuement de leurs recherches respectives. Mariette fascina Thérèse. Certes, il était imbu de sa puissance de directeur des Antiquités égyptiennes, de son titre de bey et d'un passé glorieux qu'il avait bâti à coups hasardeux de pioche et de missions secrètes pour le compte de Napoléon III, mais il était soucieux de son honneur et de l'avenir de ses collègues français dans la vallée du Nil. C'était plus qu'un archéologue ; il portait les insignes de général de Pharaon. Thérèse ne le voyait plus coiffé de son tarbouche. Un pschent couvrait sa tête.

— L'avenir de ce pays dépendra de notre capacité à mettre en valeur le patrimoine légué par les bâtisseurs de Memphis, de Thèbes et de Tanis, dit-il après avoir épuisé les sujets de politique intérieure. Nous avons un rôle majeur à jouer ; ne laissons pas les Anglais et les Allemands recueillir les bénéfices de nos travaux. Continuez, Maurin, vous et Maspero êtes sur le bon chemin. Si j'en avais la force, je partirais avec vous pour résoudre l'énigme des trois pyramides de Snéfrou. Ce sera à vous, Luc, de trouver le sarcophage de ce roi si remuant et déconcertant. J'ai étudié les textes postérieurs le concernant. Il était partout, envahissant la Libye, guerroyant en Nubie, remontant et descendant le Nil à toutes les saisons. Nous manquons de détails sur ses conquêtes et ses explorations. Trop de temps nous sépare de lui. Mais nous savons qu'il était considéré par certains comme un homme libéral et bienveillant et par d'autres accusé de pratiquer l'occultisme et la magie noire, d'être versé dans l'art des poisons et la domestication des serpents et des crocodiles. Aussi, sans être superstitieux, je vous demande vigilance et perspicacité. Creuser sous la pyramide rhomboïdale est une folie que j'approuve, Luc. Vous n'approcherez pas ce roi sans danger ; je vous envie... Vous allez vivre des moments intenses, jeune fille, ajouta-t-il en s'adressant à Thérèse. Approchez, que je vous voie mieux.

Elle déplaça son siège. Il la dévisagea et eut ces mots étranges :

— Fille de Rê et maîtresse des couronnes, Rê est celui qui t'a engendrée, Thérèse aimée d'Amon... Voyez-vous, jeune fille, je suis entré dans l'Egypte par la momie du musée de Boulogne, mais vous avez connu ce pays bien avant moi... c'est... comme... Oh, je suis si fatigué.

Il s'affaissa sur sa chaise, essoufflé, le regard inquiet et à la dérive. Il chassa la vision terrifiante qui le poursuivait en se nourrissant des objets retirés des tombes le cernant de toutes parts. Il avait vu cinq Thérèse coiffées d'une perruque décorée de l'uræus en furie et aux mains des embaumeurs. Cinq Thérèse mortes. Il ne fit pas part de cette terrible scène à ses amis.

Ils respectèrent son silence.

Achille avait des sueurs froides.

Il y avait cette momie toute proche, prête à se redresser; il y avait cet inquiétant Mariette divaguant sur un pharaon sorcier, et ce trait de lumière diurne tombant à présent sur la figure expressive du scribe assis.

Achille était face à la statue. Il n'avait jamais ressenti une terreur pareille; les malfrats et les assassins de Paris ne l'impressionnaient guère. Un pistolet suffisait à leur faire entendre raison. Faire entendre raison à un personnage de pierre à l'aide d'une arme à feu tenait de la folie.

Et pourtant...

Ce scribe était vivant. Il le fixait de ses yeux intelligents et s'apprêtait à écrire quelque chose le concernant, lui, le pauvre petit inspecteur perdu parmi les revenants des nécropoles.

Je deviens fou, se dit-il en avalant d'un coup sa troisième tasse de café.

— Nous allons vous laisser reposer, dit Luc à Mariette.

— Merci, Luc. Je ne dînerai pas avec vous ce soir. Marc a fait préparer vos chambres.

Ils se retirèrent. Le secrétaire les accompagna jusqu'à leur chambre. Achille aurait préféré dormir sur les bords du Nil, à la belle étoile. Il eut l'honneur d'occuper une vaste pièce somptueusement meublée à l'européenne. Ce décor lui aurait redonné confiance s'il n'y avait eu cette femme à tête de vache, deux fois plus grande que lui, face au lit. Il ignorait le nom de cette déesse. Le savoir n'aurait rien changé à la situation.

— Ma nuit est fichue, dit-il en déposant son revolver sur l'un des chevets.

Thérèse découvrit le paquet cadeau sur le lit après avoir admiré le magnifique fragment de la barque du dieu Amon entourée de prêtres qui décorait tout un mur de sa chambre. Elle le défit délicatement.

— Oh...

Le ravissement de son souffle caressa le bijou qu'elle venait de mettre au jour.

— L'*oudjat.*

Elle prit l'œil fardé du dieu céleste. Il était monté sur une plaque d'or fixée à un collier travaillé dans le même métal.

— Il ne peut plus rien m'arriver, dit-elle en le passant autour de son cou.

Un carton écrit de la main de Mariette disait :

Cet œil appartenait à Anen, deuxième prêtre d'Amon, frère de la reine Tiyi ; il est le gage d'une voyance totale, de la plénitude physique et de la fécondité universelle. Faites-en bon usage. Bienvenue en Egypte, mademoiselle Maurin.

Ses pensées chaleureuses s'envolèrent vers cet homme. Elle regretta de ne pas pouvoir suivre son enseignement. Demain, elle le verrait pour la dernière fois ; l'œil *oudjat* lui montrait Mariette dans son cercueil.

25

La nuit avançait ; le zodiaque tournait ; les constellations combinaient leurs forces ; des destins se forgeaient dans le scintillement des étoiles. Mariette avait conscience de ces bouillonnements d'énergie dans le ciel et de la fuite inéluctable du temps, de la lente détérioration de l'existence. Il avait retiré son tarbouche, ouvert sa chemise et imprimait, de temps à autre, d'une légère pression du pied, un mouvement à sa chaise à bascule. Ce balancement ne l'apaisait pas.

Il avait renoncé à se battre, renoncé au sommeil. Ce qui lui arrivait, il le définissait comme une reddition à cette part de mort qu'on porte en soi. Il enviait le prince momifié dans son cercueil. De son vivant, Khaemouaset avait des certitudes sur sa mort ; il s'y était préparé, l'avait domptée pour réussir sa vie d'outre-tombe. Mariette n'était pas sûr de parvenir sur l'autre rive dans les mêmes conditions. Il songea, et ce n'était pas la première fois, à commander son embaumement selon les anciennes pratiques des prêtres de Necropolis. Les embaumeurs officieraient sous la direction de son ami Luc Maurin. Ce n'était qu'une question d'argent.

Je n'aurai plus besoin de cette caboche, se dit-il en passant une main sur ses cheveux blancs.

Le rituel, il le connaissait par cœur. Le cerveau extrait, on inciserait son flanc avec une pierre coupante. Son corps vidé de tous ses viscères serait nettoyé au vin de palme et rempli d'aromates. Il vit ses organes déposés dans les vases canopes avant qu'il soit emporté vers le bain de natron. Soixante et dix jours durant, le temps que mettaient l'étoile Sirius et les décans pour réapparaître à l'horizon, il se dessécherait, puis, après avoir déposé une feuille d'or gravée de l'œil *oudjat* sur l'entaille à son flanc, on l'entourerait de bandelettes en insérant des amulettes magiques...

Et j'entrerai dans l'éternité, conclut-il en caressant ce projet d'orgueil.

Il possédait le nécessaire et le superflu pour le concrétiser. Sur les rayons de bois couvrant deux murs, une armée de serviteurs en faïence bleue, en pierre et en bronze attendait d'être enrôlée. Ces *shaouabti* répondraient présent lors des réquisitions pour effectuer les corvées dans l'autre vie. Les rayons supportaient aussi des contremaîtres, des nœuds d'Isis, des piliers *djed*, des scarabées, des effigies de Sobek, de Thot, de Thouéris et d'Anubis, des peignes, des aiguilles, des couteaux, des miroirs de cuivre poli, des aliments d'argile et des vases canopes en quantité.

Demain partiraient ses derniers amis ; il ne les reverrait sans doute jamais. Ses jours étaient comptés. La malaria avait sapé ses nerfs et son sang ; il n'allait pas tarder à s'effondrer. A quoi bon prolonger la vie, spéculer sur l'avenir, espérer un miracle ?

Le « Poème du Désespéré » écrit trois mille neuf cents ans plus tôt correspondait à son pessimisme. Il le murmura en prenant à témoin la momie du prince et le scribe assis :

— « A qui parler aujourd'hui ?
« Quand il n'est plus de gens de bien.
« A qui parler aujourd'hui ?
« Quand le pays est la chose des méchants ?
« A qui parler aujourd'hui ?

« Quand je suis chargé de misère et sans ami.
« A qui parler aujourd'hui ?
« Quand le mal frappe le pays.
« N'y aurait-il pas d'issue ?
« Aujourd'hui, la mort se présente à moi
« Comme la guérison pour le malade,
« Comme une promenade après un accident.
« Aujourd'hui, la mort se présente à moi
« Comme le parfum d'oliban... »

Tout en continuant à réciter, il traversa le salon. Il y avait un secrétaire à rouleau sous un tableau représentant le regretté Napoléon III, son ami. Il s'arc-bouta et, de toutes ses forces restantes, poussa le meuble. Le coffre-fort qu'avait fait poser Saïd Pacha était encastré dans le mur. Les molettes cliquetèrent sous ses doigts ; il combina les chiffres, libéra le mécanisme, introduisit la clef qu'il portait toujours sur lui et ouvrit le lourd panneau d'acier. Le masque d'or du prince Khaemouaset reposait à l'intérieur du coffre. Il le prit, retourna sur la chaise à bascule et le mit sur son visage.

Achille veillait. Par trois fois, il s'était assoupi, et par trois fois des prêtres embaumeurs munis de crochets avaient essayé de vider son cerveau tandis que des momies dansaient la sarabande autour de la table granitique où on l'avait attaché. Abominable cauchemar !

Assis sur son lit, il refusait le sommeil. Parfois sa tête pesait, son menton touchait sa poitrine, ses paupières s'affaissaient. Sa conscience sonnait l'alerte et il se redressait brusquement.

Il ne se contentait pas de veiller, il surveillait la vache divine. Elle ne bronchait pas. Il était stupide de penser qu'elle puisse descendre de son socle.

Ce n'est qu'une statue, se disait-il.

Il avait des arguments en faveur de cette déesse. Les

vaches, par nature, étaient douces, apathiques, nourricières. En Normandie, où il se rendait parfois, elles obéissaient à la baguette des enfants qui les menaient aux champs. Il n'avait aucune raison de s'alarmer. Les vaches égyptiennes ne devaient pas différer des vaches françaises. Cette déesse avait vraisemblablement une fonction bénéfique. Thérèse avait souligné le bon sens et la gentillesse des sujets de Pharaon. Il n'arrivait pas cependant à imaginer cette masse de quatre cents kilos le prenant affectueusement entre ses bras pour l'allaiter.

Il ne se trompait pas.

Il se mit à trembler.

La bovine face eut un rictus. Ses membres de pierre craquèrent. Elle revenait à la vie après trois mille ans de sommeil.

26

Gizeh dormait. Les activités reprendraient à l'heure du *sabah ezani*, quand l'appel à la prière commanderait au soleil de s'élever et aux fidèles de se prosterner.

Accompagné de quatre derviches de la mort habillés de djellabas ordinaires et chargés de sacs, Abdul entra dans le village par le nord comme un marchand en route vers Louxor. Le Maître lui avait fait boire la drogue réparatrice. Il était en pleine forme. Il avait l'impression d'avoir retrouvé son bras. La main manquante le démangeait. C'était étrange de pouvoir remuer des doigts invisibles, de sentir battre le pouls des veines aux poignets.

— Nous n'entrerons pas dans le palais, dit-il aux soufis.

— Tu devrais faire ton devoir de musulman dès à présent.

Il dévisagea le derviche qui osait lui donner un ordre. L'homme reçut le feu de ce regard terrible et se soumit :

— Pardonne-moi, tout s'accomplira selon ta volonté.

— Le Maître, dit Abdul, est l'inspirateur de ma volonté. Il ne m'a pas commandé d'agir. Rien ne s'accomplira avant la révolte de l'armée et la prise du pouvoir par le colonel Arabi. Vous, les soufis, vous soulèverez le Soudan et le sud de l'Egypte au nom de Dieu. Le Maître m'a parlé du nouveau prophète et de son armée.

— Nous connaissons le nouveau prophète, nous avons

dansé pour lui dans les cimetières et tué en son nom très saint des nègres esclaves qui refusaient de se convertir. Mais que fait-on ici alors ?

— Je suis venu étudier mon ennemi, dit Abdul en contemplant la masse sombre du palais.

— Nous ne pourrons jamais nous introduire dans le musée de Mariette. Les Bédouins de l'archéologue français gardent les abords du palais. Vois ces deux hommes en faction près de la forge et ces deux autres sous le palmier.

Abdul avait repéré les formes blanches bien avant les derviches de la mort. Il s'était produit quelque chose depuis que le Maître l'avait guéri dans la caverne des embaumeurs. Il avait reçu un don du ciel. Il percevait les vibrations des êtres vivants... et les âmes virevoltantes des morts. En croisant un enterrement, il avait vu le double du cadavre au-dessus du linceul ; en longeant la cité des morts, il avait deviné les impalpables présences des défunts qui refusaient de quitter cette terre. Chaque esprit avait sa signature et ses couleurs nuancées. Les morts étaient plus ternes, les vivants projetaient de riches auras. Les derviches de la mort avaient leurs propres bannières d'énergie. Des circonvolutions noir et argent bouillonnaient autour de leur corps ; elles projetaient des effets nocifs.

Abdul aurait pu s'interroger sur la nature de leur foi. Il les absolvait d'avance. Ces derviches lui avaient été donnés par le Maître ; il les utiliserait en toute confiance.

— Nous devons nous éloigner ; ils sont trop nombreux, ajouta le derviche.

— Ils dorment, affirma Abdul.

— Comment peux-tu savoir s'ils dorment ou pas ? Nous sommes à cent cinquante pas des plus proches.

— Ils dorment, je le sais !

— Es-tu voyant ?

— Leurs esprits sont en repli.

Les derviches ne cherchèrent pas à approfondir cette

explication. Leur fonction consistait à ouvrir des voies vers Allah et à protéger Abdul. Ils prirent en compte ses certitudes et ne le retinrent pas quand il se détacha d'eux.

— Je dois m'approcher de ce palais.

Les Bédouins dormaient profondément. Ils avaient résisté jusqu'à trois heures du matin, mais Dieu, dans sa bienveillance, avait fait couler du sable sur leurs paupières. Abdul passa à quelques pas des chariots de l'expédition ; il entendit des ronflements, vit un homme en boule sous une couverture, une jeune fille à ses côtés, une demi-douzaine de guerriers du désert prisonniers de leurs rêves.

Il ne craignait rien ; il voulait connaître la portée de son don. La distance entre lui et la porte monumentale du musée se réduisait. Bientôt il capterait les pensées de son ennemie, du moins l'espérait-il.

La porte bardée de fer forgé n'était plus qu'à quelques pas. Quand elle s'entrebâilla, il comprit qu'Allah, dans sa bonté, lui facilitait la tâche.

Dans leur langage ancien et sacré, les quatre Anubis prononcèrent les mots de la résurrection. Osiris et Hathor les aidèrent à reconstituer leur chair. La vie entra en eux, modifia leurs atomes de granit. Il y avait si longtemps qu'ils n'avaient pas ouvert les yeux. Ils ne reconnurent pas ce lieu qui ne sentait pas l'encens, la myrrhe et le cinnamome.

Où étaient-ils ?

Deux anneaux de bronze de plusieurs coudées de diamètre étaient suspendus à des chaînes. Ils portaient chacun des centaines de pendeloques transparentes qui se mirent à cliqueter sous le souffle des dieux. Ces instruments de culte n'existaient pas dans le monde des pharaons.

Quelle sorte de temple était-ce donc ?

Les Anubis s'interrogeaient. Ils prirent la mesure de l'espace environnant. Ils n'étaient pas seuls. Ils perçurent les pensées d'un prince défunt et d'une foule d'anonymes dont les momies avaient été transportées ici. Les malheureux regrettaient leur tombeau. On les empêchait d'atteindre le paradis, les condamnant à errer ici-bas.

L'esprit d'Hathor se manifesta. Les cristaux des lustres cliquetèrent plus fort. La déesse occupait aussi cet endroit. Les Anubis crurent alors qu'ils se trouvaient au sein de la montagne-nécropole thébaine dont elle était la patronne.

Dans ce cas, pourquoi les défunts se plaignaient-ils ?

Nous ne sommes pas à Thèbes, ni à Memphis, ni à Tanis, doubles d'Anubis. Nous sommes revenus parmi les vivants qui ne connaissent plus nos lois et nos prières. Nous revenons sur cette rive pour protéger Méryt-Rê, afin que s'accomplissent les rites et que les âmes aillent en paix vers les champs d'Ialou. Souvenez-vous Anubis ! Marchez Anubis ! Emportez les cœurs de nos ennemis !

Hathor leur dispensa le savoir et le pouvoir ; les Anubis s'abreuvèrent à cette source. Ils se souvinrent des combats menés contre les blasphémateurs, les prêtres maudits et les dieux renégats. Les forces d'Osiris et d'Amon dévalèrent des cieux et surgirent de terre. A présent, ils pouvaient affronter les envoyés de Khonsou et de Seth. La mort de Méryt-Rê ne se reproduirait pas.

Ils grondèrent leur formule de guerre :

Arrière ! A bas ! Détournez-vous, envoyés maudits ! Nous sommes les Anubis chargés de vous noyer au puits de l'abîme, là où le père d'Apophis a ordonné le supplice de son fils ! Eloignez-vous de ce lieu de vie ! Nous sommes les Anubis, gardiens de Méryt-Rê. Si vous passez ce porche, nous vous jetterons aux pieds des dieux qui retourneront vos visages, vos cœurs seront déchirés par Mafdet, des liens vous seront mis par Heddet, et du mal vous sera fait par Maât, car elle vous fera périr.

Instantanément, ils reconnurent les ennemis... et le premier d'entre eux, un humain animé d'une haine farouche.

Abdul s'était dit qu'il ferait le tour du palais et qu'à un moment, parvenu sous les fenêtres des appartements de Mariette, le contact s'établirait entre lui et la Française.

Il ne nia pas l'évidence. Allah avait tout prévu. Allah le Tout-Puissant avait fait en sorte que cette porte fût ouverte. Il lui suffisait de prendre la voie préparée par Dieu et d'entrer dans le musée.

Allah est grand ! pensa-t-il en gravissant l'escalier.

27

Abdul atteignit la huitième marche et eut un doute. La température chutait. Il étendit le bras. Le froid venait de l'intérieur du musée. Son instinct lui commanda de ne pas grimper plus haut, de ne pas ouvrir le lourd battant, mais son instinct était moins puissant que la haine et la foi qui l'animaient.

Il poursuivit son chemin.

Sa main fit pivoter le battant.

Quatre paires d'yeux de braise se fixèrent sur lui. Les quatre Anubis lui faisaient face, effrayantes apparitions de chair et d'os. Ils soufflèrent sur lui l'air glacial et moisi des tombeaux en montrant leurs crocs.

Il y eut un hurlement lointain, puis un coup de feu proche.

Ni l'un ni l'autre ne réveillèrent Thérèse. Elle avait quitté son lit cinq minutes auparavant, quand la voix l'avait avertie d'un danger.

— Il me faut le revolver ! dit-elle à haute voix avant de réaliser que l'arme se trouvait dans sa malle, sur l'un des chariots.

Ce constat ne l'empêcha pas de quitter la chambre. Dans le couloir, elle se heurta à son père et au secrétaire de Mariette qui couraient en direction de la chambre d'Achille.

— D'où le coup de feu est-il parti ? demanda-t-elle.

— De la chambre de monsieur Bréguet, dit le secrétaire en désignant le bout du couloir.

Ils ne prirent pas la peine de frapper. Ils entrèrent tous les trois en trombe et s'immobilisèrent en découvrant Achille prostré devant la déesse Hathor. Il tenait son revolver.

— Diable ! jura Luc en constatant que le jeune homme avait tiré sur la statue.

— Je ne sais pas ce qui m'a pris, bredouilla Achille... J'ai cru qu'elle était... vivante.

— Même vivante, Hathor ne vous aurait fait aucun mal, dit Luc d'un air désolé.

Thérèse s'approcha d'Hathor. La balle avait touché le sein gauche, enlevant quelques centimètres carrés de matière. Elle passa sa main sur la blessure et ressentit la douleur de la déesse. Achille disait vrai. La statue était vivante.

Mais qui donc avait hurlé ?

28

Le hurlement d'Abdul à l'extérieur avait tiré les Bédouins de leur sommeil, mais ils n'avaient pas eu le temps de mettre le fusil à l'épaule. Abdul, tel un djinn emporté par un vent furieux, s'était volatilisé dans la nuit. Les Bédouins avaient aussitôt investi le musée, s'inquiétant du froid régnant. Ils cherchèrent. Aucun autre intrus ne s'y trouvait ; cependant ils décelèrent d'invisibles présences et eurent recours aux sourates magiques qu'ils portaient autour du cou, enfermées dans un sachet de cuir.

Karim, leur chef, les libéra d'une peur conquérante en les renvoyant garder le convoi.

Les derviches de la mort le suivaient en surveillant leurs arrières, prêts à se servir des poignards attachés sur le haut de leurs bras que les manches amples des djellabas dissimulaient. Abdul les entraînait vers Le Caire et le soleil levant. L'horizon se frangea de jaune. Sur ce drap de clarté qui s'élevait, les silhouettes rassurantes des mosquées se découpèrent et donnèrent un sens à la vie des hommes.

C'était l'heure du *sabah ezani*, l'heure sainte.

Abdul s'arrêta de fuir. Le remords le prit. Il avait douté, il avait reculé, il n'avait pas utilisé sa foi pour repousser les abominations païennes.

— *Allahu akbar! Ilaha la illa Allah...*

L'appel à la prière tomba du haut des minarets. La voix de Dieu s'imposa aux hommes d'un bout à l'autre de la ville. Abdul se prosterna. Ses larmes de dépit mouillèrent la poussière. Il pria de toutes ses forces, accompagné de ses derviches touchés par la grâce du Seigneur et la vision des milliers de croissants brillant au sommet des édifices.

Peu de gens les imitèrent. Dans les gorges étroites des ruelles, on se pressait vers les marchés, les ateliers et les officines de toutes sortes, faisant passer les affaires et le profit avant la foi.

Dieu pouvait attendre.

Thérèse écouta battre le cœur de l'islam. De toutes parts, les muezzins conviaient les musulmans au *sabah ezani*. C'était magique et oppressant à la fois. Quand ce fut fini, elle contempla son père indifférent à cette ferveur ; Luc avait attendu que les Bédouins relèvent la tête. Il leur donna des ordres dans un arabe parfait, plaisanta avec Ramadan sur les événements de la nuit, le rassurant car l'intendant était très superstitieux.

— Les momies n'ont jamais mangé les vivants, elles n'ont plus d'estomac pour les digérer.

Thérèse sourit. Les Bédouins rirent. Ramadan grimaça. Ces hommes aimaient Luc. Elle se souvint d'une lettre où il lui disait : « J'ai songé à me convertir pour mieux me fondre dans l'univers de l'islam et être accepté, bien qu'ayant toujours été athée. Une circoncision vaut bien un baptême quand on veut réaliser ses rêves de jeunesse. N'oublie jamais ceci, Thérèse : les dieux ont été inventés pour servir les desseins des ambitieux, ils meurent et naissent au gré des tempêtes de l'histoire. Nous devons témoigner de leur passage temporel sur ce monde, c'est notre devoir. »

Il n'avait jamais franchi le pas. Il n'avait qu'une seule maîtresse, ne servait qu'une seule déesse, l'égyptologie.

Achille se tenait à l'écart du convoi en formation, confus, encore sous l'empire des cauchemars. Il s'était excusé plusieurs fois, avait proposé à Mariette de payer la réparation de la statue. Le vieil archéologue ne lui en avait pas tenu rigueur, arguant que des milliers d'Hathor semblables restaient à découvrir sous les sables, avant de le rassurer sur un ton très paternel : « Ce qui vous effraie aujourd'hui, jeune homme, vous enchantera bientôt. Je vois clair en vous, vous deviendrez un adepte de l'archéologie, vous défendrez la cause scientifique ; peut-être même aimerez-vous ce pays. »

Malgré ces bonnes paroles, Achille ne savait comment se racheter, surtout aux yeux de Thérèse. Il était pareil à un enfant égaré dans un environnement hostile.

— Je vous apprendrai les rudiments de l'égyptien ancien, lui dit Thérèse avant le départ.

— Merci... Je voudrais aussi parler arabe, répondit-il.

— Vous aurez les meilleurs professeurs.

Thérèse embrassa du regard les Bédouins, Ramadan et Yasmina, puis talonna la croupe de son cheval. Achille sut qu'il pouvait compter sur l'amitié de la jeune femme. L'amitié, pas l'amour. Il en avait la conviction, il ne connaîtrait jamais cet amour-là. Sa gorge se serra. Ses sentiments l'aveuglèrent. Il ne remarqua pas l'ardente présence de la jeune servante.

Yasmina le dévorait des yeux. Il était entré dans son cœur en apparaissant dans le palais de Bechtâq. Il n'en sortirait plus.

Une aube plus tard, au centre des cavernes, au fond du puits obscur de la Rédemption où il lui arrivait de soigner les esprits et les corps des derviches abusant du jeûne, des flagellations et des mutilations, le Maître replia son tapis de prière. Trois cercles de jade sur le sol emprisonnaient des mots en grec et en démotique; le Maître en connaissait la signification.

Allah avait eu son dû. Le Maître oublia le Coran et prit l'objet dans la poche de sa djellaba. Une sensation de puissance l'envahit. L'objet était un talisman, plus exactement une clef conçue quatre mille ans plus tôt. Faite de bronze, de lapis et d'obsidienne, elle avait la forme d'un œuf. Deux cartouches étaient gravés sur ses pôles.

— Seth et Khonsou, murmura-t-il.

Des hiéroglyphes entouraient les noms divins. Plume, bouche, jambes, poussin de caille, pain, corbeille à anse, chouette, balais de fibres végétales, vautour surmonté de la vipère à cornes, ver surmonté du pain, pain surmonté de la corbeille, chouette, homme allongé un filet de sang coulant de sa tête surmonté d'un pain, corbeille à anse, vautour, bras surmonté d'une bouche, disque solaire et faucon sur un pavois, ou plus simplement :

— Si tu viens sous la forme de quelque serpent, Rê mourra, continua-t-il.

Il y eut un frémissement dans l'air, un grondement lointain. On ne se servait pas impunément de la clef. Il ne poursuivit pas la lecture des hiéroglyphes. L'œuf aurait un jour son utilité. Il le cacha dans sa poche, puis fit jouer les jointures de ses doigts. Ah, ces mains, ce corps périssable, si vieux déjà et si jeune encore.

Il se mit à rêver au futur, à des conquêtes. Lui, le chef des derviches de la mort et de tous les clans mystiques du sud de l'Egypte et du Soudan, était une créature de l'espèce la plus rare. Il vivait dans les pensées du Mahdi, avait sa confiance et préparait la guerre sainte; mais ce n'était pas pour imposer l'islam aux autres peuples qu'il était venu au monde.

De tous les maîtres qui s'étaient succédé à la tête de la secte secrète depuis le règne du pharaon magicien Snéfrou, il était le plus puissant, le plus riche et le plus cultivé. Il avait bénéficié de temps, de beaucoup de temps pour parvenir à ce rang envié et comprendre les langues et les mœurs de ses ennemis. Il était l'égal des savants étudiant les langues anciennes et des médecins issus de la lignée d'Hippocrate.

Détenteur de biens et de terres immenses dans le monde arabe et les empires perse et turc, de plus de deux millions de piastres d'or et autant en dollars, en francs et en livres, il utilisait les banquiers de toute confession, même les juifs, en se servant de prête-noms et d'intermédiaires.

L'or était nécessaire ; il le regrettait parfois.

Il aspirait seulement au pouvoir que lui conférait la pyramide protégée par la montagne sacrée. Les pierres empilées, les textes magiques, les gardiens cachés maintenaient prisonnière l'âme du pharaon. Cette pyramide, bien qu'ayant été approchée par un corps expéditionnaire romain au temps de Néron, puis par un aventurier français quelques décennies plus tôt, n'avait jamais été fouillée. Elle ne le serait jamais ! Les archéologues ne l'ajouteraient pas à leur inventaire scientifique ; les pilleurs n'ouvriraient pas son ventre.

Elle n'existait pas sur les cartes. Tous ceux qui avaient cherché à la pénétrer pourrissaient. Leurs fantômes damnés erraient dans le désert.

Il songea à la montagne sacrée au sommet de laquelle il avait été intronisé. Non sans éprouver de la crainte. Dix semaines de marche le séparaient de ce sanctuaire posé en bordure du désert de Nubie.

Il la plaçait parfois au-dessus de la Kaaba à La Mecque.

Le doute le gagna. Les mollahs le condamneraient pour hérésie et blasphème s'ils venaient à connaître la véritable fonction de son organisation.

Là-bas, je serai intouchable, pensa-t-il.

Là-bas, sous l'implacable soleil de Nubie, il ne risquait rien. Tous ses rivaux et détracteurs avaient été étranglés ou dévorés par les crocodiles du Nil. Seuls les prêtres fanatiques vivant sur place avaient connaissance du syncrétisme de la religion islamique et des cultes égyptiens.

Le doute persistait.

Depuis l'avènement de Mahomet, lui, onzième grand prêtre de la montagne sacrée, lui dont le nom d'Ahmad al-Khidr n'était jamais prononcé, lui le Maître des derviches de la mort et le calife des califes des Nil Blanc et Bleu, associait le nom d'Allah à ceux d'Amon, de Khonsou et de Seth.

Il quitta le puits de la Rédemption et s'engagea dans l'un des nombreux boyaux menant à la caverne centrale. Il ne se sentait plus chez lui dans ce confinement. La mémoire de l'endroit était pleine de scabreuses images de momification. Tous les morts amenés ici n'avaient pas eu leur sauf-conduit pour l'éternité. Nombreux étaient les assassins du temps des Ptolémées et des Romains qui avaient été entre les mains des serviteurs d'Osiris. Ceux-là, sans apport de la magie, n'avaient pu franchir les portiques et les portes. Ils demeuraient en guettant les faiblesses des vivants et espéraient retrouver leurs sens par procuration.

Le Maître les plaignit. Il allait les laisser à leur sort. Le jour de l'indépendance de l'Egypte et de la proclamation de la guerre sainte au Soudan, il quitterait ces lieux et, sous la conduite du Mahdi, imposerait sa vision au monde.

Un derviche vint à sa rencontre. Il reconnut l'un de ceux qu'il avait donnés à Abdul. Le derviche le salua très bas, n'osant pas relever la tête.

— Parle !

— C'est l'élu qui m'envoie, Maître. J'ai chevauché un jour et une nuit...

— Ne perds pas de temps !

— Des démons protègent les Français.

— Ah oui, des démons ? Les as-tu vus ?

— L'élu Abdul les a vus. Des hommes à tête de chacal, dans le musée de Gizeh.

— Je lui avais dit d'attendre avant d'approcher la femme, en mesurant le degré des forces en marche.

Anubis, en personne, s'était manifesté. Il y avait eu Oupouaout sur le bateau, d'après les descriptions qu'en avait faites Abdul.

Les Portes s'ouvraient.

— Tu diras à Abdul de se tenir désormais à cinq cents pas de la Française. Tuez les autres s'ils venaient à s'éloigner d'elle, mais ne tentez rien avant que je vous en donne l'ordre. Les démons existent et nous savons nous en prémunir. Tourne-toi vers La Mecque, dit-il au derviche en lui montrant la direction de la cité sainte, et écoute le Coran.

Le derviche écouta alors le Maître déclamer cette sourate :

— « Au nom de Dieu, le Tout-Miséricorde, le Miséricordieux.

« Par le temps l'homme est en perdition.

« Exception faite de ceux qui croient, effectuent les œuvres salutaires,

« Se conseillent mutuellement le bien, se conseillent mutuellement la

« Patience. »

29

— Je te tuerai bientôt, l'ingénieur, dit tout doucement l'officier.

— J'ai déjà entendu cette chansonnette, répondit Justinien d'Urville en tournant son visage narquois vers son interlocuteur. Le hasard fait mal son travail, poursuivit-il. En venant à mon rendez-vous, je ne pensais pas vous trouver, mon brave Arabi. En fait, je vous croyais au bagne, en train de casser quelques mauvaises pierres.

— C'est ton crâne que je fendrai de mon sabre, et mes chiens mangeront ta cervelle, gronda le colonel Arabi.

— Messieurs !

A la voix de l'huissier, un Anglais en livrée écarlate semblant sortir tout droit du palais de la reine Victoria, ils redressèrent le torse et demeurèrent silencieux.

Cette petite altercation avait jeté un froid dans le salon d'attente où une dizaine d'hommes d'affaires européens et turcs, deux banquiers grecs et un envoyé de Bismarck prenaient leur mal en patience. Avoir un entretien avec le chef du gouvernement Riaz Pacha, récemment nommé par le khédive Tewfik, tenait du miracle ; il fallait user de ruse et d'argent auprès des secrétaires d'Etat pour être dans le peloton de tête. Il était parfois plus simple de s'adresser aux commissaires contrôleurs Blignières et Baring le secondant, mais ce Français et cet Anglais désignés par les grandes puissances pour assainir les comptes de l'Egypte et assister Riaz étaient moins sensibles à la corruption.

On attendait donc en fourbissant mentalement ses arguments, l'œil rivé sur ce maudit colonel dont on ne savait pas comment stopper l'ascension. Nul n'ignorait d'où il venait et où il voulait en venir.

Fils d'un fellah des environs de Zagazig, entré très jeune dans la conscription, officier sous le règne de Méhémet Saïd, mal vu par Ismaïl à la suite de certains incidents de service, entré en relations avec les mécontents au début de l'intervention anglo-française, compromis dans l'émeute du 18 février 1879 contre le ministère européen, condamné pour ce fait par un conseil de guerre et refoulé dans un emploi civil, imprudemment réintégré et promu colonel par le khédive Tewfik, Arabi était un agitateur sans connaissances militaires, de médiocre instruction, sans vision politique, creux et songe-creux, mais beau parleur, doué de la faconde orientale, entraînant, proche du peuple et capable de réussir à renverser le gouvernement par un coup de force.

Un désastre pour les affaires s'il venait à prendre le pouvoir.

Aucun des hommes de ce salon ne se voyait traitant avec cette brute au front fuyant, aux pommettes saillantes sur un large visage grossier que n'adoucissait pas la barbe mal taillée. L'uniforme blanc aux boutons dorés ne l'ennoblissait pas. Il se fichait de ce que pouvaient penser ces types en queue-de-pie et gilet rayé, le chapeau posé sur les genoux. Il les ferait chasser à la baïonnette le moment venu et les verrait s'envoler comme des moineaux affolés. Toute son animosité se concentrait sur cet arrogant ingénieur français que ce fou d'Ismaïl avait affublé du titre de pacha.

D'Urville lui avait tenu tête dans le delta alors qu'il tentait de soulever les travailleurs sur les canaux d'irrigation. Les deux hommes en étaient venus aux poings et Justinien avait pris le dessus sur Arabi. L'arcade sourcilière ouverte, le colonel avait mordu la poussière et perdu la face devant les siens. En retournant au Caire, il avait juré devant le mausolée de la petite-fille du prophète, Sayyida Zeinab, qu'il vénérait, de trancher la tête du Français.

— D'Urville Pacha ! appela l'huissier après la sortie d'un éminent représentant autrichien.

Justinien emboîta le pas du fonctionnaire, poursuivi par le regard haineux d'Arabi, et entra dans l'immense salle d'apparat où le président du Conseil tentait de sauver l'Egypte du désastre financier et politique.

Le président Zaïr paraissait minuscule derrière son immense bureau aux moulures dorées. Il y avait quelque chose de révolu dans ce décor qui se voulait à la fois versaillais, prussien et victorien. Les académiques portraits des sultans disparus n'égayaient pas le lieu volontairement dépouillé.

Zaïr ne se leva pas pour recevoir son visiteur. Ils se saluèrent avec déférence. Aucun lien ne les attachait l'un à l'autre. Justinien avait été favorisé autrefois par Ismaïl ; Zaïr désirait tourner la page, utiliser des hommes nouveaux et surtout éviter les ennuis. Cependant, sa marge de manœuvre était étroite. Il ne pouvait pas se permettre de déplaire aux Français et aux Anglais. Sans eux, il lui était impossible de garder son portefeuille de ministre. Il laissa parler l'ingénieur.

— Pacha Zaïr, on m'a laissé entendre, dit Justinien, que vous vouliez abandonner les grands travaux d'assainissement du Caire et le projet de fertilisation de la région d'Alâmât Qabr El Gamal.

— Pacha d'Urville, vous avez de bons informateurs et je n'ai pas les moyens de faire couper la langue de mes fonctionnaires, ni le pouvoir de renvoyer les conseillers européens qui infestent nos ministères. J'ai en effet décidé d'arrêter momentanément divers chantiers...

Le président du Conseil Zaïr parlait lentement en

dodelinant de la tête. Le grand bec busqué de son nez tombait très bas au-dessus de ses lèvres fines, mais on ne pouvait le comparer à un aigle royal. Il avait le visage étroit et maigre, le teint bilieux d'un homme rongé par les soucis.

— ... dont nous ne pourrons tirer des bénéfices avant longtemps, bien qu'en la matière, je doute que le terme « bénéfices » soit approprié. Je ne peux me permettre de perdre de l'argent. Le limon du Nil suffit à fertiliser nos terres, et son eau, lors des crues, assainit villes et villages. La priorité est à l'industrie, aux manufactures, au chemin de fer et aux routes. Et ce n'est pas de blé que nous avons besoin, mais de coton ! Ma décision est irrévocable. La deuxième tranche des crédits que vous attendiez sera affectée à l'achat de locomotives, de wagons et de rails. J'ai déjà fait valider cette décision par les commissaires européens. Evidemment, vous demeurez au service de l'Etat et je vous engage à justifier vos honoraires en reprenant l'étude des tracés de canalisations dans le sud de l'Egypte. Prenez votre temps. Vos crayons et vos feuilles à dessin nous coûteront cent mille fois moins que les coups de pioche de votre armée de fellahs.

— Vous ne semblez guère vous soucier de la santé du peuple. Cent mille hectares pris sur le désert auraient réglé les problèmes des années de disette. Des égouts et des systèmes de drainage réduiraient considérablement les risques d'épidémie. Vous contenteriez les pauvres et les paysans.

— Ne vous mêlez pas de politique, d'Urville Pacha. Je vais finir par croire ce que disent vos « amis » anglais, que vous appartenez à ce nid d'espions et d'agitateurs envoyés par la France. Vous m'avez porté beaucoup de tort en humiliant le colonel Arabi. Mais peut-être était-ce résolu de votre part, voulu par vos supérieurs, exigé par ce Félix Faure que vous servez si bien ?

— Je ne sers personne, Zaïr Pacha, si ce n'est l'humanité tout entière à travers le progrès et la justice. Je vais suivre vos conseils ; je vais crayonner le long du Nil, noircir des feuilles à dessin et attendre votre chute. Ce ne sera pas bien long. Je vous salue, Zaïr Pacha.

Quand il se retrouva dans le salon d'attente, Justinien se heurta à nouveau au regard haineux d'Arabi. Il n'y aurait jamais de trêve entre eux.

Des crayons, des gommes, des feuilles... et un fusil, corrigea-t-il en quittant le ministère. Il regarda les pyramides posées sur l'horizon lointain et tremblant. Le visage de Thérèse se dessina. Il remercia Zaïr Pacha. Il pouvait désormais la rejoindre.

30

Les chevaux allaient au pas, calmement, sur deux files, à l'ombre des palmiers dattiers. Leurs queues fouettaient les essaims de mouches attirées par le convoi. Le soleil montait entre les arbres ; il renverrait très vite les insectes sous les herbes folles. Les roues des chariots mordaient le limon craquelé, les essieux grinçaient, apeuraient les échassiers et les rongeurs. Les animaux fuyaient. Les hommes n'étaient pas les bienvenus.

Les colossales Khéops, Khéphren et Mykérinos aperçues trois quarts d'heure plus tôt flottaient dans leurs pensées. Luc Maurin n'avait pas jugé bon de s'y rendre. Il voulait gagner la course contre le soleil et atteindre au plus vite Dachour afin de dresser les tentes à l'ombre de la pyramide rhomboïdale. Sa décision de filer vers le groupe des pyramides sud avait déçu Thérèse. Elle n'adresserait pas sa première prière au vénéré Kheops, le roi qui, petite fille, l'avait fait rêver et édifier des pyramides avec des morceaux de sucre.

Ils atteignirent la lisière des palmeraies. L'ombre mourut. Le désert s'étendait devant eux. Il s'écroulait en une énorme vague qu'un vent capricieux écrêtait. Ce souffle sec et brûlant colla les djellabas sur les poitrines et assécha les lèvres. Il n'était pas assez fort pour soulever le sable, mais il fit se fermer les paupières des hommes et des bêtes qui quittaient les terres arrosées par le Nil. La température monta de dix degrés en l'espace de cent mètres.

Thérèse fut tentée de se mouiller le visage et s'empara de sa gourde. Le chef Karim, d'un froncement de sourcils, lui fit comprendre qu'elle ne devait pas gaspiller l'eau potable. Elle se fit violence, décidée à se comporter en Bédouine. Son père avait adopté leurs mœurs et leurs comportements. Elle ne l'avait pas vu boire depuis l'aube. Après le réveil mouvementé, il s'était contenté de deux tasses de thé brûlant, comme l'étonnant Achille qui demeurait stoïque sur son cheval.

Elle oublia instantanément le vent cruel. Saqqarah venait de s'imposer, majestueuse, construite pour conquérir le ciel.

— La tombe du roi Djéser, dit Thérèse à Achille.

L'inspecteur fut une fois de plus impressionné par la grandeur de ce monument et ne trouva pas les mots pour exprimer ce qu'il ressentait. Ces pyramides entretenaient ses doutes et ses peurs. Pour rien au monde il n'aurait voulu pénétrer dans ces tombes.

— Elle marque le début d'une nouvelle ère, ajouta Thérèse avant de jeter un œil du côté de son père et du chef Karim.

Maurin et le Bédouin s'étaient écartés de la troupe. Elle jugea que son père était assez loin et poursuivit en baissant le ton :

— Elle était vivante.

Achille la contempla sans comprendre.

— La statue d'Hathor était vivante, insista Thérèse.

— Vous vous moquez de moi !

— Non, j'ai déjà été témoin de pareils phénomènes... Vous n'auriez pas dû tirer sur elle.

— Thérèse, Thérèse, vous rendez-vous compte de ce que vous dites ?

— Oui.

— Je ne suis pas préparé à ça, c'est à en perdre la raison.

Si vous avez une explication logique, livrez-la-moi et je croirai tout ce que vous voulez.

— Hélas, je n'ai pas d'explication valable. Du moins pour le moment. Néanmoins, je peux vous parler d'Hathor.

— Parlez-moi d'Hathor.

— Elle était dans l'œil du dieu Rê. Il l'envoya tuer les hommes qui conspiraient contre lui, mais elle fit de tels massacres sur terre qu'on fut obligé de l'enivrer avec sept mille cruches de bière pour la détourner de sa fureur. C'est ainsi qu'elle devint la déesse de l'Ivresse. Elle est aussi déesse de la Musique, de la Danse et de l'Amour. Achille, même dans la mort, elle prend la forme d'une femme magnifique à la somptueuse coiffure, allongée sur un lit, et reçoit entre ses bras accueillants le trépassé dans le nouveau monde. L'Hathor d'aujourd'hui ne pouvait vous faire du mal. Elle s'était réveillée pour me protéger.

Achille dévisagea longuement Thérèse, essayant de deviner ses secrets.

— Je ne suis pas folle, Achille.

— Moi non plus, Thérèse. Je vous crois. Je crains le pire ; nous allons au-devant de sérieux ennuis, dit-il en se tournant vers la pyramide à degrés.

— Mon père arrive.

Luc Maurin et Karim reprirent la tête de la colonne.

— La tombe de la prêtresse Méryt-Rê est à un kilomètre à l'ouest de Djéser. Nous nous y rendrons demain, dit Luc à Thérèse.

La jeune femme acquiesça. Demain, elle déroulerait les bandelettes et se pencherait sur le double de son visage. Tous se dressèrent sur leurs étriers quand les dents de pierre des pyramides pointèrent sur l'horizon brouillé par la chaleur.

— Dachour ! s'écria Karim en partant au galop.

Cinq cavaliers le suivirent. Il n'y avait pas que des scorpions et des serpents dans la nécropole.

31

En continuant vers le sud pendant quarante-deux jours, Karim et ses guerriers auraient découvert le vaste campement à El Fasher et se seraient inquiétés à la vue de l'armée réunie dans le lit du Wadi El Ku. Il n'y avait pas eu pareil rassemblement de tribus depuis le temps des pharaons.

Les guerriers continuaient à affluer du plateau de Marra, des montagnes d'Ennedi, du désert de Gizu et des marais de Birao. Le territoire du Darfour était en ébullition. Au Caire, on ignorait tout de l'irrésistible vague de mysticisme qui déferlerait bientôt sur le Soudan et le monde arabe. Depuis soixante ans, la domination des vice-rois et des khédives d'Egypte était à l'abri de tout péril.

Rien à redouter à l'ouest désertique, rien non plus au sud des nègres de l'Ouellé, ni des petits despotes de l'Ounyoro et de l'Ouganda. A l'est, l'empereur d'Ethiopie ne se décidait pas à descendre la vallée du Nil Bleu. Le Soudan pacifiste était dirigé par le charismatique gouverneur général Gordon Pacha, et rien ne semblait pouvoir changer le destin de ce pays soumis à l'Egypte. Les espions de Sa Gracieuse Majesté et du sultan n'avaient rien détecté et les rapports les plus alarmants parlaient de voleurs de chèvres et de trafiquants d'esclaves. Pas de quoi sonner du clairon ni lever une compagnie. Ils étaient pourtant douze mille entassés dans la poussière, prêts à partir en guerre et à couper les têtes des mécréants turcs et anglais. Et il en arrivait d'autres d'heure en heure, de si loin qu'on ne parvenait quelquefois pas à comprendre leurs dialectes.

On venait de toutes parts écouter le Commandeur. Il était l'unique, le pur. La croyance s'était perpétuée dans le monde musulman au cours des âges qu'un jour un envoyé de Dieu apparaîtrait, qui détruirait l'iniquité dans le monde et y ferait triompher la justice, qu'un jour apparaîtrait un *mahdi*, c'est-à-dire « le bien guidé ».

Le Mahdi apparut encadré par les *ansar*, combattants de la foi et porteurs des étendards blancs frappés du carré noir. Derrière lui les califes commandant chacun un corps d'armée arboraient les drapeaux de leur ordre guerrier : Abdullah un drapeau noir, Ali Woled Helou un drapeau rouge, Mohammed El Chérif un drapeau vert. Venaient ensuite les émirs des émirs, les simples émirs commandant les compagnies de cent hommes, les *mukkedem* chefs d'une section de vingt hommes.

Le Mahdi salua ses deux drapeaux blancs qui portaient les sentences : « Il n'y a d'autre Dieu que Dieu », « Mohammed le Mahdi est le prophète de Dieu. »

Quand les hommes le virent, habillé de blanc, tel un ange descendu du ciel, ils l'ovationnèrent en brandissant leurs lances et leurs bâtons. Tous rêvaient de lui baiser la main, de recevoir sa bénédiction avant la bataille. Heureux ceux qui tomberaient pour la gloire du Mahdi. Il leur avait promis la guerre sainte et ils s'apprêtaient à mourir dans l'honneur et la joie.

Le calife Abdullah s'avança et cria :

— Gloire au Guide des croyants ! Gloire au Mahdi !

Ils reprirent son cri d'une seule voix et le tonnerre de leur hommage roula sur les dunes vers les quatre horizons. Le calife Abdullah les apaisa d'un geste et s'effaça devant le Mahdi.

Le regard de braise du Mahdi s'appesantit sur la foule des guerriers immobiles qui retenaient leur respiration. Chacun reçut sa part d'amour et se sentit proche du paradis.

— Je vous salue, mes fils, Dieu qui vous regarde vous bénit. Dieu qui m'inspire me dit que le temps est venu. Demain, nous purgerons la terre, nous la rendrons à la sainteté de l'islam. Demain, vous, les *ansar*, marcherez sur Khartoum. Le chemin sera long, difficile, et beaucoup d'entre vous ne verront jamais se joindre les eaux des deux Nil. N'oubliez pas les six vertus, soldats de Dieu : la modestie, la modération, la sobriété dans le manger, la sobriété dans le boire, l'endurance et les hommages aux tombes des saints. N'oubliez pas les six vertus complémentaires : amour de la guerre, courage, sagesse, confiance en Dieu, abandon de la volonté individuelle dans le sein de Dieu, unanimité dans la croyance. Gardez-vous des trois vices : la jalousie, l'orgueil, la négligence dans les prières. Si l'un de vous est marqué par l'un de ces vices, il doit sur-le-champ cesser d'être un soldat dans l'armée de Dieu. Ainsi quand vous arriverez à Gedir, la première ville que nous devons soumettre, ne laissez aucun impur y entrer. Ordonnez aux femmes de se voiler la tête et la face. Pendant la marche du Kordofan au Tagala, étudiez vos hommes et convainquez-vous que tous se proposent uniquement la gloire de Dieu. Si l'un d'eux y est étranger, qu'il se sépare de vous. J'ai eu la vision de nos victoires, elle m'est apparue dans la nuit de mercredi. Nous redonnerons à l'islam sa pureté.

« Soyez religieux, mes fils. Ayez confiance en Dieu et obéissez-lui. Accomplissez strictement vos devoirs religieux, observez le jeûne pendant le mois de ramadan. Il y a encore des villages sans mosquée, construisez-en. Que chaque village possède sa mosquée. N'attendez pas de récompense en ce monde, méprisez les biens temporels ; mais pensez à la vie future. Soyez moraux.

«Voici mes dix commandements, qu'ils soient écrits sur un drapeau et gravés dans la pierre.

«Abstenez-vous de vin, n'en buvez ni au bazar, ni chez vous.

«Ordonnez à vos femmes et à vos enfants de dire chaque jour les cinq prières, et soyez strict à cet égard.

«Ne commettez ni vol ni adultère, punissez ceux qui s'en rendront coupables.

«Faites chaque jour vos prières, chez vous, et en voyage.

«Soyez honnête; si à la guerre vous avez fait du butin, ne le cachez pas.

«Obligez les femmes et les enfants à se couvrir la tête et le corps; si vous voyez une femme dévoilée, punissez-la.

«Ne laissez pas les femmes pleurer autour des morts et ne leur permettez pas de suivre de cortège funèbre.

«Si vous vous mariez, n'exigez pas une grosse dot de votre fiancée. Si vous épousez une jeune fille, dix dinars seront suffisants, et cinq si c'est une veuve.

«Quand vos femmes et vos filles vont faire paître le bétail, ne laissez pas des hommes et des étrangers s'approcher d'elles. Défendez toute inconvenance.

«Si vous rencontrez un esclave ou du bétail égaré, ne mettez pas la main dessus, mais cherchez le propriétaire; si vous ne le trouvez pas, remettez-les au *Beit el mal* [1]. Soyez fidèles, obéissez à ces ordres qui sont les ordres de Dieu et du Mahdi, sinon vous périrez.

«A présent mes fils, priez. Quand vous aurez prononcé trois fois le nom d'Allah, formez les rangs, regroupez-vous sous les bannières de vos émirs et marchez sans faillir.

Les *ansar* se prosternèrent, prièrent, prononcèrent trois fois le nom d'Allah comme le leur avait demandé le Mahdi. Puis ils reprirent leurs lances et leurs bâtons dans le silence et rejoignirent leurs émirs. Le Mahdi était fier d'eux; il était

1. Le Trésor du Mahdi.

cependant inquiet. Son armée ne possédait pas d'armes à feu. Il se tourna vers ses lieutenants et prit une décision contraire à ses principes :

— Qu'on envoie un émissaire au représentant français du commissaire Blignières à Assouan. Qu'on lui donne dix livres d'or et de l'ivoire en promettant cent fois plus à son gouvernement contre des fusils et des canons. Qu'une même quantité d'or soit livrée au Maître des derviches de la mort et au colonel Arabi. L'Egypte devra se soulever quand nous serons en vue de Khartoum.

Le Mahdi regarda en direction de l'Egypte. Dieu l'aiderait à la conquérir et c'est pour l'amour de Dieu qu'il trancherait la tête du khédive. Il songea aussi à décapiter Ahmed al-Khidr, son fidèle lieutenant, maître des derviches de la mort. Ce fils, lui avaient rapporté ses espions, s'écartait de la voie du mahdisme. Il poursuivait sa propre quête en formant des centaines de derviches qu'il soumettait à sa volonté par la magie noire.

Le Mahdi se perdit dans ses pensées. Les sentiers du temps menaient à des surprises, à des impasses, au triomphe, à la mort parfois. L'un d'eux conduisait à une femme aux pouvoirs immenses. Il eut la vision de leur rencontre. Elle entrerait à Khartoum à ses côtés.

— C'est impossible ! murmura-t-il.

— Mahdi ? interrogea le calife Abdullah.

— Qu'il soit interdit à toute femme étrangère de m'approcher à moins de cent pas !

— Ta volonté sera respectée, Seigneur, répondit Abdullah sans chercher à approfondir le sens de cet ordre.

Dieu parlait par la bouche du Mahdi.

32

Les lueurs du feu de camp se reflétaient sur la paroi lisse de la pyramide. Les flammes se couchaient parfois sous l'effet du vent. C'était étrange. Ce vent capricieux aurait dû mourir après le coucher du soleil. Il continuait à souffler sur les tombes et ranimait les esprits. Le site de Dachour était particulièrement réputé pour ses apparitions. Les indigènes ne s'aventuraient jamais ici après la dernière prière, sauf quand les pilleurs de tombe les payaient.

Ils étaient tous assis en cercle, méditant et attentifs aux bruits de la nuit. Chacun prenait conscience du poids des millénaires et du long règne triomphant de la mort. On se partageait la viande de deux chèvres répartie dans de larges plateaux et des pains plats que Yasmina et Ramadan avaient fait cuire dans un four improvisé. Yasmina servit le thé. Elle eut un regard doux pour Achille et un autre plus sévère à l'intention de la Française.

Personne ne se souciait des états d'âme de la petite servante. Elle retourna s'asseoir près de son père sans même éveiller l'intérêt des jeunes Bédouins qui la savaient promise à un homme du Caire.

Thérèse n'en revenait pas d'être si proche de la dernière demeure supposée du grand roi magicien Snéfrou. Elle avait fait le tour de la pyramide rhomboïdale en compagnie d'Achille, repéré les deux entrées percées par les voleurs, mais à aucun moment elle n'avait senti l'âme du roi. Snéfrou n'était plus là ; il n'y avait peut-être jamais été.

Il y avait autre chose. Une autre dépouille. Un fourmillement sous cette terre blonde et sableuse. Des présences dans les boyaux des trois pyramides que nul homme n'avait violées depuis deux ou trois mille ans. Elle les devinait, rampant, se rassemblant, cherchant leur chemin vers les vivants.

Achille s'était rapproché du feu. Il n'était pas plus courageux que les hommes des cavernes. Il lui prêtait toutes les vertus défensives. La proximité de la pyramide rhomboïdale l'effrayait. Il se sentait écrasé par les millions de tonnes de blocs. Des fous, pensait-il. Ces rois étaient fous... et assez puissants pour dompter la mort. Pendant de longues minutes, il regretta son bureau minable au commissariat, la rassurante paperasserie, les interminables interrogatoires, les traques sans gloire, les criminels arrêtés, exécutés... et bien morts sans leur tête.

Puis il se mit à contempler le visage de Thérèse que la lumière des flammes modelait, remodelait. Il ne l'avait jamais vue aussi belle, si pensive, si habitée. Il en fut tout retourné. Dans certains pays on enlevait les femmes par amour ; il songea à la ravir et à l'emmener dans l'une de ces oasis de l'ouest décrites par les Bédouins. Il lui vint des idées d'Adam et Eve. Nus tous deux. Enlacés. Roulant dans le sable. Buvant à ses lèvres, à son sein palpitant, entre ses jambes. Il se voyait en amant formidable, rompu à toutes les caresses.

La voix de Luc Maurin le ramena à de plus justes proportions et à ses angoisses. Il n'eut pas plus de consistance que le sable qui crissait sous ses talons.

Maurin parla des fouilles et chargea Ramadan de recruter cent fellahs dans les villages voisins. L'intendant n'aurait pas à se déplacer. Les paysans viendraient d'eux-mêmes, attirés par le gain journalier de quelques piécettes de cuivre et la distribution de vivres. Maurin avait planifié sa campagne. Il se ferait ravitailler tous les dix jours. Les quantités de farine, de viande, de légumes et de petite monnaie prévues étaient considérables. Il prévoyait même d'acheter un troupeau de chèvres et des vaches. Un second convoi amenant du bois d'étayage, du charbon et une chaudière arriverait dans les trois jours.

Les questions matérielles réglées, Maurin, d'une voix grave, rappela à tous que le grand roi magicien avait foulé ce sol bien avant eux et que bien des légendes couraient à son sujet. Il leur raconta une histoire qu'il avait étudiée sur un ancien papyrus :

— Le roi Snéfrou parcourait un jour toutes les chambres du palais à la recherche de quelque divertissement, mais il n'en trouva aucun. Alors il dit : « Allez et amenez-moi le chef lecteur et rédacteur Djadjaemankh. » Celui-ci lui fut aussitôt amené. Alors Sa Majesté lui dit : « J'ai parcouru toutes les chambres du palais à la recherche de quelque divertissement sans en trouver aucun. » Djadjaemankh lui répondit : « Que Ta Majesté se rende au lac du Palais. Equipe une barque avec toutes les belles filles de l'intérieur de ton palais. Le cœur de Ta Majesté se divertira à les voir ramer en descendant et en remontant. Et tandis que tu contempleras les beaux fourrés de ton lac, que tu verras les champs qui les bordent et ses belles rives, ton cœur se divertira à ce spectacle. »

Luc Maurin interrompit son récit et quitta le cercle protecteur des flammes, s'enfonçant dans les ténèbres. Ils le suivirent des yeux ; il marchait vers la pyramide. Le monument sembla l'absorber. On crut entendre alors la voix de Snéfrou :

— Je vais certainement organiser une promenade sur l'eau. Qu'on m'apporte vingt rames en bois d'ébène recouvert d'or, leurs manches étant en bois odoriférant, garni d'or fin. Et qu'on m'amène vingt femmes qui soient belles de corps, qui aient une ferme poitrine et des cheveux nattés, et dont le sein n'ait pas été encore ouvert par l'enfantement. Qu'on m'apporte aussi vingt résilles, et qu'on remette ces résilles à ces femmes quand auront été déposés leurs vêtements.

« Ainsi fut-il fait, conformément à tout ce que Sa Majesté commandait.

« Elles ramèrent donc en descendant et en remontant, et le cœur de Sa Majesté fut heureux de les voir ramer.

Peut-être était-ce le bruit de l'eau battue par les rames, peut-être était-ce le chant des roseaux bercés par le vent, peut-être était-ce un oiseau frôlant de son aile la surface verte d'un lac sacré ? Thérèse écoutait ces échos du passé en franchissant les brumes d'un rêve. Elle n'avait pas encore sombré dans le sommeil et s'attardait sur cette frontière où le réel et l'irréel se disputaient la conscience.

Elle gagna peu à peu le pays des rêves.

La toile de tente vibrait, les cordes sifflaient. Elle était comme sur un bateau voguant dans le désert. Une barque en cèdre à la proue en forme de fleur de lotus, à la voile carrée sur laquelle l'œil *oudjat* avait été cousu de fils d'or. Elle filait droit et vite vers une rive où poussaient des arbres à encens. Elle ne pouvait pas la maîtriser. Il lui était impossible d'atteindre le gouvernail, d'esquisser le moindre geste. Etait-elle attachée au mât comme Ulysse ? Elle le crut. Des chants merveilleux lui parvenaient. Il y avait des femmes sur la rive, les bras levés en direction du soleil.

Il faut que j'atteigne le gouvernail.

Elle fit un effort désespéré pour remuer les jambes. Rien ne se passa. Ses membres étaient comprimés. Miraculeusement, la barque perdit de la vitesse et toucha la rive sans heurt. Les femmes montèrent à bord et l'emportèrent sur leurs épaules. Il y avait un serdab surmonté d'un linteau dans lequel s'inscrivaient un disque solaire et des ailes de vautour. Les femmes la déposèrent devant cette chapelle et elle vit la prêtresse. Son double. Quand cette dernière procéda au rituel de l'ouverture de la bouche, du nez et des yeux, elle connut l'effroi, elle venait de comprendre qu'elle était momifiée et qu'on allait l'enfermer pour l'éternité.

Viens, ma sœur, je t'attends, dit la prêtresse.

33

Luc Maurin avait fait preuve de prudence. Il était impossible de repérer la tombe parmi les nombreux tertres. Après l'inventaire du mobilier et la reproduction des textes inscrits sur les murs, il avait ordonné aux fellahs de la recouvrir de sable. D'autres tombes et des mastabas avaient été découverts... redécouverts, dévastés. Les grands rapaces envoyés par les antiquaires creusaient dans tous les coins. Ce périmètre compris entre Saqqarah et Dachour avait été relativement épargné.

— C'est là, dit-il à Thérèse et Achille en leur montrant l'éminence.

Il fit signe à la troupe de s'arrêter. Deux Bédouins armés et une dizaine de paysans les accompagnaient. Les mulets chargés d'outils et d'outres furent rassemblés et délestés de leur poids. A ce moment, une silhouette apparut.

— Rachid, dit Luc. Le chef des gardiens. Méfiez-vous de lui, ce n'est pas un homme de confiance.

D'autres gardiens en djellaba miteuse se montrèrent. Ils vivaient dans les tombes dont il ne restait rien. La plupart avaient été autrefois employés par les marchands anglais quand on exportait par dizaines de milliers les momies vers Londres afin d'en faire de l'engrais. Ils connaissaient parfaitement la géographie des nécropoles.

Luc Maurin, à la recherche d'indices archéologiques, les interrogeait régulièrement. Ils lui avaient permis de découvrir la tombe de la prêtresse Méryt-Rê, fille du roi xoïte Djedkarê.

La bouche édentée de Rachid s'ouvrit et débita les formules sucrées de bienvenue en arabe. Il mêla l'amour, la bienveillance, la grandeur d'Allah, la générosité du gouvernement au nom de l'archéologue. Tous ces propos sonnaient faux. Sauf la chute :

— Je ne t'attendais pas avant novembre. Mais je me réjouis de te voir en si bonne compagnie, dit-il en reluquant Thérèse. Est-ce ton épouse ?

— Ma fille.

— Dieu a créé beaucoup d'étoiles dans le ciel. J'ignorais que la plus belle était descendue sur terre, dit Rachid en s'adressant à Thérèse.

— Merci, je ne savais pas que les gardiens étaient poètes, répondit-elle en arabe.

Rachid fut troublé. Elle parlait la langue de Mahomet. Elle, une impure. Mais si belle...

Thérèse se sentit salie par ce regard qui glissait sur ses formes. Sa vareuse ne cachait pas la rondeur de sa poitrine ; sa position à califourchon sur la selle tendait le tissu de son pantalon et mettait en valeur ses cuisses. Achille trouva le bonhomme salace. Il eut envie de le repousser avec son cheval. Sans la présence de Luc, il l'aurait fait. Il se jura de l'avoir à l'œil.

— As-tu des nouvelles de Mariano et de Stark ? demanda Luc.

— Dieu me garde d'en avoir, s'écria un peu trop vite Rachid. Ces maudits pilleurs ne sont plus réapparus depuis que tes Bédouins ont tué deux de leurs hommes.

— La tombe est donc intacte.

— Vierge de toute trace. Personne n'a foulé le sable dont tu l'as fait recouvrir.

Maurin encouragea son cheval à faire quelques pas supplémentaires. La bête atteignit l'élévation. Rachid disait vrai. Seul le vent avait modelé des plis. D'un signe, il fit mettre pied à terre aux siens. Aussitôt descendue de selle, Thérèse ramassa une poignée de sable et la porta à ses narines. C'était une façon d'entrer en contact avec la mémoire des grains qu'elle laissa filer entre ses doigts.

— Il y a réellement une tombe là-dessous ? s'étonna Achille en faisant le tour du petit tertre.

— Oui, dit Luc. Une grande tombe. Elle est habitée par la prêtresse Méryt-Rê, fille du roi xoïte Djedkarê.

— Habitée ?

— La momie s'y trouve encore. J'ai descellé le sarcophage, j'ai retiré le cercueil, mais je n'ai pas ouvert ce dernier. Ce sera à Thérèse de le faire.

— A Thérèse !

— Vous comprendrez quand vous pénétrerez dans la tombe et en verrez les peintures.

Luc commanda aussitôt aux fellahs d'enlever le sable.

Sœur Eloïse était désespérée. Après avoir fouillé l'hôpital de fond en comble, elle avait cherché son malade dans toute la ville, interrogé des dizaines de personnes. Au troisième jour de la disparition du Grec, mue par son instinct et poussée par les menaces du médecin-chef, elle s'était aventurée hors d'Alexandrie, jusqu'à Canope et au-delà.

« Ne revenez pas sans lui ou vous prendrez le premier bateau pour Marseille ! avait dit le médecin-chef. Je vous donne une semaine ! Je n'attends rien de la police égyptienne. Servez-vous de votre Jésus, précisa-t-il irrespectueusement, il a été efficace en son temps avec les handicapés et les malades. »

Elle montait un mulet qui ne rechignait pas à parcourir des lieues sous le soleil. L'animal suivait son propre chemin.

Elle le laissait choisir une direction quand elle parvenait à une croisée de chemins.

Du delta, elle ne connaissait pas grand-chose ; elle le traversa dans l'indifférence des fellahs, obtenant sans contrepartie de ces derniers du pain et du thé et priant pour eux avant de s'endormir à la belle étoile, à l'écart des villages et de la jalousie des femmes. Elle avait senti les dards de leurs pensées. Les épouses la rejetaient. Peut-être parce qu'elle était une chrétienne voilée. Surtout parce qu'elle avait un beau visage ovale et lisse, que le poids des années ne ternissait pas, ne couturait pas, n'amollissait pas. A quarante-deux ans, cette fiancée de Dieu en paraissait vingt. Elle ne voulait pas retourner dans un couvent en Auvergne. Elle refusait l'enfermement ; il lui venait des souvenirs de ce temps-là. C'était hier encore ; les graves mélodies des psaumes chantés par les chœurs remplissaient les voûtes et parvenaient jusqu'au narthex, répétées par l'écho, magnifiques et terribles. Les entendre à nouveau dans ce pays de brumes et de sortilèges la tuerait. Elle était prête à commettre un péché pour rester dans la lumière de l'Egypte. Elle pria le Seigneur de l'aider à retrouver le Grec. Son esprit s'éleva, puis sombra, entraîné par les affres et les doutes.

Cadent a latere tuo mille et decem millia a dextris tuis…
Super aspidem et basiliscum ambulabis…
« Mille tomberont à tes côtés et dix mille à ta droite…
« Tu marcheras sur le serpent et le basilic… »

Pourquoi ces paroles lui revenaient-elles en tête ? N'y avait-il donc pas moyen d'être en joie ? Déterminée à combattre le malin qui lui ôtait tout courage, elle eut les mots enchanteurs qui emplissaient autrefois les cœurs des chevaliers et qu'elle fit siens :

— « Guerrier valeureux,
« Porte l'épée de noblesse et d'honneur !
« Ton honneur, c'est de courir au combat
« Pour la justice, la clémence et la vérité.
« Ta main jettera la stupeur,
« Les flèches qui déchirent ;
« Sous tes coups, les peuples s'abattront,
« Les ennemis du roi, frappés en plein cœur.
« Ton trône est divin, un trône éternel ;
« Ton sceptre royal est un sceptre de droiture :
« Tu aimes la justice, tu réprouves le mal.
« Oui, Dieu, ton Dieu t'a consacré
« D'une onction de joie,
« Comme aucun de tes semblables ;
« La myrrhe et l'aloès parfument ton vêtement.
« Des palais d'ivoire, la musique t'enchante.
« Parmi tes bien-aimées sont des filles de roi ;
« A ta droite, la préférée, sous les ors d'Ophir.
« Ecoute, ma fille, regarde et tends l'oreille ;
« Oublie ton peuple et la maison de ton père :
« Le roi sera séduit par ta beauté. »

Et ce fut ainsi qu'Eloïse, fiancée de Dieu, fille de roi, à la poursuite d'un Grec manchot, traversa le delta d'ouest en est, puis d'est en ouest.

Le désert qu'elle atteignit lui rappela la fuite de Marie, Joseph et l'Enfant Jésus. Le désert faisait souvent partie du décor de la Bible, mais elle n'était pas l'un des personnages de la sainte épopée.

Que fais-je ici ?

La soif la tenaillait. Sa tenue noire de religieuse, à la toile épaisse, recouvrant une longue et solide chemise, n'était pas faite pour voyager dans les contrées arides écrasées par le soleil.

Le Grec, dans son état, n'avait pas pu aller aussi loin. Elle suivit cependant la piste parsemée de crottin frais. Comme elle l'avait pressenti, la vie était toute proche. Elle apparut au détour d'une dune. Il y avait un village construit autour d'un puits et d'un mausolée. Elle décida qu'elle n'irait pas au-delà de la dernière maison, car le soleil déclinait.

La mosquée ne possédait pas de minaret. Elle se dessina avec ses enluminures de plâtre peintes en bleu et noir. Le village n'était pas copte. Le contraire eût été étonnant. Quand Eloïse aborda les premières masures, des hommes et des femmes surgirent des coins d'ombre protecteurs. Ils n'avaient jamais vu pareille femme. On leur avait décrit les Occidentales comme des créatures damnées parées d'artifices, peu hésitantes à montrer leurs chairs opulentes et leur chevelure. Celle-ci appartenait à une nation inconnue. Elle avait les traits fins, une peau d'ivoire, la beauté rayonnante d'une vierge. Sa sobriété vestimentaire était un exemple à suivre. Son sourire ingénu balaya bien des animosités. Elle descendit du mulet et attendit que l'un des hommes lui adressât la parole.

Ils la regardèrent un moment, perplexes, de leurs yeux étonnés et fixes, des yeux de pauvres gens qui ne pouvaient imaginer son appartenance à un autre Dieu que le leur. Le muezzin arriva et la dévisagea. Lui non plus n'avait jamais vu de religieuse. Il ne savait quoi faire ni que dire. Tout n'était pas prévu par le Coran, on avait beau lire les sourates, étudier les versets d'avant en arrière et d'arrière en avant, on n'y trouvait pas tout.

Les fidèles guettaient ses réactions. Il prit l'initiative d'interroger froidement l'étrangère :

— Que viens-tu chercher ici ?

— Un homme malade.

Les paysans furent surpris. Elle avait répondu en arabe.

— Il n'y a pas de malade dans ce village. Nous sommes

sous la protection d'un saint, expliqua-t-il en montrant le mausolée au toit conique surmonté d'un croissant.

Il ne poursuivit pas son questionnaire. Un enfant arriva en courant et cria :

— Les derviches ! Les derviches !

Aussitôt les habitants décampèrent et s'enfermèrent chez eux.

— Retourne d'où tu viens ! dit le muezzin. Tu es en danger. Ils viennent pour les morts !

Lui-même alla se barricader dans la mosquée. Eloïse se retrouva seule. Elle rejoignit le mausolée. Il était entouré d'une centaine de simples tombes aux stèles de guingois. Le soleil glissa derrière le croissant, cuivra le désert. Son sang allait imbiber le ciel.

Il semblait obéir au son des tambours. Eloïse tendit l'oreille. On ne battait pas une marche militaire. L'enfant avait dit que les derviches arrivaient. Elle avait entendu parler de ces moines mystiques et de leurs danses prisées par les voyageurs. Ils n'étaient pas dangereux.

Elle se trompait. Ce n'étaient pas des derviches ordinaires qui s'approchaient du village, mais les derviches de la mort conduits par un ange monté sur un cheval blanc.

Le Maître les avait emmenés jusqu'ici pour chanter, danser et se meurtrir. Il y avait la dépouille d'un saint au cœur de ce village perdu et de nombreuses âmes attachées à la terre. Les trois cents derviches de la mort n'étaient plus maîtres de leur corps. Le soleil avait porté leur folie au paroxysme. Ils frappaient les tambours du poing, le sol de leurs massues et de leurs bâtons *tabaq* et *tayaq* dont ils tiraient une magie très ancienne. Hallucinés, animés par une foi sans faille, ils percevaient les chants des belles houris qu'Allah leur avait promises le jour de leur mort héroïque. Leurs chefs utilisaient de longs fouets ; ils sentaient la morsure du cuir sur le dos et la douleur les transportait d'allégresse.

Le mausolée et les tombes étaient en vue. Les vivants se terraient ; les morts les attendaient. S'emparer des âmes, les élever vers Dieu, s'en nourrir était l'unique obsession des derviches. Ils le faisaient pour l'amour d'Allah et la gloire du Maître. Ils rassemblaient l'armée des morts. La conquête et l'islamisation du monde étaient leur but.

Eloïse les vit. Des démons. Ils agitaient des bannières vertes, rouges et blanches et des armes effrayantes alourdies de sculptures diaboliques, de têtes de bélier, de taureau et de cobra. Ils grimaçaient. Leurs regards roulaient comme ceux des bêtes affolées par le feu. Ils bavaient, crachaient, lançaient des appels à Allah.

— Au nom de Dieu, le Tout-Miséricorde, le Miséricordieux, nous sauvons qui nous voulons !

— Béni soit Dieu, le plus beau des créateurs ! Nous ferons descendre le sang d'une mesure sur terre et nous punirons tous les hommes possédés par les djinns.

Les voix des premiers s'étranglèrent quand ils l'aperçurent près du mausolée. Une femme des ordres chrétiens. Eux avaient déjà vu des religieuses, des prêtres à Alexandrie et au Caire. Ils les honnissaient ; ils la haïrent aussitôt. Sans la présence du Maître, ils se seraient servis de leurs armes et l'auraient dépecée.

Le Maître déciderait du sort de cette infidèle. Ils cessèrent de battre les tambours et de frapper la terre avec leurs instruments magiques. Le Maître fit canter sa blanche monture. Eloïse n'avait jamais rencontré un être pareil. Il venait du paradis. Elle fut sous son emprise dès qu'ils échangèrent un regard.

— Une sœur française de l'hôpital d'Alexandrie, dit-il. Venue rendre visite à un saint émir. Les voies de l'islam sont étranges. Que viens-tu réellement chercher dans ce cimetière ?

— J'étais à la poursuite d'un homme malade qui s'est échappé de l'hôpital, répondit-elle d'une voix tremblante.

Elle venait de comprendre qu'il n'était pas venu du paradis. Elle était dans son aura. Une sphère noire et oppressante. Il était… Il était… l'un des légionnaires de Satan. Ou autre chose, de plus dangereux encore.

Le Maître goûta à la peur de la religieuse. Sa bouche se referma avec un claquement expressif d'avidité satisfaite.

— Il a le bras gauche coupé, précisa-t-elle. C'est un Grec.

— Je devais donc te rencontrer.

— Pourquoi ?

Le Maître ferma les yeux et entra en lui-même, faisant appel à ses dons prémonitoires. La sœur était bien présente sur trois chemins différents. L'un d'eux menait jusqu'au Mahdi.

— Parce que cet homme m'appartient. Dieu a voulu que tu sois sur mon chemin. Je vois clair à présent. Ton destin est lié au sien et à celui d'un prophète guerrier. Je comprends pourquoi tu es près de ce mausolée et si loin de l'homme que tu cherches. Les paraboles sont parfois difficiles à interpréter. Il est dit qu'une chrétienne influencera la guerre sainte. C'est peut-être toi. Il y a des voiles que je ne peux soulever. Je ne peux te suivre jusqu'au bout sur le chemin.

Eloïse ne saisissait pas le sens de ces paroles sibyllines. Soulevée d'espoir, elle réalisait qu'elle pouvait échapper à son renvoi de l'hôpital et à une retraite malheureuse en Auvergne.

— S'il t'appartient vraiment, dis-moi où il est !

— Il est en route vers le sud. Tu ne le ramèneras pas dans ton hôpital… Et tu ne retourneras pas en France, ajouta-t-il en lisant dans ses pensées. Il est dit que toi aussi, tu marcheras vers le midi. Maintenant, pars. Les derviches sont impatients ; ils ont des morts à ressusciter et des âmes à rassembler. Tu es un obstacle au déroulement de leurs rituels et Allah me dit de te préserver. Par là, c'est la route du Caire. Tu dois t'y rendre.

— Mais j'ai des devoirs envers ma communauté !

— Je te défais de tes devoirs et de tes vœux. Va au Caire, maintenant ! Et que ton destin s'accomplisse.

Eloïse abdiqua. Elle sentait que ce message effrayant disait juste ; elle se sentait en état de péché mortel. Elle venait de rompre avec ses vœux. Pas avec le Christ.

34

Alors qu'il s'apprêtait à rejoindre l'équipe de Luc Maurin à Dachour, Justinien d'Urville avait été convoqué par le contrôleur général de la comptabilité et de la dette publique égyptienne, le tout-puissant Blignières. Il n'avait pas davantage pu décliner cette invitation expresse que les précédentes. Blignières était le plus haut représentant français en poste en Egypte, son chef direct et secret. En Egypte, on ne travaillait pas impunément; on était dans l'obligation de rendre des services politiques au nom de la France, de Gambetta, de Félix Faure, de Barthélemy Saint-Hilaire et de quelques généraux versés dans les affaires coloniales.

Justinien était un pion sur l'échiquier stratégique du Moyen-Orient. Apparemment, on avait décidé en haut lieu de faire bouger ce pion.

Il se présenta au portail de la maison de Blignières à vingt et une heures. Les deux Circassiens en faction se mirent au garde-à-vous en reconnaissant le pacha d'Urville. Le portier lui fit des courbettes en repoussant le lourd battant de fer aux hauts barreaux pointus. Le crépuscule nimbait la demeure de style colonial. Cet incendie avait un sens caché. Justinien l'interpréta à sa façon. Il pensa aux feux de la révolte, aux tueries prônées par les nationalistes, aux purges voulues par les islamistes, au déclin de l'influence française et de la domination turque. Le Nil charriait des flots de lave. Les pyramides noircissaient à l'horizon. Le sang solaire s'assombrissait sur leurs flancs et se putréfiait au contact de la nuit envahissante.

Justinien était un homme de combat et d'une nature optimiste. Il chassa ces pensées négatives. Il aimait Thérèse. L'Egypte pouvait sombrer dans le néant.

Des cabs et des calèches occupaient la vaste cour plantée de sycomores et de figuiers. Les cochers devisaient sous un énorme cèdre. Des miliciens patrouillaient dans les jardins où piaillaient les moineaux. Justinien ne percevait plus de signes néfastes. C'était un beau crépuscule de fin d'été.

La maison couvrait mille mètres carrés. Elle avait été construite par un magnat italien du coton vingt ans plus tôt. La malaria ayant eu raison de cet homme raffiné, sa femme avait vendu tous les biens à Blignières. Le contrôleur d'Etat n'avait presque rien changé au décor. A l'entrée, dans le hall circulaire, bustes sculptés dans un marbre noir veiné de vert, les philosophes échangeaient leurs regards de pierre. Un Marc Aurèle grandeur nature recevait et inspirait les visiteurs. Justinien aimait cet empereur dont les pensées éclairaient encore le monde.

Un majordome marocain l'introduisit dans le salon chinois où des oiseaux exotiques et multicolores, excités par la présence des hommes fumant le cigare, voletaient dans tous les sens à l'intérieur d'une immense volière.

Blignières avait des habitudes de mandarin, vivait dans la soie, au milieu d'objets incrustés de nacre, de dragons de jade, de vases Ming et de meubles laqués. De tous les Français installés en Egypte, il était le seul à ne pas posséder une antiquité du pays. Il soutenait Mariette dans la lutte contre le pillage. Intraitable, il ne s'était jamais laissé compromettre. On hésitait à l'entreprendre par des moyens illégaux; c'était un colosse qui pouvait vous assommer d'un coup de poing. Il avait été désigné pour assainir les finances de l'Egypte et il s'en tenait férocement et rigoureusement à cette mission.

Blignières vint broyer la main de Justinien.

— Vous êtes toujours à l'heure, mon ami.

— Je n'ai jamais manqué un rendez-vous avec l'histoire, répondit malicieusement Justinien.

La représentation française était presque au complet. Liron d'Airolles, Bellaigue de Bughes, Bouteron et Rigolet l'accueillirent chaleureusement. Justinien avait rendu des services à chacun.

— Le khédive ne vous aime pas, reprit Blignières. Vous voilà au chômage, mon cher ingénieur.

La malice animait ce visage de lutteur de foire aux yeux étirés presque toujours plissés. Il dominait Justinien d'une tête. Le havane paraissait petit entre ses doigts. Quand il souffla la fumée, Justinien le compara à Vulcain.

— Les nouvelles vont vite, répondit-il. En effet, le khédive m'a renvoyé à mes études et le colonel Arabi pense pouvoir m'envoyer à six pieds sous terre.

Les hommes sourirent dans leur barbe. Ils détestaient tous Arabi et sa clique d'officiers nationalistes. A des degrés divers, ils avaient reçu des menaces.

— J'ai l'intention de croquer et de mesurer les pyramides, d'aider les archéologues à déblayer les sites et à remettre en état les monuments, de résoudre les énigmes mathématiques de cette architecture. Luc Maurin m'attend à Dachour.

— Hum, joli programme. J'ai autorisé Luc à entreprendre cette campagne, à sa demande. Il le méritait; il a rendu d'immenses services à la patrie en élaborant les codes «Papyrus Rê 55» et «Papyrus djed 56». L'assassinat de Tabès-Blumberger, avec qui il avait formé les agents du chiffre au ministère des Armées, m'a décidé à lui accorder une retraite anticipée. Sa fille le remplacera.

— Mais elle est trop jeune! s'exclama Justinien.

— On la dit meilleure que son père. La décision de l'engager ne vient pas de moi. Elle a passé un contrat moral avec Félix Faure. Vous ne ferez que passer à Dachour. Vous dessinerez les pyramides dans quelque temps, à votre retour; je vous donnerai des instructions pour Luc Maurin. Vous aimez les risques, d'Urville, je vais vous envoyer au Soudan.

— Au Soudan!

— C'est un pays du plus grand intérêt.

— Mais il est sous la coupe du gouverneur Gordon.

— Pas totalement : l'ouest échappe au contrôle de l'Anglais.

— Romelo Gessi n'a-t-il pas vaincu et fait fusiller Soliman Zébir après avoir écrasé l'armée des rebelles, il y a un an? N'est-il pas l'homme de la situation?

— Gessi est le digne élève de Garibaldi, nous lui devons le respect. Il est en ce moment même dans le Bahr El Ghazar et se rapproche du Congo, pourchassant les trafiquants d'esclaves, entouré de milliers d'ennemis et d'une nature hostile. Il s'y perdra et y mourra comme bien d'autres avant lui. Il ignore tout des événements en cours. Des informations nous sont parvenues. Un fanatique musulman qui se fait appeler le Mahdi est parvenu à fédérer les tribus de l'Ouest et du Sud. Il est actuellement dans le Darfour oriental où il prône la guerre sainte.

Blignières fit une pause et s'appliqua à tirer deux bouffées de son cigare. Ce qu'il avait à dire était de la plus haute importance. Aucun des Français présents n'avait connaissance du plan ourdi par Félix Faure.

— Ecoutez-moi bien, messieurs. Nous avons l'intention d'aider le Mahdi.

La stupéfaction se peignit sur les visages.

— C'est impossible ! Autant déclarer la guerre aux Anglais et aux Turcs ! s'écria Liron d'Airolles.

— Les Turcs ne comptent plus, répondit Blignières. Les Anglais préparent notre éviction de l'Egypte. Il faut parfois savoir renverser les alliances. Ce Soudan compléterait admirablement notre Soudan français.

— Maîtriserons-nous ce chef fanatique ?

— C'est l'inconnue de l'équation... que vous devrez résoudre. Je suis sûr que vous saurez séduire le Mahdi — en lui proposant la livraison de quatre cents fusils.

— Est-ce une mission officielle ?

— Officieuse. Vous êtes ingénieur des mines. Vous suivrez le cours du Nil jusqu'à la première cataracte à Assouan où vous demeurerez quelques jours, puis celui du Nil Blanc en faisant courir le bruit que la France a l'intention de construire des barrages. Quand vous dépasserez Khartoum, il vous sera facile de piquer vers l'ouest et d'atteindre le Darfour au nez et à la barbe des patrouilles égyptiennes. Mais passons à table, messieurs, le conseiller Rigolet nous racontera son expérience au Darfour.

Le champagne et le bourgogne rendaient les esprits téméraires. L'expédition au Darfour leur paraissait une balade, le Mahdi un sauvage qu'on pouvait acheter avec de la verroterie, les Anglais, de piètres adversaires. Justinien d'Urville était l'homme de la situation. Le Soudan avait été avalé, digéré, intégré à l'empire colonial français. Le foie gras, les terrines, les cailles et la poularde avaient subi le même sort. On ne pouvait dissocier les plaisirs du ventre de ceux de la politique.

Charles Rigolet était le seul a ne pas faire preuve d'enthousiasme. Il avait été le premier Européen à administrer la *moudirié* de Dara, une région du Darfour. L'alcool n'embellissait pas les souvenirs qu'il en avait gardés. Il plaignait sincèrement d'Urville.

— Vous paraissez morose, Charles, dit d'Urville.

— Je suis anxieux pour vous. J'étais très enjoué lorsqu'en 1878 j'ai accepté mon poste au Soudan. J'ai vite déchanté. Quand vous aurez traversé de terribles déserts et longé le Nil infesté de crocodiles, vous arriverez dans le Darfour oriental, un affreux pays couvert de vastes forêts d'épineux. Il y a des taillis, des fourrés impénétrables à cause des lianes qui s'entrecroisent dans les arbres. Cela vous oblige à une véritable gymnastique, se courber comme un écuyer de cirque sautant dans un cerceau, se pencher à droite, à gauche et avoir un œil attentif aux moindres branches qui peuvent vous trouer la peau.

« Et quand ce ne sont pas les branches, ce sont les indigènes qui vous percent de leurs lances. Je ne m'étendrai pas sur les moustiques, les scorpions, les araignées et d'innombrables variétés de mouches piqueuses. Priez le Seigneur de faire en sorte que le Mahdi soit au nord de cette abominable région et soyez sur vos gardes. Les Egyptiens en place tenteront d'abord de vous appâter avec des cadeaux. J'ai eu le malheur de me compromettre en acceptant quatre béliers, un rat de Pharaon, une autruche, quatre esclaves, un eunuque et un lionceau. Je n'ai jamais pu ensuite me faire respecter. Les marchands d'esclaves, et il y en a beaucoup, vous offriront de l'or et des vierges afin que vous teniez votre langue sur leurs trafics. Ils paieront des assassins si vous vous mêlez de leurs affaires. J'ai tenu six semaines dans cet enfer. J'en ai rapporté des fièvres qui me consument. Sans médecin, il n'est pas possible de survivre au poste de Chaka sur les confins du Darfour et du Nahr El Ghazal. Il vous faudra entre quatre-vingts et cent dix jours pour atteindre le Darfour et un mois pour amadouer le Mahdi. Je vous conseille de bien étudier le Coran. Il peut vous sauver la vie.

— Voilà un tableau bien sombre brossé par notre ami Charles, gloussa Blignières. Il n'est pas engageant. Vous pouvez refuser de partir, Justinien, je ne vous en voudrai pas.

— J'aurais bien des raisons de ne pas accepter cette mission, répondit Justinien en pensant à Thérèse. Mais je n'ai jamais refusé de servir la patrie. Je vais faire ce voyage au Soudan et j'en reviendrai avec un traité d'alliance signé du Mahdi, le plus rapidement possible. Dans moins d'un an, vous me reverrez, messieurs, avec quelques balafres en plus, plaisanta-t-il en passant son doigt sur la cicatrice qui marquait son cou et son menton.

Ils le crurent. Il avait la tête de l'emploi. Romaine, brutale et conquérante. Ils ne décelèrent pas la fragilité dans son regard. Justinien n'était pas Titus ou Trajan. Ses blessures étaient ses failles. La plaie dans son cœur ne s'était pas refermée.

— A la bonne heure ! Qu'on apporte du champagne et un sabre, dit Blignières. Nous allons boire au courage de d'Urville !

Les invités étaient repartis. Blignières avait prié Justinien de rester. Il le prit chaleureusement par le bras et l'emmena à l'étage.

— Charles n'exagérait pas.

— Je m'en doute.

— Je pourrais vous faire accompagner par un médecin égyptien, mais je ne peux me permettre de prendre ce risque. Il vous compromettrait aux yeux du Mahdi. Ses califes et ses émirs ont juré d'exterminer tous les Egyptiens et les Anglais se trouvant sur le sol soudanais. J'ai cependant quelqu'un qui fera l'affaire et donnera le change quand vous arriverez à Khartoum. Elle connaît les maladies tropicales et sait traiter les cas de choléra et toutes les variantes de dysenterie, dit Blignières en frappant à la porte d'une chambre.

Elle ! Il avait dit « elle » ! Justinien était stupéfait ; il n'arrivait cependant pas à imaginer que ce fût une femme. Il ne pouvait s'encombrer d'une femme dans un voyage aussi périlleux.

— Entrez.

C'était bien une voix féminine. Quand il la vit, il pâlit. C'était une religieuse engoncée dans la robe de son ordre, coiffée du voile avec le bandeau.

— Je vous présente sœur Eloïse, dit Blignières.

Eloïse lui donna une franche poignée de main en arborant un irrésistible sourire. Justinien en resta coi, ne sachant plus comment dire à Blignières qu'il ne voulait pas de ce fardeau. Cette sœur le désarmait; elle avait le charme naïf d'une enfant, la grâce d'une adolescente au regard romantique. Il devinait pourtant qu'elle avait un certain âge.

— Elle fera une excellente couverture quand vous rencontrerez Gordon, et elle inspirera le respect aux musulmans du Darfour.

— Si vous le dites, c'est que vous y avez longuement réfléchi, marmonna Justinien.

— Je parle arabe, nubien et quelques dialectes, intervint Eloïse qui voyait bien que Justinien ne voulait pas d'elle. Je sais aussi recoudre les plaies et préparer des potions avec les plantes du cru.

— Savez-vous monter à cheval?

— Y a-t-il une grande différence avec le mulet?

— Enorme.

— J'apprendrai!

— Que connaissez-vous du désert?

— Je me suis rendue dans le Sinaï et j'ai séjourné dans le désert oriental, chez les moines du Couvent rouge.

La sœur lui tenait tête. Elle avait un air farouche et déterminé. Justinien s'en remit à Blignières.

— Je ferai ce que vous déciderez.

— Vous partirez tous les deux dès demain. Je mettrai deux chevaux et quatre mules à votre disposition. Les vivres sont déjà prêts. Vous remettrez une lettre à Luc avant de reprendre la route d'Assouan. Là-bas, le délégué français à l'aménagement de la province, monsieur Nathanael Maynen, vous fera rencontrer un marchand dinka qui capture et vend des fauves aux Européens. Il s'appelle Kala ; il vous guidera dans le Darfour oriental.

Justinien et sœur Eloïse se regardèrent. Leur sort était scellé. Il était désormais entre les mains du Mahdi.

35

Le mur de brique vola en éclats. Les fellahs superstitieux refluèrent en désordre.

— A toi l'honneur, dit Luc en tendant la lampe à huile.

Thérèse se saisit de l'anneau et inspira profondément. Son émoi ne se dissipa pas. Elle l'avait éprouvé toute la nuit. Depuis son enfance elle attendait ce moment. Un poids au ventre, elle tendit prudemment le bras qui tenait la lampe et posa inconsciemment sa main gauche sur l'étui du revolver passé à sa ceinture, puis elle avança un pied après l'autre, comme une équilibriste sur un fil.

Des personnages peints de couleurs vives captèrent la lumière. Des femmes en tunique blanche passèrent avec leurs sistres, leurs croix ankh et leurs vases sacrés. Elles ouvraient une procession. Des hommes au torse nu et au crâne rasé les suivaient; ils portaient des brancards remplis d'offrandes.

Elle promena sa lampe de haut en bas. Sur un pan de mur, un texte magique protégeait la tombe. Il était entouré d'une triple frise de dieux schématisés par des traits rouges et noirs. Thérèse reconnut les juges du tribunal d'Osiris. Le texte précisait qu'une malédiction frapperait les profanateurs de la tombe de Méryt-Rê.

Elle commença à lire :

— «Ton abomination est le pays d'Orient; tu entreras

dans la salle d'abattage, on te fera offrande de ce qui est en abomination aux dieux, car tu es quelqu'un qui est passé impur, qui réside dans le crime, quelqu'un à qui le Maître de l'univers refusera l'enterrement.

« Péris en présence de la Maîtresse des biens, Méryt-Rê... »

Ce fut alors qu'en tournant la tête, elle aperçut le visage dans le fond, à l'endroit où le mur faisait un coude.

— Oh, mon Dieu !

Cela avait été plus fort qu'elle, elle avait crié. Elle sursauta quand la main de son père se posa sur son épaule. Achille les rejoignit et partagea les tourments de Thérèse. L'aspect de Méryt-Rê provoqua chez lui un début d'aphasie.

— Sois courageuse, il n'y a pas de maléfice dans ton double, dit Luc. Nous résoudrons cette énigme.

Il la poussa vers la représentation entourée d'étoiles et de plumes. Thérèse se sentait mal. Très mal. Son double, sa sœur jumelle, la princesse prêtresse Méryt-Rê avait été peinte grandeur nature. La figure n'était pas classique. Elle empruntait son art à la période atonienne, bien qu'exécutée deux cent cinquante ans plus tôt, sous le règne du roi xoïte Djedkarê, devançant même les techniques des artistes du Nouvel Empire. Le réalisme et la fraîcheur de l'exécution étaient tels que Thérèse crut pendant un court instant que c'était un faux. Elle l'examina des pieds à la tête.

— C'est bien moi, balbutia-t-elle, mon profil droit.

Une précision photographique. Même courbure du nez, même ourlet des lèvres, même force dans le menton, même œil noir sous la frange lourde des cils. Jusqu'aux deux grains de beauté sur la joue. Effarée, elle s'approcha de ce visage et découvrit la minuscule cicatrice sous sa tempe, près du lobe de l'oreille. Elle s'était fait cette blessure à l'âge de huit ans, en chutant sur une pierre pointue lors d'une course-poursuite avec son frère.

— Impossible ! Cela ne se peut !

— Tu connais mon rationalisme, dit Luc en l'arrachant à

sa contemplation. Il y a des théories que je n'ai jamais pu admettre. J'ai toujours combattu les tenants de la voyance, de l'astrologie, de la médiumnité, de la sorcellerie populaire inspirée par le *Grand* et le *Petit Albert*. Je m'oppose aux théosophes, aux prédicateurs, aux magnétiseurs, aux bouddhistes et aux chrétiens, à tous ceux qui croient à la vie après la mort. Ta mère a cessé de m'aimer le jour où elle a compris que mon athéisme était irréversible... Le jour de l'enterrement d'Armand. Thérèse, écoute bien ce que je vais te dire.

— Oui, père.

— Il est dur de remettre en cause ses convictions, d'aller à l'encontre de ses idéaux. Je n'ai jamais failli, tu le sais... Je crois que tu es la réincarnation de cette femme.

— La réincarnation ?

Elle frissonna de peur. Elle se perdit dans le regard sérieux de son père, entendit battre son cœur, la respiration forte d'Achille, le chant d'un fellah à l'extérieur, sentit les sueurs, les miasmes de la tombe. Tout était concret. Ses sens s'enracinaient dans la réalité, mais son père lui demandait de croire qu'elle était née trois mille quatre cents ans plus tôt, et peut-être plus si elle admettait que cette Méryt-Rê était elle-même la réincarnation d'une ou plusieurs autres Méryt-Rê. Il lui avait parlé de l'existence d'une tombe plus ancienne sous la pyramide rhomboïdale.

— Je n'ai pas d'autre explication, conclut-il.

— J'ai du mal à l'admettre. J'ai l'impression de ne plus avoir de libre arbitre. Père, prouve-moi que je ne suis pas le jouet d'une machination universelle ! L'homme qui a essayé de me tuer à Paris...

— On étudiera tous les textes inscrits sur les murs ! affirma-t-il en touchant du doigt les hiéroglyphes qui flanquaient Méryt-Rê. Et si c'est toi qui parles sur ces murs, il faudra que tu te souviennes de ce temps.

Thérèse n'osa pas révéler qu'elle était en contact avec ce temps-là.

— J'essaierai, père.

Elle se mit à réciter à haute voix ce qui était écrit :

— « Hé, protestataire ! Fraye-moi le chemin ! C'est moi, Méryt-Rê ! Je suis grande par ma parure : Routy a sorti pour moi une coiffe royale. Il m'a donné des ailes, il a affermi mon cœur sur son support avec sa grande force afin que j'échappe aux ennemis qui ont volé le corps de mon père et qui par trois fois m'ont ôté la vie. Reconnais-moi, protestataire, je suis celle qui réjouit Sen-nefer, la détentrice de deux puissantes *uréu*. C'est moi qui connais les chemins du Noun ; le souffle est dans mon corps, et même un taureau furieux ne peut pas s'opposer à moi. J'irai là où se trouve l'Endormi, le sans-barque dans le champ de l'Eternité, celui que j'ai conduit aux pénibles ténèbres occidentales, Osiris. Je suis venue aujourd'hui de la demeure de Routy ; j'en suis sortie pour me rendre à la demeure d'Isis la divine ; j'y ai vu les mystères secrets, ayant été conduite aux retraites cachées, car on m'a fait voir la naissance du grand dieu et la résurrection de mon père Snéfrou ; Horus m'avait dotée de son *bâ*, et j'ai vu ce qui s'y trouvait ; mais si je le révèle, les colonnes de Chou me chasseront et mon arrogance sera brisée. Je suis celle qui a été chargée d'apporter ses pensées à Osiris et à la Douat. C'est moi le faucon qui habite la lumière, celle qui est puissante grâce à son diadème, celle qui est puissante grâce à son rayonnement ; je ferai l'aller et retour jusqu'aux extrémités du ciel et quand je serai venue devant vous, gardiens du château d'Osiris, quand les Puissants amèneront et rassembleront pour moi les *sekemyou* du ciel inférieur, quand les Puissants dégageront pour moi les chemins, je retournerai sur terre pour combattre Seth et Khonsou, et délivrer l'âme de mon père Snéfrou... »

— Méryt-Rê t'attend dans le sarcophage, va lui retirer les bandelettes, dit Luc. Venez, Achille, venez découvrir une chambre mortuaire.

36

Abdul était étendu sur un tapis bleu, exactement au centre de la salle carrée des prières de la mosquée Sannar Bacha. Il regardait osciller les gros lustres pendus à leurs chaînes. L'imperceptible souffle d'Allah descendait du haut de la coupole et caressait son visage. Il était sous la protection du nom de « Sa Majesté » écrit en pierre jaune sur fond blanc aux quatre coins.

Jalala ! Jalala ! Tu es Allah Rabbi.

« Majesté ! Majesté ! Tu es Dieu et mon créateur. »

Il était aussi sous la surveillance des derviches de la mort au sein de cette mosquée située dans le quartier de Boulaq où les adeptes du Maître comptaient de nombreux partisans parmi la population. Ici, on recrutait les soldats de Dieu. Le colonel Arabi tenait régulièrement conseil dans l'une des pièces voisines. L'idée d'une nation égyptienne grandissait à chaque prière et, plus que partout ailleurs au Caire, les prédicateurs fanatisaient la foule.

Tous les vendredis, la foule abondait et débordait. Les voix montaient à la coupole comme une crue, répandaient la bonne parole inspirée du Coran. Elle était en marche, Abdul l'entendit venir ; elle emportait avec elle la poussière jaune des rues, des odeurs de thé et de poisson, ses rancœurs et ses espoirs, chassant devant elle les chiens et les chèvres, sans dessiller les yeux car ses regards étaient à la recherche de l'invisible Seigneur qui exalte les cœurs.

Quand le premier des fidèles foula de ses pieds nus les tapis bleus, Abdul cacha le poignard sacré dans les plis de son vêtement. Il l'avait exposé toute la nuit face au mihrab. L'âme de l'arme s'était renforcée.

— Nous prierons au-dehors, dit-il aux derviches qui s'étaient rapprochés de lui.

Ils l'entourèrent. Les hommes et les femmes qui commençaient à investir les lieux saints s'écartèrent à leur vue, se séparant prématurément en deux courants, car il était interdit aux personnes de sexe opposé de se côtoyer dans la maison de Dieu. Abdul et ses derviches de la mort sortirent et fendirent le flot humain. Il fut inutile aux derviches de se servir de leurs bâtons magiques, de leurs fouets, des haches et des massues. Le vide se faisait naturellement devant eux. Personne ne désirait être au contact des mystiques qui dansaient avec les morts.

La voix du muezzin figea tout le monde et rappela à chacun son devoir. En un seul mouvement, les trois mille personnes qui n'avaient pu prendre place dans la mosquée se tournèrent vers La Mecque. Le rituel des prosternations et des antiennes à Allah commença.

Abdul se fondit dans la ferveur du peuple et sentit bientôt le doigt de Dieu sur son front. Il était bien l'élu. Quand il se releva, son corps et son âme ne lui appartenaient plus.

Il se mit en marche vers le sud.

Thérèse, suivie de Luc et d'Achille, avait atteint la chambre mortuaire. Un passage pratiqué à travers le mobilier funéraire conduisait jusqu'à la cuve au-dessus de laquelle, peinte sur le ciel, veillait Nout, la déesse du Ciel. A côté de la cuve, sous la protection des quatre fils d'Horus, enfermés dans les vases canopes, les viscères de la défunte reposaient dans un coffre en calcite.

Les images s'incrustaient, se superposaient à son savoir.

Thérèse reconnaissait ce qu'elle avait appris dans les livres. Elle en tremblait. Il lui sembla que les souffles vivificateurs allaient jaillir des quatre angles du sarcophage où veillait Thot. Des figures divines tracées sur les parois extérieures avaient libéré la momie des millénaires auparavant ; elles ouvraient le ciel aux vents. Osiris commandait les vents du nord, Rê, ceux du sud, Isis ouvrait la voie aux vents d'ouest et sa sœur Nephtys délivrait les vents d'est.

La lourde pierre d'obturation soulevée par Luc et ses fellahs reposait sur sa tranche avec le couvercle du cercueil. Thérèse écarquilla les yeux et marqua le pas. Méryt-Rê, en vêtements de lin blanc, l'attendait. Elle avait été reproduite avec encore plus de réalisme, de face, sur le couvercle extérieur. C'était un miroir. Méryt-Rê aurait pu tenir la lampe à pétrole et non pas le nœud *tit* et le pilier *djed*.

Achille avait depuis longtemps renoncé à la raisonner. Méryt-Rê et Thérèse se faisaient face. Il ne savait plus laquelle était la vraie. La chambre mortuaire l'oppressait. Il y avait un pullulement extraordinaire d'objets, des légions de statuettes bleuâtres qui pouvaient s'animer d'un instant à l'autre et chasser les intrus. Et, dans ce grouillement de *shaouabti*, des crocodiles en terre cuite attendaient que fussent prononcées les paroles magiques qui rendraient aux habitants du caveau leur véritable apparence.

Il imagina cette tombe et les autres, retentissant du tapage des serviteurs réincarnés, du cri perçant des voix de l'autre monde, et cela sans se lasser, pendant des siècles, ébranlant la nécropole d'un galop de revenants sortant de tous les tombeaux. La peur le tenaillait mais il s'approcha de la cuve ouverte sur laquelle se penchait Thérèse. Il voulait découvrir et comprendre.

Il n'était pas là par hasard.

Enveloppée dans sa chrysalide de lin, Méryt-Rê attendait, prisonnière de ses bandelettes. Le miroir, disque de métal poli fixé sur un manche sculpté en forme de jeune femme au corps dénudé, était déposé sur sa poitrine. Il symbolisait le disque solaire et avait le mystérieux pouvoir d'imiter la vie.

Thérèse contempla le visage dissimulé par les tissus. N'allait-elle pas commettre un sacrilège en découpant les bandelettes ? Elle interrogea muettement son père qui avait ouvert une petite trousse de médecin contenant les ustensiles tranchants. Il l'encouragea d'une inclinaison de tête en lui donnant un scalpel. Elle le prit après avoir posé sa main sur l'œil *oudjat* qu'elle portait autour du cou. Le bijou offert par Mariette réchauffa sa poitrine et répandit ses ondes bienfaisantes. La puissance de l'œil l'autorisait à poursuivre.

Elle approcha la lame du visage caché. Sa sueur s'égoutta et imbiba le lin. On entendit les fibres craquer sous la pression du scalpel.

Justinien ne ménageait pas la religieuse ; il avait décidé de l'éprouver. Avec un peu de chance, elle demanderait grâce et retournerait dans sa communauté. Il en voulait à Blignières. Sœur Eloïse était un boulet, une empotée, une femme immature qui, malgré ses états de service à l'hôpital d'Alexandrie, n'avait aucune expérience de la vie. Au moment du départ, elle avait crânement enfourché son cheval. A présent, elle avait des difficultés à suivre le train ; elle peinait en retrait à une centaine de mètres.

Eloïse essayait de ne pas le perdre de vue. Ses reins lui faisaient mal, le soleil la consumait. Loin devant, d'Urville menait les chevaux de bât. Il montait une jument arabe élevée pour affronter le désert. Eloïse se l'avouait : il avait fière allure avec son casque colonial anglais, son fusil sur le dos, ses cartouches en bandoulière. Il ne ressemblait guère à un ingénieur.

Un bandit, un mécréant, un impie, pensa-t-elle.

On était en vue d'un village. Eloïse prit un air pincé et eut un regard pour ses mollets. Un de plus depuis son départ du Caire ; elle ne les comptait plus. Quelle honte. La vue de sa chair exposée la mortifiait. Malgré tous ses efforts, elle ne parvenait pas à dissimuler cette peau blanche. Elle n'avait jamais exposé ses bras et ses jambes à la lumière du jour. Les Cairotes avaient reluqué son anatomie dévoilée. A leur tour, les fellahs du village relevèrent la tête et contemplèrent bouche bée la blancheur révélée de sa peau.

Il me faut des bottes et un pantalon !

Elle envisagea sérieusement de porter des vêtements masculins sous sa robe noire. Tant pis pour la chaleur. Eloïse se sentait coupable. Les hommes péchaient par sa faute. Elle se rassura cependant. A sa manière, Dieu l'éprouvait.

Eloïse reprit confiance ; elle flatta le col de son cheval. Ce compagnon la porterait là où le Seigneur avait décidé de l'envoyer. Elle retrouvait la longue suite des épreuves de ceux qui avaient participé à la préparation de la venue de Jésus, séparés eux aussi, par Dieu, des choses du monde et introduits mystérieusement dans ses desseins. Elle allait traverser des déserts et avancer parmi les Arabes pour tracer les voies, pour aplanir les sentiers et apaiser les cœurs afin de préparer le retour du messie.

Eloïse voyait grand. On était au tout début du voyage et elle ne mesurait pas la difficulté des épreuves à venir.

37

Ils étaient tendus. Les flammes des lampes ne repoussaient pas entièrement les ombres. La touffeur les oppressait. Le visage de Méryt-Rê apparaissait peu à peu. Thérèse ne faiblissait pas, s'appliquant à ne pas blesser son double. Le scalpel avait tracé un sillon le long du maxillaire gauche et du front; il trancha les bandelettes enserrant le maxillaire droit. Des amulettes en argent et en hématite glissèrent hors des bandes. Un minuscule scarabée en lapis-lazuli jaillit sous la pointe de l'instrument, évoquant les eaux abyssales et primordiales d'où toute créature est issue.

Thérèse posa le scalpel sur le rebord de la cuve. C'était terminé. Restait à rabattre les tissus découpés. Elle ne tergiversa pas. Le regard évidé de la morte apparut soudain. Force fut de constater que la princesse ne ressemblait plus à Thérèse. Sous le masque effrayant de la peau goudronnée, les os pointaient. Le cadavre souriait aux trois profanateurs.

— Il est difficile de te reconnaître, dit Luc en examinant la face de la princesse. C'est extraordinaire, ajouta-t-il en effleurant la joue ratatinée.

Il y avait deux taches à cet endroit. Deux grains de beauté qui se confondaient presque avec la couleur noirâtre de la peau. Thérèse le constata; Achille l'admit en les comparant aux deux grains de beauté posés sur la joue nacrée de la jeune femme. Le mystère s'épaississait.

Thérèse ne ressentait rien, si ce n'était le poids des regrets. Elle avait rompu le cycle d'éternité en coupant les bandelettes. Maintenant la morte n'était plus en paix.

Achille se rendait aussi compte de la gratuité et de la portée dangereuse de l'acte. Il n'avait pas les connaissances de Thérèse et de Luc, mais, intuitivement, il se disait qu'on n'aurait pas dû troubler le sommeil de cette momie.

On a mis un pied dans le royaume des morts, ils ne vont plus nous lâcher à présent, pensa-t-il en admirant la tranquillité de l'archéologue qui promenait les yeux au plus près du visage de la malheureuse embaumée.

Effectivement, le pragmatique Luc Maurin, du point de vue archéologique, considérait l'expérience comme banale. Il avait vu des centaines de momies, en avait dépouillé un certain nombre, avait pratiqué des autopsies sans éprouver le moindre remords. Il menait des actions probes, persuadé de servir la science. En bon humaniste, il répandait la lumière sur les origines de l'homme afin de comprendre le présent et d'assurer l'avenir. Ses «frères» approuvaient sa conduite.

Il éloigna son visage de la cadavérique face. Méryt-Rê était semblable aux autres momies. Ce n'était rien qu'une carcasse semblable à un insecte desséché.

Luc Maurin hocha le menton. Satisfait d'un constat qui ne pouvait être remis en cause, il étaya ses pensées. Rê n'insufflait plus la vie à la matière inerte. Le Ka de la princesse prêtresse ne s'était jamais manifesté à la divinité; pas plus que les âmes chrétiennes dans le souffle de Dieu. Il n'y avait rien après la mort, il en était profondément et viscéralement convaincu. Il avait exagéré en prononçant le mot «réincarnation» au sujet de Thérèse, il mit en cause la fatigue passagère, le surmenage, les grosses chaleurs d'août. Il trouverait une explication rationnelle.

Sa science était immense. Il remonterait aux origines. Il

commença à chercher. En théorie, selon le concept le plus admis, concept égyptien imaginé sous l'Ancien Empire, Khnoum, créateur de la race humaine, modela deux figures identiques, le *khet*, la matière inerte, le corps humain, et le *ka*, le souffle divin, le corps spirituel. La superposition de ces deux corps donna naissance à l'homme animé dès lors par le *bâ*, la conscience de soi.

C'est un bon début, se dit-il en contemplant sa fille, je me souviens de mes cours d'étudiant.

Khnoum pouvait être fier. Thérèse avait un *bâ* parfait et son *ka* contribuait à l'harmonie universelle. Tout était dit ; ils n'avaient plus rien à faire dans cette tombe.

— Partons, je vais faire transporter la momie et son mobilier au Caire.

— Non, père, laisse-la reposer en paix. Referme la tombe, pose les scellés et rends-la au sable.

— Thérèse, les pillards la videront. Ils attendent le moment propice. As-tu vu la fausseté dans le regard de Rachid ? Il calcule déjà ses bénéfices et ceux de ses gardiens. En l'emmenant, nous la sauverons de la destruction.

— N'est-ce pas dangereux ? avança Achille.

— Dangereux, dans quel sens ?

— Heu… La malédiction… Les hiéroglyphes, à l'entrée.

— Ne soyez pas superstitieux, mon garçon. Les formules magiques ne marchent que dans les contes et dans la tête des fous. Méryt-Rê aura sa place dans un musée ; c'est la meilleure façon de lui redonner vie.

On avait fait la fête, tué trois chèvres et bu le thé brûlant en l'honneur de Justinien d'Urville et de sœur Eloïse. Les Bédouins avaient dansé aux sons des tambours et des flûtes tandis que s'étalait le ciel sanglant virant au violet. Justinien et Luc s'étaient longuement entretenus. Luc pensait que Blignières avait eu du bon sens en adjoignant la religieuse à son ami. Justinien n'en était pas convaincu pour autant.

Cette folle de Dieu lui attirerait des ennuis ; il craignait qu'elle ne se mette en tête de convertir les musulmans. Il lui reconnaissait un don : celui de communiquer. En arrivant au campement, elle avait parlé à tout le monde. Le farouche chef des Bédouins, Karim, était même tombé sous le charme de cette ingénue voilée.

Eloïse n'apportait pas que du bonheur ; elle avait brisé le cœur de Thérèse en évoquant leur voyage au Soudan. C'était si loin, le Soudan ; les Français qui s'y étaient rendus depuis l'explorateur Caillot se comptaient sur les doigts des deux mains. On en revenait meurtri, quand on en revenait. Sœur Eloïse s'en remettait à Jésus et à la Vierge Marie.

« Je prierai pour deux, avait-elle dit en regardant l'ingénieur. Nous serons sous la sainte garde des Cieux. »

Thérèse doutait de l'efficacité des prières ; sa mère s'était consumée en priant dans les églises et sur la tombe d'Armand. Le secours n'était jamais venu. Au Soudan, Eloïse se heurterait à l'obstacle infranchissable de l'islam, des murs de fanatisme, sans ouverture aucune.

Les pyramides à présent étaient toutes noires. Les meutes de chiens hurlaient dans le désert et les Bédouins établissaient les guets au sommet des dunes. Justinien et Thérèse s'étaient rapprochés. Sans la lueur des flammes et la présence des autres, leurs mains se seraient trouvées. Achille, assis à l'opposé du couple, devinait leurs intentions. Il souffrait et Yasmina souffrait de le voir ainsi à la merci de la Française.

Achille serra les dents quand Justinien proposa à Thérèse de marcher un peu. Il espéra une réaction de la part de Luc Maurin, mais l'archéologue était en grande discussion avec le père de Yasmina, chargé de recruter cent autres fellahs pour creuser sous la pyramide de Snéfrou. Fou de douleur, Achille plongea son regard dans les flammes jusqu'à l'aveuglement. Quand il releva la tête, le couple avait disparu.

Leurs mains s'étaient finalement trouvées. Cependant, ils ne ralentirent pas leur marche pour s'interroger du regard et se rapprocher davantage. Il y avait de la pudeur dans leur attitude. Il n'était pas au Jardin des plantes à Paris, mais au pied de la pyramide rhomboïdale nimbée de mystère sous les étoiles, au centre d'une nécropole. L'amour avait de la peine à éclore au royaume des morts.

— Je ne connais pas grand-chose aux pyramides, avoua Justinien, et je doute de parvenir un jour à décoder les plus insignifiants hiéroglyphes. Je vous envie, Thérèse, de savoir parler la langue des anciens Egyptiens.

— Je pourrais vous apprendre, ce n'est pas aussi difficile qu'on le dit.

— Dans un an, si tout se passe bien, je serai votre élève.

Ils atteignirent le côté est de la pyramide et gagnèrent le bord du plateau. Des feux trouaient l'obscurité dans laquelle coulait le Nil. Des lumières palpitaient au sein des palmeraies et de furtives lueurs s'échappaient du Caire, au bout de leurs regards.

— Je me souviens d'un poème que j'avais copié et appris. Mariette l'avait traduit pour Ferdinand de Lesseps, la veille de l'inauguration du canal à Ismaïlia. Ferdinand l'a peut-être récité en invitant Hélène Autard de Bragard à devenir sa seconde femme. J'étais là quand il lui remit la rose en l'invitant à la porter le lendemain si, d'aventure, elle acceptait sa proposition.

— Oh, comme c'est beau ! s'exclama Thérèse.

Elle demeura pensive, renouant avec les héroïnes de roman qui avaient alimenté ses rêves d'adolescente. Un alanguissement la prit ; elle s'abandonna. Sa joue se posa sur l'épaule de Justinien.

— Et que disait ce poème ?

— « L'amour que j'ai pour toi se répand dans mon corps,

« Comme le sel se fond dans l'eau,
« Comme la pomme d'amour s'imprègne de graisse odorante,
« Comme la liqueur se mélange au vin.
« Ah ! Puisses-tu te hâter,
« Pour voir ta bien-aimée,
« Comme un cheval sur le champ de bataille,
« Comme un taureau qui court vers son fourrage.
« Le ciel fait présent de son amour,
« Comme une flamme s'allume dans la paille
« Comme une voile attire le faucon. »

Il se tut. Le souffle court de Thérèse lui parvenait. Il sentait battre leurs cœurs.

— Je connais la suite de ce poème, murmura-t-elle.
« L'harmonie du lieu de mon repos est troublante.
« La bouche de ma bien-aimée est un bouton de fleur.
« Ses seins sont des pommes d'amour,
« Ses bras sont des étaux.
« Son front est un piège en bois de saule,
« Et moi, je suis le canard sauvage.
« Mes yeux prennent pour appât ses cheveux
« Dans le piège prêt à s'abattre. »

Il l'empêcha de poursuivre. D'un baiser soudain, il donna un sens aux mots qu'elle prononçait. Thérèse le lui rendit maladroitement. Elle n'essaya pas de contenir le désir. Elle vibrait de tout son corps, de toute son âme. Assouvir ses sens était une urgence. Le temps leur était compté ; ils ne se verraient plus pendant un an ou deux, peut-être plus jamais.

Elle se coula contre lui, griffa sa nuque. Ses lèvres avaient vite appris. Son baiser se fit hardi.

— Aime-moi ! dit-elle.

Justinien ne refréna plus son désir. Il l'embrassa dans le

cou, l'enferma entre ses bras, la ploya. Ils tombèrent à genoux, s'allongèrent et leurs mains s'égarèrent.

La jalousie le rongeait, lui tordait les boyaux. Elle grimpait, acide, jusqu'à sa gorge ; elle l'entraînait, lui fit franchir des limites. Il n'eut plus sa tête. Le sang, en une vague furieuse, noya sa raison. Le couple enlacé lui apparaissait comme une vile bête, il le broyait d'un regard fou. Sa main incontrôlable prit le revolver ; son pouce releva le chien ; son bras trembla dans l'axe de la visée. La première balle serait pour d'Urville.

Une main se posa sur la sienne et l'empêcha d'appuyer sur la détente en exerçant une douce pression.

— Ne fais pas ça. On te pendrait, et tu me tuerais aussi.

La voix juvénile était pleine d'émotion. Elle émoussa sa haine.

— Yasmina...

Il s'était tourné vers la jeune servante au visage grave.

— Que fais-tu ici ?

— Je suis venue te sauver de toi-même, répondit-elle.

Délicatement, dépliant un à un les doigts d'Achille, elle libéra l'arme. Il la regardait sans comprendre ; il n'opposa aucune résistance quand elle le força à s'éloigner de Thérèse et de Justinien. La rondeur argentée d'une dune les sépara bientôt du couple. Yasmina se laissa glisser dans le sable, entraînant Achille jusqu'au creux d'un lit chaud. Ses yeux étaient deux étoiles ; ils virèrent, noircirent, s'amenuisèrent. Achille eut l'impression qu'un félin avait pris possession de la jeune fille. Et il y avait cette bouche renflée qu'il devinait rouge ; ses bras bruns aux attaches déliées, ce voile frémissant qui cachait la chevelure lourde d'un parfum de lotus.

— Il y a longtemps que j'attendais, dit-elle.

— Que tu m'attendais ?

— J'ai su dès que je t'ai vu.

— Tu as su quoi ?

— Que ton cœur m'appartenait.

— Yasmina, je ne veux pas te faire de peine, mais j'aime Thérèse.

— Tu l'aimes et tu veux la tuer... Et moi je t'aime et je veux te garder.

— Yasmina ! Ton père n'hésitera pas, lui, à t'ôter la vie s'il nous surprend.

— Mon père m'a promise à un homme et je mourrai de toute façon en l'épousant. Mais cela n'arrivera pas. Je ne serai pas esclave comme l'ont été ma mère, mes tantes et mes cousines.

Elle l'attira et lui mordit la lèvre inférieure. Un désir brusque chassa la jalousie d'Achille. Yasmina oublia le Coran. L'amour comptait plus, l'amour avec ses plaisirs, ses assouvissements, ses feux, ses élancements charnels, l'amour décrit par ses aînées les nuits d'été sur les toits du Caire, loin des oreilles des hommes.

Achille vit ses seins menus dans l'entrebâillement de la chemise en coton aux cordons desserrés. Elle se tortilla en baissant son pantalon bouffant comme s'il y avait urgence qu'il la prenne là. C'était un défi. En perdant sa virginité, elle n'aurait plus de valeur marchande. En s'offrant à l'homme qu'elle aimait, elle devenait libre. Ses mains rampèrent un moment le long du dos d'Achille, redescendirent très vite et passèrent sous sa ceinture. Achille sentit l'enroulement des doigts sur son sexe, la pression du ventre de Yasmina. L'odeur des cheveux que le voile n'emprisonnait plus lui monta à la tête ; le baiser qu'ils échangèrent acheva sa transformation.

Il ploya brusquement son corps, s'enfonçant en elle d'un coup, se pliant aux mains amoureuses qui imprimèrent la cadence. Alors, la douleur passée, elle se mit à haleter, à l'étouffer sur sa poitrine jusqu'au cri.

38

Deux heures auparavant, il y avait eu ce cri de femme dans le désert alors qu'ils contournaient à pied la pyramide rhomboïdale en épousant les reliefs du terrain. Abdul avait rassuré ses derviches en affirmant que le cri était humain. Il avait choisi d'attendre l'heure idéale près de la pyramide rouge.

Le poignard magique était exposé à la lumière des étoiles. Sa lame, nourrie de sourates, luisait faiblement. Parfois — était-ce un effet de son imagination ? — une lueur courait sur le fil acéré. Abdul répétait mentalement le geste qui lui permettrait d'atteindre le cœur de la Française.

Un coup, un seul. Il ignorait tout de la récompense promise par le Maître, mais il savait que son acte plairait à Allah. Répandre le sang d'une chrétienne ne pouvait nuire à l'avenir de son âme.

— Allez-y, dit-il aux derviches.

Les derviches cessèrent de monologuer avec Dieu et avec les morts errants qui pullulaient dans la nécropole. Les armes à la main, ils se fondirent dans la nuit.

Le Bédouin accroupi n'entendit pas venir le derviche. La masse d'armes décrivit un arc de cercle. Le bec crochu de la tête démoniaque en acier s'enfonça dans sa nuque. Le

Bédouin s'effondra sans un cri, sans un bruit. Le derviche de la mort reprit sa marche, aussi silencieux que les vampires volant vers le Nil.

Ses derviches partis depuis cinq minutes, Abdul estima que le chemin était libre. Aucun coup de feu n'avait été tiré. Se saisissant du poignard, il marcha vers la masse sombre de Snéfrou.

Sur son lit de sangles, Thérèse vibrait. Le plaisir perdurait. L'amour la transfigurait. Elle avait l'impression d'être encore dans les bras de Justinien. Elle sentait sa chair durcie en elle, la semence répandue. Elle avait perdu un peu de sang en se métamorphosant, acquis une nouvelle dimension et elle ne se reconnaissait pas tout à fait. Une onde la parcourut, son corps s'arqua. Elle brûlait de rejoindre Justinien sous sa tente. Les images se multipliaient dans sa tête bourdonnante ; des enlacements, des écartèlements. Le désir se matérialisait dans des scènes troublantes.

Il se mêla à des bruits sourds, des bruits que Thérèse ne reconnut pas. Elle prit peu à peu conscience de l'étrangeté de ce qu'elle entendait. Cela venait du gros coffre de voyage posé dans le fond de sa tente. Un animal, pensa-t-elle, avait dû se glisser à l'intérieur et tentait à présent de s'échapper. Quittant le lit, elle ne prit pas la peine de rallumer la lampe. Les pans de toile de l'entrée n'avaient pas été refermés. Une clarté sourdait dans la tente.

Thérèse était intriguée. Ce devait être un animal assez gros… bien plus gros qu'un rat ou un chat. Il cognait dur contre le couvercle ; il ne se servait pas de ses pattes… Pas de ses pattes ! Thérèse se ravisa. Le revolver donné par Achille était dans son étui accroché au piquet central de la tente. Elle le prit.

Elle n'eut pas à ouvrir le coffre. Le couvercle fut soulevé de l'intérieur. Les cheveux de Thérèse se dressèrent sur sa tête. La face de la statue déblé lui apparut, rayonnant d'une lumière rouge qui prenait sa source dans le regard oblique.

Il arrive! Il arrive! dit l'affreuse face de sorcière africaine. *Prends garde à toi!*

La voix qu'elle avait déjà entendue dans le bureau de Félix Faure ne sortait pas de la bouche de bois. Elle venait du sol; elle s'exprimait en une langue inconnue que Thérèse comprenait.

Nous n'avons pas le temps d'ouvrir les portes de la nécropole. Anubis et Oupouaout ne viendront pas. Il est protégé, tu dois te défendre seule.

— Qui vient? demanda Thérèse en jugulant sa peur.

L'assassin. Celui qui t'a tuée à quatre reprises. A présent, il a le poignard forgé pour que tu ne puisses pas te réincarner. Tu as aussi l'un des sept poignards. Utilise-le. Ton ennemi ne pourra plus revenir dans ce monde. Il perdra sa chair et sera condamné à errer dans les limbes.

— Qui es-tu?

La voix s'était tue. L'âme de la statue s'en était allée avec la lumière. L'objet de culte reposait inerte sur le rebord du coffre. Thérèse le posa à terre, fouilla parmi ses affaires et trouva l'arme magique.

Abdul buta contre le corps d'un Bédouin. Les derviches de la mort avaient nettoyé le chemin. Il devina la forme du second cadavre à proximité du feu mourant au centre du campement. Un derviche apparut.

— Elle est dans cette tente, murmura-t-il en désignant la plus grande de sa massue.

— Repliez-vous tous sur la route du Caire, dit Abdul.

Il marcha résolument vers le but, le poignard levé. Il n'y avait plus d'obstacle, plus de mauvaises apparitions, plus de démons pour l'arrêter. Il était sous la protection d'Allah.

Il ne put franchir le seuil de la tente, ni frapper la Française de son arme. Thérèse fut la plus rapide. Il recula. La douleur dans sa poitrine était atroce. La lame du poignard l'avait pénétré jusqu'à la garde. Elle aspirait sa vie. L'âme n'échappait pas à cette succion. Abdul hurla, vit la spirale noire, entendit aboyer les chiens féroces d'Anubis. On l'attendait de l'autre côté.

39

Seul Justinien était parvenu à calmer Thérèse. Il la tenait par l'épaule, bien serrée contre lui. Luc Maurin n'en prenait pas ombrage. Au contraire. Il aurait béni leur rencontre en d'autres circonstances. Pour l'instant, il devait remonter le moral de ses troupes et éviter les défections parmi les paysans en distribuant quelques sous.

Karim et ses guerriers s'étaient lancés aux trousses des meurtriers pendant la nuit. En vain. Les assaillants s'étaient mystérieusement volatilisés sur les bords du Nil. Les fellahs avaient vu des revenants vêtus de noir et des diables armés de masses et de haches filer à travers les palmeraies. Aucun n'avait essayé de les suivre, ni aidé Karim à se venger.

C'était l'heure des pleurs. On avait aligné les corps des sept Bédouins assassinés à l'ombre de la pyramide de Snéfrou. On les enterrerait très vite sur place, car il était impossible de les ramener chez eux dans l'oasis d'El Kharga. Celui du Grec reposait en plein soleil. Il ne risquait pas de se décomposer. Il était sec comme un sarment, complètement desséché. Luc avait ôté la djellaba du cadavre qui ne pesait presque plus rien. Il l'examinait, hochait la tête, supputait en se caressant le menton. Thérèse encore craintive regardait son père et admirait le sang-froid dont il faisait preuve. Luc releva la tête et lui dit :

— Ce n'est qu'un mort. Il ne cherchera plus à te nuire... Un musulman mort, il est circoncis, ajouta-t-il.

— Et pourquoi pas un juif grec ? avança Justinien.

— Pourquoi pas... Que nous importe la nationalité de ce type ! Les Anglais recrutent sur tous les continents quand il s'agit de faire valoir leurs droits par des voies non officielles. Tabès-Blumberger a été leur première victime ; logiquement j'aurais dû être la seconde, mais en intronisant Thérèse dans notre cercle, Félix Faure l'a désignée comme cible prioritaire.

— Votre raisonnement ne tient pas, intervint Achille. Je ne sais pas de quel cercle vous parlez, mais je peux vous affirmer que Thérèse a rencontré le secrétaire d'Etat après avoir été mise en danger de mort à Saint-Sulpice. Vous incriminez les services secrets anglais et vous avez en partie raison. Je dis bien en partie. Quand il s'agit d'éliminer quelqu'un, les agents de Victoria issus pour la plupart des rangs de la marine emploient des méthodes plus orthodoxes. J'ai eu le temps d'étudier des rapports concernant leurs activités cachées et leurs crimes supposés. Ces poignards ne sortent pas de leurs arsenaux. Ils auraient leur place dans un musée. Ils datent du IIIe siècle, ont été forgés à Bagdad et portent la même inscription, un verset du Coran, je crois :

« Le châtiment de ton Seigneur à coup sûr s'abattra
« Sans que personne le puisse conjurer
« Au jour où le ciel roulera d'un roulis
« Où les montagnes marcheront leur marche. »

« Il y a aussi des hiéroglyphes microscopiques gravés. Je suis sûr que Thérèse pourrait nous en apprendre beaucoup à ce sujet, car elle a toujours été au cœur des événements surnaturels qui ont précédé ou accompagné l'utilisation de ces armes magiques. Pour en revenir à nos amis anglais, j'avancerais l'hypothèse qu'ils sont manipulés de l'intérieur par les membres d'une société secrète qui perpétuent des crimes rituels. J'essaie d'établir un lien entre votre fille et

Méryt-Rê. Je suis sûr que cette dernière a été assassinée avant d'accomplir un acte majeur. Une autopsie de la momie nous aurait appris beaucoup de choses sur sa mort. Thérèse est en relation directe avec cette princesse, je ne peux l'expliquer, cela dépasse l'entendement. Elle est née pour achever ce que les Méryt-Rê ont commencé, et quelqu'un veut l'en empêcher.

— Belle analyse, monsieur l'inspecteur. Je suis contraint d'avouer que vous avez raison au moins au sujet de la magie de ces poignards, dit Luc en contemplant le mort. Sans ce regard vitreux, il serait identique à une momie... C'est une momie ! corrigea-t-il en plantant l'index dans le ventre du « Grec ». Les graisses, les muscles, les entrailles, tout s'est volatilisé. La peau est jaunâtre et dure, elle me fait penser à celle d'un hareng desséché. Et ces cercles parfaits autour de la plaie, je n'ai jamais rien vu de pareil. Vous pourriez peut-être nous éclairer sur leur nature ?

Achille avait été le premier à examiner le corps. Il avait lui-même retiré le poignard, surpris par le froid à son contact, puis stupéfait en constatant que pas une goutte de sang ne s'était écoulée de la plaie, que la lame n'était pas tachée. L'arme semblait avoir été nettoyée et prête à être rangée dans une vitrine.

Il se pencha à nouveau pour regarder de près les cercles noirâtres. Il les compta : seize. Les compara. Ils s'amenuisaient vers l'extérieur. Le premier était net, d'une épaisseur d'un millimètre, comme tracé à l'encre de Chine par un compas ; le seizième s'estompait en s'élargissant.

— Cela me fait penser à une pierre tombant sur la surface d'une eau calme, aux ondes qui s'élargissent à partir du point d'impact.

— Bonne comparaison, mais nous sommes toujours dans l'irrationnel, dit un Luc ennuyé par la perspective de ne pouvoir résoudre scientifiquement cette énigme.

Achille en convint. Ce cas de figure ne correspondait à

aucun de ceux appris sur le terrain en France ; il n'avait pas souvenance d'une description dans l'histoire policière ressemblant à ce qu'il voyait. Il était en présence d'un cadavre vieux de trois mille ans, d'un homme qui, la veille, avait toutes ses facultés intellectuelles et motrices, un cerveau nourri de sang, un cœur... Il se creusa la cervelle. Il sentit soudain la présence de Thérèse et de Justinien près de lui, et s'écarta quand elle approcha son visage de la poitrine du cadavre.

Les trois hommes retinrent leur souffle quand Thérèse introduisit un doigt dans le trou de la blessure.

Thérèse dépassa sa peur. Son ennemi avait bel et bien quitté ce monde. La carcasse était vide. L'esprit n'existait plus. Aucun prêtre lecteur chargé d'assurer le rituel d'Osiris en récitant les formules religieuses, aucun embaumeur d'Anubis ne serait parvenu à ce résultat.

— Thérèse... intervint Luc.

— Ça va aller, père. Tu l'as dit toi-même : ce n'est qu'un mort. Achille, souvenez-vous : le poignard qui a tué Tabès-Blumberger n'a pas eu le même effet. J'ai vu le corps sur son fauteuil ; il n'était pas momifié. Son visage n'était pas altéré ; tout au plus stupéfait par la surprise de l'agression. Je suis pratiquement sûre que le médecin de la police n'a pas découvert de cercles sur sa poitrine. Est-ce vrai, Achille ?

— C'est exact. J'ai vu le corps à la morgue et je n'ai rien remarqué de particulier. Le rapport du légiste ne faisait pas mention de lésions annexes. Vous m'éclairez, Thérèse... Il faut l'admettre. Notre raison est mise à mal... Il faut pourtant en conclure que le conservateur était un homme normal.

— Normal ! s'exclama Luc.

— Laissez-moi finir. Mon hypothèse est hardie. Ces poignards ont été fabriqués pour éliminer...

Il allait dire « les réincarnations », il opta pour :

— ... les descendants des Méryt-Rê. Tabès-Blumberger

n'en était pas un. Je pense que ce Grec était, lui, l'un des descendants des ennemis des princesses. Il est fort probable qu'il ne réapparaîtra plus dans le futur. Je dirais que le poignard l'a définitivement écarté du cycle de la vie.

Il y eut un silence. Sœur Eloïse était choquée par ce qu'elle venait d'entendre. Justinien restait dubitatif. Luc serrait les lèvres. Thérèse admettait l'hypothèse et sentait venir le vertige. Yasmina se montra à ce moment-là, portant un plateau sur lequel fumaient des verres à thé. Sa grâce et son aura naturelles agirent comme un baume sur leurs esprits. Elle eut un sourire pour chacun, indifférente au drame, rayonnante d'amour, frôlant la main d'Achille quand elle lui donna le verre.

Achille se dit qu'elle était un don du ciel. En une nuit, elle avait réussi à lui faire oublier Thérèse. Il réalisait qu'il avait aimé cette dernière sans bonne raison, qu'il avait aimé l'illusion née de ses désirs de protecteur. L'amour naissant qu'il éprouvait pour Yasmina était d'une tout autre nature et il se jura tout bas qu'il se donnerait du temps pour le magnifier. Sous l'emprise de ses sentiments, il ne fit pas cas de la réponse de l'archéologue :

— J'ai beaucoup de considération pour vous, mon petit Achille, mais vous vous laissez dépasser par votre imagination. Thérèse n'est pas la descendante des Méryt-Rê. Pas plus que moi, en l'occurrence ! Un calcul de probabilité et une étude approfondie de notre généalogie vous prouveraient que nos ancêtres n'ont jamais frayé avec les Egyptiens. Méryt-Rê, double de Thérèse ?... Une coïncidence, voilà ce que j'en pense. Vous manquez d'éléments. Je vous dois des explications sur notre « cercle d'amis ». Vous êtes un homme d'honneur. Justinien en est témoin : le moment est venu de vous dévoiler ce que nous sommes réellement. Tabès-Blumberger n'était pas un simple conservateur, pas plus que je ne suis un simple archéologue et Justinien, un honorable ingénieur sous contrat. Ecoutez-moi bien, Achille...

Thérèse demeurait prostrée face à l'horizon de la Haute Egypte vers laquelle convergeaient les pistes et grandissait la nuit. Les «je t'aime» et le «je te reviendrai sain et sauf» n'avaient pas suffi à sécher ses larmes.

— Justinien, souffla-t-elle.

Au moment du départ, ils s'étaient embrassés longuement à la vue de tous. Ils avaient lu l'assentiment et la bénédiction dans le regard de Luc. Achille avait souhaité bonne chance à l'ingénieur en lui donnant une chaleureuse accolade.

«Veillez sur elle», avait demandé Justinien.

Maintenant, il emportait Thérèse dans son cœur et emmenait sœur Eloïse vers de sanglants crépuscules et des aubes incertaines. Au-delà de la fourche des Nil Blanc et Bleu.

Au Soudan.

A la rencontre du légendaire Mahdi.

40

La troupe des *ansar* du Nord cheminait à travers le paysage tourmenté du djebel Gédir. Elle empruntait la piste creusée par les caravaniers et les marchands d'esclaves, jonchée de squelettes et d'excréments. Les cavaliers et les chameliers, vêtus de djellabas blanches marquées d'un carré noir, avançaient quatre par quatre derrière le Mahdi sur son cheval abyssin.

Ils étaient armés, se tenaient raides et droits, l'œil figé sur leur guide se détachant sur l'horizon, et chaque émir portait, fixé au flanc de sa monture, l'étendard brodé de paroles de Dieu.

Le fracas des centaines de sabots battant en cadence les pierres remplissait les cœurs de courage et les esprits d'exploits à venir. Ils se sentaient invincibles, soutenus par les invisibles anges de la guerre envoyés par Allah. Les fantassins suivaient dans la poussière, cent fois plus nombreux que les cavaliers, entraînant dans leur sillage femmes, enfants et vieillards affamés mais confiants, qui marchaient poussant les mulets et les chèvres, tête levée, bouche ouverte, dans l'attente de la victoire promise. Ils seraient les premiers à entrer au paradis par les portes d'or grandes ouvertes, escortés de saints et de sages sous une pluie de pétales de roses.

Le Mahdi leur avait fait entrevoir le bout merveilleux du

chemin et ils étaient prêts à se sacrifier pour l'amour de cet homme élu, béni et soutenu par Dieu.

Ce bruit immense, ces cliquetis d'armes, ces souffles humains et ces respirations de bêtes renforçaient la foi du Mahdi. Allah, se disait-il, nous guide et nous absout. On ne péchait pas quand on tuait ceux qui s'étaient détournés de la vraie voie. On ne péchait pas en coupant les têtes des infidèles. Dieu voulait du sang !

Quand il se retournait, il voyait s'élever les colonnes de poussière jaunissant le ciel, se balancer les bannières et les lances, briller les regards de ses capitaines. Ils lui offriraient leur vie le moment venu car il avait proclamé souvent et publiquement la nécessité de sa mission : « Le Prophète de Dieu m'est apparu et a dit : "Tu es le Mahdi et celui qui en doute doute de Dieu même et de son prophète. Dieu tout-puissant m'a donné la force grâce à dix anges et à leurs armées, grâce aux prophètes et aux apôtres et à soixante et dix mille disciples du Prophète." »

Il avait besoin de se rassurer. Les ennemis étaient forts et bien armés. Il songea à son lieutenant Ahmed al-Khird, le Maître des sciences occultes. Il lui avait envoyé un messager et comptait bien utiliser ses pouvoirs pour venir à bout de l'Egypte et de l'Angleterre, représentées par le très charismatique Charles George Gordon à Khartoum. Cet Anglais était le principal obstacle à son ascension et à la libération du Soudan.

Ahmed tuera le démon Gordon ! pensa-t-il de toutes ses forces.

Retiré dans l'annexe fortifiée de la mosquée Sannar Bacha au Caire, où se recrutaient les derviches *rifais*, Ahmed al-Khird, le Maître, se contemplait dans un miroir. Il décela une nouvelle ridule dans le coin de son œil droit. Un frisson le parcourut : il recommençait à vieillir.

— Je suis trop loin de la pyramide ! dit-il tout haut.

Il souleva sa djellaba, examina ses jambes, son ventre, son torse, tâta ses muscles, mais ne remarqua rien de particulier. Il ne fallait pas mésestimer l'apparition de la ridule. Elle était le signe avant-coureur d'une dévastation. D'après les écrits des Maîtres qui l'avaient précédé, le rituel de vie éternelle devait être pratiqué au moins toutes les vingt-deux lunaisons. Au-delà de ce délai, le corps commençait à se dégrader et la mort finissait par l'emporter. Il avait vu un élu se décomposer en quelques minutes à Assouan. L'homme, malgré de rapides chevaux, n'avait pu rejoindre la pyramide perdue.

Vingt lunes s'étaient écoulées depuis son dernier rituel de vie. Le Maître se dit que le moment était venu de retourner au Soudan et de se réfugier dans le sanctuaire. Il n'attendrait pas la convocation du Mahdi. Sa mission en Egypte s'achevait. Tout était accompli. La révolte était en marche. Le colonel Arabi la mènerait sans lui.

Il se tourna vers la table de pierre rouge sur laquelle il avait déposé la précieuse clef. Le talisman de bronze, de lapis et d'obsidienne en forme d'œuf sur les pôles duquel étaient gravés les cartouches de Seth et Khonsou diffusait des ombres fugitives. La clef vivait. Les ombres grandiraient à l'approche de la pyramide.

Elles le protégeraient de la Française, si d'aventure cette dernière retrouvait le chemin de la pyramide perdue. Abdul avait échoué. Le Maître cherchait désespérément à entrer en contact avec son esprit. Ce dernier ne se manifestait plus. Il avait été absorbé par le néant; il n'existait plus. Aucune incantation ne pouvait le faire revenir sur le plan subtil; il ne renaîtrait plus jamais. Le Maître n'avait plus le temps de repérer et d'initier les réincarnations des prêtres de Seth ni de distribuer les poignards sacrés afin de remplacer l'élu disparu.

Il laissa échapper sa haine.

La Française avait détruit l'âme d'Abdul. Il n'y avait pas

d'autre possibilité. Elle seule pouvait y parvenir ; elle avait été modelée à une époque immémoriale pour tuer les prêtres gardiens et libérer le roi magicien Snéfrou.

Le Maître supposa qu'elle ignorait encore qui elle était réellement. Elle l'apprendrait quand on mettrait au jour le tombeau de la première Méryt-Rê caché sous la pyramide rhomboïdale de Dachour. D'ici là, il serait au Soudan. Régénéré. Protégé par Seth et Khonsou. Au côté du grand Mahdi et d'Allah.

Que risquait-il ?

La Française n'avait aucune chance de parvenir jusqu'au sarcophage de Snéfrou. Il enveloppa la clef dans trois étoffes de soie verte et prononça les mots brodés de fil noir sur le dernier :

— « Que les faces se soumettent au Vivant, à l'Agent suprême, et que soit confondu tout porteur d'iniquité !

« Que les faces liguées à Satan s'égarent et soient vouées au tourment infernal !

« A Dieu revient tout ce qu'il y a dans les cieux et sur la terre. »

Les derviches de la mort, au nombre de trois cent trente, virent apparaître le Maître. Ils courbèrent la tête et abaissèrent les bâtons *tabaq* et *tayaq*, symboles de leur foi et de leur appartenance à la confrérie des serviteurs de la mort. Leurs haches et leurs masses surmontées de béliers et de démons reposaient contre les murs.

— Relevez-vous, mes frères ! clama le Maître. Prenez vos armes ! Scellez les chevaux. Emportez l'eau et les vivres. Nous partons pour le Soudan ! C'est parmi les guerriers du Mahdi que je vous ferai recevoir. C'est au soir des batailles que vous chanterez et danserez pour ouvrir les portes du paradis aux âmes des morts. Nous irons à pied jusqu'au djebel Barkal à travers le désert de Nubie, car il faut un peu de souffrance avant l'initiation, mais dès que nous serons là-bas je veux que, sans réfléchir, vous accomplissiez tout ce que j'exigerai. Que Dieu tout-puissant nous accompagne et nous protège !

Ils reprirent en chœur ses dernières paroles.

Ce fut un cri de guerre. La mosquée vibra. Les habitants du quartier jetèrent des regards inquiets sur l'édifice où se concentrait tant de foi violente. La maison de Dieu ne leur appartenait plus depuis que les derviches de la mort en avaient fait leur fief. Quand ils les virent rassembler les chevaux, remplir les outres d'eau au puits et se rendre sur le marché pour acheter des fruits, des légumes et des farines, ils comprirent que le lieu saint allait être libéré.

A l'heure de la troisième prière, la longue colonne quitta l'enceinte extérieure de la mosquée. Après avoir emprunté les rues détournées en évitant le centre, le Maître conduisit ses derviches hors du Caire en coupant à travers la cité des morts ; il marcha vers le levant avant de piquer plein sud en empruntant une piste parallèle à la route de Louxor. Il ne désirait pas éveiller la curiosité de la police et de l'armée égyptiennes ; il lui aurait été difficile de faire croire aux autorités qu'ils étaient des pèlerins.

41

Louxor était derrière eux. Justinien et sœur Eloïse y avaient séjourné une semaine chez un couple allemand, négociants en pierres précieuses pour le compte d'une société appartenant à Rothschild. Ils avaient été durement éprouvés par la chaleur durant la première partie de leur voyage. A Louxor, ils avaient appris qu'un Allemand, monsieur Berghoff, inspecteur dans le corps de la répression de la traite des esclaves, avait rejoint une armée en cours de constitution à Khartoum afin d'anéantir les troupes du Mahdi et de capturer ce dernier mort ou vif. Cette information n'avait pas rassuré Justinien. Les Egyptiens et les Anglais prenaient l'initiative; si le Mahdi perdait, et Justinien ne voyait pas comment le chef d'un ramassis de paysans et d'éleveurs de chèvres pourrait gagner contre une armée moderne, la France n'aurait aucune chance de mettre un pied au Soudan. Sans sa coéquipière, il aurait pu prendre de vitesse l'armée égyptienne et traiter avec le Mahdi en exhortant ce dernier à ne pas livrer bataille, mais la fiancée de Dieu au bord de l'épuisement aurait péri bien avant la frontière.

On s'était donc reposés dans l'ancienne capitale des rois du Moyen et du Nouvel Empire livrée aux aventuriers, aux caravaniers, aux pillards d'antiquités et aux tempêtes de sable.

Eloïse n'avait pas aimé cette ville misérable pleine d'un passé païen. Les deux derniers jours, se sentant assez forte pour affronter la misère qui frappait la population, elle s'était rendue utile en aidant des jésuites à soigner les lépreux; mais elle ne s'était jamais sentie à l'aise dans cette cité prisonnière de son histoire et d'une antique et effrayante religion.

Les dieux aperçus, mi-humains, mi-bêtes, lui travaillaient encore l'esprit. Sa foi n'avait pas suffi à vaincre les superstitions qu'ils suscitaient en elle. La profusion des hiéroglyphes, écriture de sorciers à ses yeux, avait ajouté à son malaise. Pourtant, elle n'avait pu résister à la tentation de retourner dans les ruines de Karnak tous les jours, comme pour s'éprouver... et rêver un peu à ces temps anciens décrits par monsieur Maurin, où les rois, les reines et les princes s'enivraient en chantant l'amour sous le regard complice de la déesse Hathor. Dès lors, les pharaons dressés en gigantesques statues de granit avaient peuplé ses rêves et elle avait dû prier beaucoup pour les rejeter hors de sa conscience.

Ils paraissaient si présents.

Les colosses ensablés de Ramsès II veillant sur la cour de Nectanebo ne l'avaient pas quittée du regard quand elle avait pris la route d'Assouan; elle avait vu des têtes de sphinx émergeant des dunes[1] et elle s'était dit que l'enfer et son peuple de créatures diaboliques commençait ici.

Le soleil lui tapait sur la tête; elle avait les cheveux mouillés sous le voile et le cerveau en bouillie. D'étranges pensées l'assaillaient, telles que les distances la séparant de Rome ou du ciel; elle s'inquiétait de savoir si le pape Léon XIII était vivant. La proximité de La Mecque la mettait dans un état épouvantable et elle luttait de toutes ses

1. L'archéologue Maspero déblaiera le temple de Louxor en 1883.

forces contre l'emprise des forces du mal en répétant tout bas à heures régulières cet hymne :

— « Ouvre mes yeux, Seigneur,
« Aux merveilles de ton amour.
« Je suis l'aveugle sur le chemin ;
« Guéris-moi, je veux te voir.
« Fais que je marche, Seigneur,
« Aussi dur que soit le chemin.
« Je veux te suivre jusqu'à la croix ;
« Viens me prendre par la main.
« Garde ma foi, Seigneur :
« Tant de voix proclament ta mort !
« Quand vient le soir, et le poids du jour,
« Ô Seigneur, reste avec moi. »

Pour l'instant, elle se taisait. Ses reins ne la faisaient plus souffrir. Elle montait parfaitement son cheval à qui elle avait donné le nom de Melchior. Elle lui parlait souvent en le dessellant, cela faisait sourire Justinien. Il riait franchement quand elle faisait preuve de compassion envers les quatre pauvres mules chargées de vivres et de bagages. Elle leur garantissait le paradis. Il devait cependant admettre qu'elle tenait bien le coup et ne se plaignait jamais. Certes, elle avait été très fatiguée, mais qui ne l'aurait pas été à sa place ? L'approche du mois d'octobre n'avait pas influencé le climat. C'était une année caniculaire. Les voyageurs encaissaient des températures variant entre vingt et quarante-six degrés le jour. Il souffrait de la voir dans sa robe noire, toute casquée de tissus ; il l'admirait un peu, mais il se refusait à le lui dire car il espérait toujours qu'elle se découragerait avant la frontière soudanaise et qu'elle retournerait à Assouan où elle l'attendrait sagement chez monsieur Maynen, le représentant français de la province.

Eloïse s'était habituée à la chaleur, aux longues étapes, aux nuits à la belle étoile, aux infusions brûlantes de thé ou de karkadé, aux crocodiles, aux serpents, aux scorpions et aux chauves-souris, pas aux regards des fellahs sur ses chevilles. En partant du Caire, elle s'était juré de cacher cette peau tentatrice. Au bazar de Louxor, elle avait acheté un pantalon usagé de toile bleu foncé si grand qu'elle n'avait pas osé le porter dans la ville.

Elle examina les alentours ; les bords du Nil étaient vierges de cultures. Les palmiers n'ombraient pas le paysage, signe que les hommes ne s'étaient pas implantés sur ces terres. A l'est, s'élevaient des falaises jaunes et ocre d'où s'élançaient les vautours. Il y avait des éboulis, de gros rochers derrière lesquels on pouvait se cacher. Eloïse jugea l'endroit idéal.

— Attendez-moi ! cria-t-elle à Justinien alors qu'ils venaient de dépasser le village de Tod.

Justinien tira sur la bride de sa monture. Que voulait-elle encore ? Se soulager ? Elle le faisait cinq à six fois par jour, perdant un temps considérable à chercher un coin isolé. Il se retenait, lui !

Il la vit mettre pied à terre, se diriger vers une mule et délier les cordes des bagages.

— Par le diable ! Quelle mouche vous pique ? lança-t-il.

Elle lui décocha un regard terrible et répliqua :

— Nous y sommes, dans la contrée du diable ! N'allez pas le provoquer en jurant à tort et à travers ! Je vais m'habiller décemment.

— Vous habiller décemment ?

— Mettre un pantalon d'homme. J'en ai acheté un à Louxor.

— C'est la meilleure initiative que vous ayez prise depuis notre départ du Caire. Votre affreuse robe de religieuse aurait fini par nous attirer des ennuis.

— Je garde ma robe !

— Pardon ?

Justinien avait la berlue. Cette femme était sous le coup d'une insolation; il n'y avait pas d'autre explication.

— Cet uniforme m'a été donné le jour où j'ai prononcé mes vœux. Il vaut bien des armures et c'est ainsi que je plais à Dieu et que je lui apparaîtrai le jour du Jugement dernier.

— Epargnez-moi les prédications. A quoi vous servira ce pantalon si vous gardez votre costume de vieille fille? demanda-t-il en découvrant le vêtement de toile bleue qui avait été taillé pour un homme de cent kilos.

Eloïse ne répondit pas immédiatement. Elle baissa la tête pour cacher la rougeur de sa face.

— A cacher le...

Il n'avait pas entendu le reste de la phrase tant elle avait mâché ses mots.

— Exprimez-vous clairement, je n'ai pas la finesse d'oreille du Bon Dieu.

— A cacher le bas de mes jambes quand je suis à cheval! cria-t-elle sur un ton coléreux parce qu'il se moquait encore du Seigneur. Et tournez-vous! Je ne veux pas être l'objet de votre regard vicieux!

— Vous m'insultez? Et de quel droit? Ai-je été une seule fois entreprenant? Ai-je fait une seule allusion à ce que vous considérez comme un péché capital?

— Non, je ne vous insulte pas. Oui, vous êtes en état de péché capital : je vous ai vu dans le désert avec mademoiselle Thérèse.

— Vous avez vu quoi?

— Je n'arrivais pas à dormir. La chaleur m'accablait...

— Vous avez vu quoi? insista Justinien.

— Je me suis décidée à quitter la tente pour trouver un peu de fraîcheur face au Nil, poursuivit-elle d'une voix contenue; j'ai fait le tour de la pyramide, j'ai entendu des voix... Je me suis approchée. Vous et mademoiselle Thérèse... Le péché de chair. Vous l'avez commis! En dehors des liens sacrés du mariage. Oh, monsieur Justinien, prenez conscience de votre acte, de tous vos actes ! Vous agissez comme un païen. Si j'étais prêtre, je vous confesserais afin d'atténuer votre peine dans l'au-delà, dit-elle les larmes aux yeux.

— Ne vous mettez pas dans cet état... Eloïse. Et ne m'appelez plus monsieur. Si Dieu existe, et s'il est « tout amour », il ne me punira pas. J'aime Thérèse, je l'aime profondément. Ce n'est pas commettre un péché que de s'unir quand on s'aime sans détour. Nous risquons de ne pas nous revoir dans ce monde. Qui sait ce qui peut se passer durant ce long voyage ? Thérèse et moi, nous nous sommes donné le meilleur des gages. Elle est en moi et je suis en elle désormais ; communier par la chair est le privilège des simples mortels. Quand je retournerai au Caire, je l'épouserai. Des épreuves nous attendent, Eloïse. Quand elles surviendront, je penserai à Thérèse et vous penserez à Jésus. L'amour nous portera et nous vaincrons.

Eloïse était presque convaincue. Cependant les préceptes inculqués par les pères de l'Eglise étaient trop ancrés en elle. Le péché subsistait. Il leur vaudrait bien quelques milliers d'années au purgatoire. Son visage s'assombrit : il en était autrement pour monsieur Achille. Elle l'avait vu aussi avec Yasmina. Dans sa fuite horrifiée, elle était malencontreusement tombée sur eux au moment où ils atteignaient cette affreuse jouissance bestiale. Elle avait eu juste le temps de se coucher au sommet de la dune qui les dissimulait. Un chrétien et une musulmane. Ces deux-là n'avaient aucune circonstance atténuante. Ils brûleraient en enfer.

— Tournez-vous, Justinien, je vous prie.

Il se tourna. Elle lui fit confiance. Elle ne chercha pas à se cacher derrière un rocher. Elle enleva sa robe, son jupon et ses sandales. Le soleil coula sur ses longues jambes blanches aux cuisses galbées. Son corps était ferme, entretenu par son dur métier d'infirmière. S'il s'était retourné, Justinien l'aurait trouvée magnifique. Elle enfila le large pantalon qu'elle attacha sur sa chemise, au-dessus du ventre, avec une corde, puis revêtit son uniforme.

— J'ai fini, dit-elle.

Il la contempla, désolé par son apparence.

— Dieu me veut ainsi. Ne vous souciez pas de mon image. Je suis une sœur, rien qu'une sœur dévolue au bonheur des humains et à la gloire du Christ. Je vous aiderai au mieux, Justinien, et mon autre gloire sera de vous ramener sain et sauf à Thérèse.

42

Un mois s'était écoulé depuis le départ de Justinien et de sœur Eloïse. Les sondages continuaient. Luc Maurin avait etabli un quadrillage autour de la pyramide de Snéfrou. Les fellahs se servaient de tarières. A l'aide de ces longues tiges de fer munies de leviers latéraux, ils taraudaient le sable qui par endroits atteignait cinq mètres d'épaisseur. A chaque tentative, ils rencontraient le manteau rocheux uniformément plat qui formait l'assise de la pyramide rhomboïdale. On devait trouver une faille, un escalier s'enfonçant dans la matrice de calcaire, une large encoche taillée par les hommes figurant l'entrée de la première tombe de Méryt-Rê.

Luc ne désespérait pas d'y parvenir. Il avait engagé de nouvelles recrues. La moitié des hommes du village d'El Minya avait été débauchée par Ramadan. Les effectifs atteignaient le nombre de trois cent quarante-deux, en comptant le contingent des Bédouins porté à trente-cinq après l'attaque du « Grec ».

Deux Bédouins accompagnaient Thérèse dans tous ses déplacements ; ils veillaient devant sa tente à la tombée de la nuit, ne quittaient jamais leur fusil ; ils avaient tendance à le pointer un peu trop souvent dans toutes les directions.

Thérèse ne savait comment se défaire de ces gardiens zélés.

— Je passe d'abord, dit l'un d'eux.

— Il n'y a personne, Jibril, dit Thérèse en soupirant et en posant la statue-pilon déblé.

C'était toujours pareil. Chaque fois qu'elle voulait pénétrer dans la pyramide, Jibril la devançait et Mahmûd assurait leurs arrières. Il était impossible de leur fausser compagnie ; ils étaient les neveux de Rachid et avaient juré sur le Coran de ne jamais être à plus de trois pas d'elle, au risque de se faire écorcher vif par leur oncle. Jibril jeta un œil menaçant sur l'affreuse statue négroïde. Il détestait cet objet qu'il avait vu pour la première fois le matin même entre les mains de la demoiselle. Il sourdait du malheur de cette tête sculptée. Il se demandait pourquoi elle l'avait emportée. Il n'osa pas lui poser la question.

— Qu'en sais-tu ? As-tu dormi dans la pyramide cette nuit ?

— Bien sûr que non !

— Quelqu'un a pu s'introduire ici. L'ennemi est rusé. Il a déjà réussi à tromper notre vigilance en utilisant la magie. Nous le connaissons désormais. Des langues se sont déliées au Caire. Sais-tu que le Grec était accompagné de derviches de la mort ?

Elle le regarda avec une curiosité avide alors qu'il plissait les yeux pour s'habituer à l'ombre de la descenderie.

— Des derviches de la mort ?

— Des derviches qui ne tournent pas comme les autres. Leurs écoles sont au Soudan mais ils recrutent beaucoup d'adeptes en Egypte, en Syrie et en Turquie. Ils appellent les morts ; ils dansent avec les âmes qu'ils font monter au paradis ; ils se disent aimés d'Allah et cousins du prophète. Ce sont des démons, en vérité ! Ils ont des bâtons et des armes qui ressemblent à ta statue.

Sa voix se répercuta dans la descenderie. Il reprit la lampe déposée à ses pieds. Le couloir était long, le sol glissant. Au fond, dans les ténèbres, il y avait une petite salle précédant un puits.

— Je n'ai rien en commun avec les derviches de la mort, dit Thérèse. Ce pilon me protège ; il m'a déjà sauvé la vie.

— Alors utilise-le bien car l'endroit n'est pas bon, ajouta Jibril. D'autres démons habitent ici. Je les sens à chaque visite. C'est la septième fois que tu nous entraînes dans cette tombe. Que cherches-tu ?

— Personne n'habite cette pyramide, répondit-elle. Tu peux me faire confiance.

Thérèse était sincère. La pyramide était vide. Aucune inscription ne relatait un exploit de Snéfrou ; pas un texte n'évoquait le grand voyage vers l'au-delà. Elle avait longuement réfléchi. A quoi ce monument était-il destiné ? Pourquoi la pyramide avait-elle deux pentes, deux tombes, l'une située au centre de la pyramide, l'autre profondément enfouie sous elle, au cœur même de la roche qui la soutenait ? Elle avait étudié la configuration des blocs, la maçonnerie, et n'avait trouvé aucune fissure, excluant la thèse qui consistait à prouver que les architectes avaient modifié la pente pour éviter l'écroulement de l'ensemble. L'explication était simple : il y avait deux pyramides imbriquées l'une dans l'autre.

Quel sens le roi Snéfrou avait-il voulu donner à cette construction ?

Ils parvinrent dans la première salle où un échafaudage en bois de cèdre datant de l'Ancien Empire s'élevait le long des murs. Quatre mille cinq cent cinquante ans plus tôt, les ouvriers avaient précipitamment abandonné ce chantier.

Quelle en était la raison ?

Jibril grimpa jusqu'à une plate-forme de bois, fouilla encore des yeux les ténèbres et fit signe à Thérèse et à Mahmûd de le rejoindre. Il y avait là une échelle de corde laissée par une équipe d'archéologues qui avait sommairement exploré les lieux quelques années plus tôt. Il l'emprunta et se hissa jusqu'à un trou pratiqué par des voleurs sous l'Ancien Empire.

Un boyau assez court conduisait à un puits profond contenant les squelettes des audacieux qui n'avaient pu atteindre le couloir supérieur menant à la salle principale. Luc Maurin avait fait aménager un escalier sommaire en bois permettant d'atteindre ce couloir.

Jibril fut encore le premier à parvenir dans la salle royale. Il se posta à l'entrée d'un autre boyau, lui aussi pratiqué par des voleurs. Thérèse se plaça au centre, à l'endroit où aurait dû se trouver le sarcophage, et chercha à nouveau un indice en promenant sa lampe tout autour d'elle. Les murs ne présentaient pas de hiéroglyphes. Pas une esquisse n'entachait les gros blocs parfaitement ajustés. Il était impensable d'avoir érigé cet édifice pour rien. Pendant vingt ans, à chaque crue du Nil, cent mille hommes sous la direction des architectes et des ingénieurs avaient sué sang et eau pour entasser des millions de tonnes de pierres. Et ce colossal travail s'était révélé inutile.

Snéfrou n'avait pas jugé bon d'habiter ce vaisseau, décidant de faire construire la pyramide rouge, elle-même délaissée à son achèvement. Les motivations du roi échappaient à toutes les conjectures. Thérèse concentra ses pensées sur la flamme de la lampe.

Quelque chose ne collait pas dans les hypothèses historiques de ses prédécesseurs. Le règne de Snéfrou n'avait pas excédé une trentaine d'années. Le temps nécessaire aux deux constructions excédait largement ces trois décennies. A moins de les ériger simultanément en concentrant toutes les forces de l'Egypte.

Dans quel but ? Pourquoi avoir dépensé tant d'énergie et sacrifié des vies ?

Quatre jours auparavant, Thérèse avait exploré la seconde chambre sous terre, tout aussi vide. Il lui vint une idée : cette pyramide avait été nettoyée spirituellement. Quelqu'un s'était appliqué à la neutraliser ou à la détourner de sa fonction primordiale. Elle n'était plus une garantie de vie éternelle.

C'étaient des suppositions.

Thérèse s'efforça une fois de plus d'entrer mentalement en contact avec le monde caché. Elle ne dépassa pas les images incrustées dans sa mémoire. Il n'y avait rien dans ce cœur de pierre; l'histoire n'avait laissé aucune trace. Tout en reprenant sa respiration, elle contempla la statue déblé. Il lui restait une expérience à tenter : se servir de ce pilon magique.

L'objet avait été fabriqué afin d'entrer en relation avec les morts lors de danses rituelles. Elle ne savait pas grand-chose à ce sujet. Les sorciers frappaient le sol à l'aide du pilon, ouvrant une porte entre le monde des hommes et l'autre.

De quoi était fait cet autre monde? Qu'y avait-il réellement derrière la porte?

Rien ne me coûte d'essayer, se dit-elle en assurant fermement le pilon entre ses mains.

Jibril et Mahmûd sursautèrent en entendant le premier coup porté par Thérèse. Ils la virent tourner dans la chambre en frappant le sol avec l'objet effrayant. Elle fermait les yeux; ils armèrent leur fusil et tendirent l'oreille.

On venait. Les Bédouins sentirent des présences, mais c'était le fait de leur imagination superstitieuse. Ils n'avaient pas les facultés de Thérèse qui non seulement entendit leurs pas, mais les vit sortir de la matrice formée par les blocs.

Les mutilés — ils avaient tous les oreilles et le nez coupés, une grande plaie à la gorge — s'alignèrent devant elle et la supplièrent de les aider à retrouver un corps sain. Ils disparurent quand s'éleva la voix caverneuse :

Ceux-là ont trahi la cause et errent à jamais entre les mondes. Quand l'homme est mort à la terre, son âme comparaît devant Osiris, et ses actions sont pesées dans la balance infaillible. Si elle est reconnue coupable, elle est livrée aux tempêtes et aux tour-

billons des éléments conjurés, jusqu'à ce qu'elle puisse rentrer dans un corps qu'à son tour elle torture, qu'elle accable de maux et précipite au meurtre et à la folie. Voilà ce qu'il advient quand on suit les enseignements de Seth et de Khonsou. Ne t'écarte pas de la lumière, Méryt-Rê. Retrouve le corps de ton père et rends-le à la vie éternelle. Un messager viendra bientôt ; il te dira de te rendre bien au-delà de l'ancienne Soleb, là où le Nil fait une courbe. Tu devras l'écouter et marcher vers ta propre mort.

43

Yasmina, Achille et deux fellahs conduisaient les mules au puits d'Afkir. Ils avaient longé la lisière des palmeraies bruissantes d'oiseaux et d'enfants. Le Nil avait retrouvé son lit et les habitants leurs habitudes. Les hommes remettaient en état les canaux, consolidaient les levées de terre, bêchaient les jardins ; les femmes chargées de linges retrouvaient les chemins menant à la rive et leurs marques entre les roseaux ; les vieux se reposaient sous les arbres et s'attendrissaient à la vue de leur descendance.

L'émotion étreignait Achille. Il s'était mis à aimer ce pays et ces gens. Son regard amoureux se posa sur Yasmina. Sa princesse du désert régnait sur son cœur désormais. Ils se voyaient en cachette la nuit, prenaient des risques le jour. Une insurmontable peur d'exposer leur amour au grand jour les tenait continuellement aux aguets. Face à Ramadan, à Luc, à Thérèse, aux Bédouins et aux fellahs, ils étaient attentifs à ne point révéler ce sentiment profond dont ils sentaient à tout instant la puissance et l'allégresse.

La jeune fille s'était mise à rêver au mariage. Elle n'en avait pas fait part à Achille. Elle se rapprocha de lui en enviant les familles rencontrées le long du parcours, mais elle n'osa pas lui prendre la main. Il était chrétien, elle était musulmane. Son père la tuerait. Les mollahs la condamneraient à la lapidation et feraient trancher la gorge d'Achille.

— Achille ?

— Oui, ma princesse.

— Emmène-moi en France.

— Ils ne te permettront pas de quitter l'Egypte.

— On peut fuir, se rendre à Tripoli.

— Tu serais malheureuse en France.

— Je ne serai jamais malheureuse avec toi.

— Nous vivrons ici. Je ne veux plus retourner là-bas !

— Mon père ne voudra jamais ! Il m'enfermera, il me mariera de force et tu ne pourras plus m'approcher.

— Je trouverai une solution.

Le ton montait. Les fellahs dressèrent l'oreille, mais ils ne comprenaient rien à la conversation. Achille et Yasmina parlaient en français.

Le puits était en vue. Il y avait foule autour de l'imposant chadouf dont l'axe vertical dépassait la cime des palmiers. Des vaches et des chameaux attendaient leur part d'eau. Elle viendrait après celle des hommes, ou plutôt celle des femmes car c'était une tâche qui leur était dévolue. La venue de l'Occidental et de la jeune Arabe mit un terme aux babillages. Les paysannes leur lancèrent des regards à la fois suspicieux et craintifs, puis s'écartèrent.

— Nous attendrons notre tour, dit Yasmina. Continuez à puiser votre eau.

Les femmes se concertèrent en silence, mais demeurèrent à l'écart du chadouf. Toutes savaient qui elle était : la servante de la fille du « docteur » Maurin. Il y avait des bruits qui couraient au sujet de la Française. On la disait possédée par un esprit de la pyramide. Les fellahs du chantier la comparaient à un djinn et évitaient de croiser son regard, arguant qu'elle avait le mauvais œil et qu'il fallait éviter de l'approcher. La renommée de la Française avait largement dépassé le site de Dachour, et Yasmina en subissait les conséquences.

— Je ne suis pas votre ennemie, dit-elle, je ne porte pas le mal en moi. Pas plus que ceux que je sers. Croyez-moi, je prie le Seigneur cinq fois par jour et il ne me vient pas de stigmates sur le visage, ma langue ne gonfle pas, le fiel ne coule pas entre mes lèvres. Tout ce qu'on raconte au sujet de la chrétienne venue étudier les choses du passé auprès de son père est faux. Thérèse respecte l'islam et nos coutumes. Elle n'a jamais fait entrer un démon en moi. Dieu connaît mieux que personne vos ennemis et il ne me frappe jamais d'un éclair quand je me rends à la mosquée. Qu'il vous suffise de Dieu comme protecteur. Qu'il vous suffise de Lui comme secourant, et ayez pour moi des égards. Je viens chercher de l'eau pour les hommes du chantier.

Yasmina se dirigea vers la plus âgée et la délesta des deux outres vides qu'elle portait sous le bras. Elle cala l'un des deux récipients à la bouche de bois d'une auge en l'encordant à des tétons prévus pour les fixations, se rendit à l'extrémité de la longue poutre et, d'une poussée de la main, fit remonter le contrepoids de grès. A l'autre bout, le gros sac de cuir descendit dans le puits.

— Tu peux continuer à présent, dit-elle à la vieille femme.

Cette dernière hésita un peu. Elle se décida soudain, et d'un geste vigoureux fit remonter le sac qu'elle vida dans l'auge. Ce fut le signal de la détente. Les conversations reprirent, les faces se déridèrent. Les regards se firent plus hardis. Achille fut peu à peu le centre d'intérêt; il avait l'air d'un pacha avec son costume bleu pâle et blanc au pantalon bouffant sur les bottes, à l'ample chemise turque brodée, à la large ceinture alourdie d'un poignard et d'un revolver. Sous le turban jaune safran, le visage à présent bruni avait perdu son air poupin et gagné en maturité. Bien des femmes auraient aimé le connaître mieux à l'heure où le croissant de lune fait pâlir les étoiles. Elles le trouvaient noble, beau et vigoureux. Son regard clair et franc les fascinait. Deux jeunes femmes vinrent lui offrir des dattes.

Cette attention ne fut pas du goût de Yasmina. La jalousie titilla son ventre. Une bouffée de chaleur l'empourpra.

— Tu leur plais et ça ne me plaît pas, dit-elle en français.

— Il n'y a aucune malice de leur part.

— Tu ne connais pas les femmes arabes.

— Tu es jalouse ?

— Oui.

— Je n'ai que faire de leurs charmes. Tu es mon unique amour et tu le resteras à jamais. Laissons les hommes s'occuper de l'eau et éloignons-nous du puits.

Yasmina pensa aux conséquences de l'escapade. Ils n'avaient aucun motif valable de quitter ensemble le puits. Ils allaient être jugés.

— Attendez votre tour, dit-elle aux deux fellahs, je vais montrer Saqqarah à Achille.

Elle avait parlé haut et fort pour que les femmes entendent. Les paysans acquiescèrent. Cela leur parut normal. Les Occidentaux étaient avides de vieilles pierres et de pyramides. On en voyait parfois en plein soleil de midi s'extasier sur des ruines, puis s'effondrer en tournant de l'œil. Ils ne suivirent même pas du regard le couple qui s'enfonçait dans la palmeraie.

La pyramide à degrés s'élevait au-dessus des mastabas royaux, majestueuse au centre de la nécropole de Memphis, reléguant les pyramides d'Ouserkaf et d'Onnos à de simples monticules. A l'est, les ruines du temple haut de Téti tremblaient dans la chaleur. Il n'y avait aucun être humain. Le sable vierge de traces s'amoncelait en vagues qui tentaient d'effacer l'œuvre de Djéser et de ses successeurs.

A une centaine de mètres de l'endroit où Yasmina et Achille venaient d'apparaître, un mur d'enceinte émergeait de cette mer figée. Il dispensait une ombre qu'ils se hâtèrent de gagner et où ils purent enfin échanger leur premier baiser de la journée.

Yasmina haletait ; Achille la couvrait, la prenait, les mains accrochées à ses hanches. Elle retomba dans un râle et ferma les yeux, recevant le poids de son amant épuisé.

Des minutes s'écoulèrent. Ils étaient heureux et rassasiés. Ils ne craignaient plus les habitants cachés, les spectres de la nécropole, les puissants esprits des rois. L'amour les protégeait de tout. Ils rêvèrent à leur avenir.

— Vous voilà, vermines ! On ne m'a donc pas trompé !

— Père ! s'écria Yasmina en ouvrant les yeux.

Ramadan se détachait sur le ciel. Il s'apprêtait à abattre une lourde épée courbe sur le dos d'Achille. Yasmina fit rouler ce dernier sur le côté.

— Maudite chienne, tu m'as déshonoré !

Sa haine l'aveuglait. Il ne vit pas venir le coup de crosse sur son front. Il lâcha l'épée. Achille l'empoigna et le renversa. Malgré ses quarante-deux ans, Ramadan était un homme solide, tout en nerfs. Il lutta férocement, se servant de ses ongles et de ses dents, déchirant et mordant son adversaire.

Achille utilisa son poing. Il lui écrasa le nez, les arcades sourcilières, les lèvres, s'acharna jusqu'au moment où la voix de Yasmina retentit :

— Assez ! Assez !

Elle s'était jetée sur eux et employa toutes ses forces à les séparer.

— Père ! J'aime cet homme. Au nom d'Allah ! Reconnais-le comme ton futur gendre.

Ramadan n'en crut pas ses oreilles. Les paroles de sa fille lui firent lâcher prise. Achille cessa de le frapper.

— C'est lui que j'ai choisi, continua Yasmina.

Ramadan ne comprenait rien à ses propos. Jamais une fille n'avait parlé ainsi à son père. Choisir un époux, et de quel droit? Les enfants devaient se soumettre à l'autorité des parents, les filles encore plus que les garçons.

— Je t'ai promise! aboya-t-il.

— Eh bien, promettez-la-moi, intervint Achille, je dédommagerai le fiancé... et je ne vous oublierai pas dans les comptes.

— Dieu m'entend! Jamais ma fille n'épousera un chrétien.

— Il m'entend aussi : je vais me convertir à l'islam.

Le cœur de Yasmina s'emballa : il était prêt à abandonner sa foi pour elle. C'était le plus beau gage d'amour qu'il puisse lui donner. Elle dévisagea son père. La surprise le laissait bouche bée. Il ne savait quoi répliquer. L'honneur serait sauf si le Français s'engageait sur la voie du Coran. A présent, tout était une question d'évaluation de la fortune du nouveau prétendant.

— Le prix du rachat sera élevé, susurra-t-il.

— J'aurai de l'or.

— Grande est la vexation. Nous devrons faire intervenir les mollahs pour me libérer de la parole donnée à un homme honorable qui tient commerce au Caire. Tu seras dans l'obligation d'octroyer des dons aux docteurs de la foi.

— J'ai une maison et quelques terres en Normandie. Je vais les mettre en vente. J'en tirerai bien cent mille francs or. Il y aura largement de quoi payer les uns et les autres et offrir à Yasmina une vie décente. La communauté française est importante en Egypte, les sociétés et les entreprises européennes sont en pleine expansion, je n'aurai aucune difficulté à trouver du travail pour un salaire élevé. Ta fille ne manquera de rien. Accorde-moi sa main.

Ramadan fit semblant de réfléchir. L'union de Yasmina et d'Achille offrait de multiples avantages et des perspectives d'enrichissement. De plus, il y avait de la gloire à tirer de la conversion d'un chrétien. Allah lui en serait reconnaissant.

— Tu m'as convaincu, je te donne Yasmina. Nous officialiserons les fiançailles quand tu recevras l'argent de

France. Viens entre mes bras, mon fils, et toi aussi, ma fille. Béni soit le nom de notre Seigneur, majestueux et vénérable, qui vous a mis sur le chemin l'un de l'autre.

Il les étreignit tous les deux. Leur destin était scellé et Achille sut qu'il ne retournerait plus en France. Il caressa les joues mouillées de larmes de sa jeune fiancée. Leur amour durerait longtemps, les pyramides en étaient témoins.

L'espion de Louxor courbait la tête. Le Maître l'avait écouté sans l'interrompre, le regard fixé sur une ouverture dans la falaise. L'espion attendait impatiemment d'être renvoyé dans la petite cité. La nuit pointait son museau à l'est et il désirait partir avant l'apparition des étoiles. La Vallée des Rois n'était pas un lieu de tout repos pour les vivants. Il ne se demanda pas pourquoi le Maître avait choisi cet endroit pour dresser son campement ; la présence des derviches expliquait tout. Ils aimaient dormir parmi les morts.

— Tu peux t'en aller, dit le Maître en lui remettant dix pièces d'argent.

Il le regarda partir. Il n'avait pas une confiance absolue en ce serviteur recruté par un lieutenant du colonel Arabi. Les officiers révolutionnaires ne prenaient pas le temps de mener des enquêtes sur les gens qu'ils engageaient. Celui-ci pouvait servir aussi les Turcs, les Français, les Anglais et les Allemands. Il lui avait cependant appris que le pacha d'Urville et une sœur d'Alexandrie avaient séjourné à Louxor avant de prendre la route d'Assouan. Ce couple était à Dachour avec les Maurin. Avaient-ils été envoyés en éclaireurs au Soudan ? Etait-il possible que Maurin et sa fille aient connaissance de l'existence de la pyramide perdue ? Cette perspective était à envisager. Les pensées du Maître s'assombrirent.

L'espion se hâtait. Le chemin bordé de temples en ruine était long jusqu'au Nil. Il croisa un groupe d'hommes venant d'El Gournah. Il les connaissait : des pilleurs de tombes agissant pour le compte des antiquaires. La nuit n'allait pas être sereine sous la Cime.

Au nombre de quinze, les pilleurs entrèrent dans la Vallée des Rois. Ils resserrèrent leurs rangs en entendant les tambours. Des feux avaient été allumés au pied des falaises. Ils projetaient les ombres dansantes des derviches de la mort sur les parois. Quand les pilleurs aperçurent les derviches, ils se crurent en présence de démons. Ils n'osèrent cependant pas rebrousser chemin. Le Maître n'acceptait pas les affronts.

Il était assis en tailleur sur un tapis devant l'entrée d'une tombe et semblait contempler le zodiaque en laissant couler les grains d'un chapelet entre ses doigts.

Les pilleurs s'approchèrent de lui humblement. L'un d'eux se détacha du groupe et s'agenouilla. Petit, malingre, blanc de barbe et de teint, il était le chef de la communauté d'El Gournah, le patron des voleurs de la rive gauche du Nil, l'homme le plus craint de la province de Louxor. Néanmoins, il n'en menait pas large devant le Maître qu'il avait rencontré auparavant à quatre reprises.

— As-tu trouvé la cachette royale ? demanda le Maître.

— Pardonne-moi, je ne l'ai pas trouvée.

— Il me faut les momies royales !

— Nous avons mis au jour des tombes riches en or et en argent. Ces trésors serviront la cause du Mahdi. Nous te les avons apportés. Vois par toi-même.

Le chef frappa des mains. Aussitôt quatre hommes, sac sur l'épaule, vinrent se prosterner devant le Maître. Ils ouvrirent fébrilement leurs sacs et étalèrent la marchandise volée.

Il y avait deux masques d'or, un Horus d'or d'une coudée, des pectoraux d'or et d'argent, une profusion de colliers, de bracelets et d'objets de culte chargés de pierres précieuses, des statuettes en argent rehaussées d'ivoire, un Anubis taillé dans une matière translucide. A la vue de ce dieu, le Maître grimaça. Il éprouvait de la haine envers ce chien divin qui tentait de ramener l'esprit de Snéfrou dans l'autre monde. Anubis était l'un de ses ennemis et personne, parmi les vivants présents dans la Vallée des Rois, ne pouvait se douter que les dieux d'antan se livraient une guerre sans merci en utilisant des élus, hommes et femmes, une guerre dont l'enjeu était la vie éternelle sur terre.

Le chef s'alarma devant la mimique du Maître.

— Cela n'est-il pas assez?

— Ce trésor est considérable. Je te remercie, Youssouf. Le Mahdi en fera bon usage. Tu seras nommé émir quand nous aurons conquis le sud de l'Egypte. Et si tu trouves la cachette royale, alors tu recevras de mes mains un prix inestimable.

— Je la trouverai!

— Eloignez-vous, maintenant. Mes derviches vont communier avec les âmes des morts. Il y a des choses que vous ne pouvez voir. Vous en perdriez la raison.

— Je te comprends, répondit Youssouf. Que Dieu te protège!

— Qu'il vous protège aussi.

Les voleurs s'en allèrent sans regret. Ils reviendraient creuser sous la Cime quand les scorpions et les serpents reprendraient leurs droits dans la Vallée des Rois.

Les derviches tirèrent de vieilles âmes de leur long sommeil. Ils créèrent des tourbillons en tournant. La moitié d'entre eux s'effondrèrent en transe sans pouvoir maîtriser la puissance des morts. Les versets du Coran et les incantations magiques ne suffisaient pas à annihiler les forces issues des anciens rituels et des textes écrits sur les murs des tombes.

Le Maître ne les aida pas. Il avait gravi les pentes de la

Cime pour se rapprocher d'Allah et prendre des décisions. Il s'adressa à son Seigneur et se repentit de ses fautes.

— Je suis croyant, affirma-t-il à plusieurs reprises, même si au fond de lui il admettait qu'il y avait d'autres voies.

Et il en souffrait : Dieu n'était pas unique.

A une heure avancée de la nuit, sans avoir pu apaiser son tourment, il retourna au camp. Les derviches épuisés dormaient. Il réveilla le plus aguerri d'entre eux.

— Sokar.

— Maître?

Le derviche se leva d'un bond.

— Tu vas te rendre à Dachour et rencontrer la fille de l'archéologue français.

— Donne-moi un poignard!

— La tuer de tes mains ne servirait à rien. Tu lui diras ceci : «Le roi que tu cherches est au djebel Barkal, à mille coudées au nord de la montagne d'Amon.»

— Serai-je de retour pour la bataille finale aux côtés du Mahdi?

— Il y aura de nombreuses batailles et tu pourras te nourrir des âmes de nos ennemis en dansant. Va, à présent. File comme le vent et prends garde à la Française!

— J'ai ma magie et ta bénédiction, Maître, rien ne peut m'atteindre.

Le Maître ressentit un bien-être immense. Ce fidèle lui rappelait qu'il était aimé, adoré par les derviches, qu'il était en quelque sorte un dieu parmi les hommes. Il caressa cette idée. Bientôt, il deviendrait immortel.

Plus puissant que le Mahdi.

Les trois califes, Abdullah, Ali Woled Helou et Mohamed El Chérif, les quatre émirs, Chérif Mahmûd, Wad'en Nejumi, Abu Anga et Osman Digna, écoutaient religieusement le Mahdi assis sur son tapis de prière. Le nouveau prophète parlait depuis plus de deux heures de la sainteté de la guerre et de la rédemption des fidèles. Derrière lui s'étendaient le Darfour et ses riches pâturages bordés de déserts aveuglants.

Le Mahdi se dressa et pointa l'index vers la frange blonde de l'horizon. Il entama d'une voix très forte la centième sourate :

— « Au nom de Dieu, le Tout-Miséricorde, le Miséricordieux
« S'étrangler au vent du galop
« Faire jaillir le feu du choc des sabots
« Au petit matin donner l'assaut
« Dans un soulèvement de poussière
« Qui porte au cœur de la mêlée,
« Voilà ce qu'attend de nous le Seigneur.
« Sur le sable irrigué de sang fleuriront des roses
« Des rocs fracassés jailliront des sources
« De la tempête semée naîtra la paix.
« Partout nous ferons triompher l'islam !
« Entendez ma voix et mourez pour moi ! »

Il avait ajouté ses propres mots à la sourate, la détournant à son profit. La vie des califes et des émirs lui était acquise. Mourir pour le Mahdi était la plus belle des fins.

L'armée du Mahdi avançait en direction de Fachoda. Au huitième jour de marche, les espions des émirs l'informèrent qu'une colonne de cinq cents Egyptiens commandés par Rachid Bey et l'inspecteur allemand Berghoff était à cinquante kilomètres. Le Mahdi appela les meilleurs de ses nomades et leur demanda quel était l'endroit le plus favorable pour tendre une embuscade. Aucun de ces farouches guerriers n'avait besoin de cartes pour s'exprimer. A l'aide de leurs poignards, ils dessinèrent des plans sur le sable. L'un d'eux emporta le suffrage des califes et des émirs et reçut l'aval du Mahdi. Dans quatre jours, débuterait la guerre sainte.

Il y avait les jours ; il y avait les nuits.

La dernière prière achevée, le Mahdi refermait son âme. Sous la grande tente divisée en deux parties, l'attendaient ses quatre femmes. Elles apaisaient sa chair. L'acte sexuel n'était pas un péché, même quand on le commettait à l'excès. Ce qui était son cas. Il ne résistait pas à l'attrait d'un corps féminin nu, à un regard langoureux, à l'appel d'un baiser.

Il n'avait jamais résisté. Même du temps où, jeune homme dévolu à Dieu après être entré dans l'ordre religieux des Sammaria Tarika, il méditait longuement étendu sur un *angareb*, dans la pénombre de sa grotte sur l'île d'Aba. Les femmes des pêcheurs et des constructeurs de bateaux lui rendaient visite et il les séduisait. Il les prenait sur l'*angareb*, pensant sincèrement répandre la semence de Dieu dans leur ventre. Les filles des marins et des potiers venaient écouter la bonne parole et il les renversait sur les rochers lisses, certain d'engendrer dans le plaisir des enfants aimés de Dieu.

Quand il posséderait le Soudan, il épouserait d'autres femmes, en dépit de la règle coranique qui fixait le nombre d'épouses à quatre. Les règles écrites n'étaient jamais définitives ; il les modifierait.

Mais, à la veille de conduire ses hommes au combat, il ignora ses compagnes alanguies dans la partie privée de la tente et se livra à son exercice spirituel favori en commençant à répéter vingt et une fois la cent neuvième sourate :

— « Dites ! O incroyants ! Je n'adore pas ce que vous adorez, et vous n'adorez pas ce que j'adore. Je n'adorerai pas ce que vous adorez, non plus que vous n'adorerez ce que j'adore. A vous votre religion, à moi ma religion ! »

Tard dans la nuit, on l'entendit invoquer le nom d'Allah :

— Toi le Miséricordieux. Toi le Compatissant.

Puis le sifflement de la pierre à aiguiser sur la lame de son sabre.

Le Mahdi ne dormit pas. La nuit s'acheva et il se sentit pur, prêt à affronter toutes les armées du monde. Il marcha vers l'aube et pria. Quand le front du soleil se présenta à l'horizon, il remit sa vie à Allah.

Avant d'être nommé inspecteur dans le corps de la répression contre la traite des esclaves, Hans Berghoff avait exercé avec talent le métier de photographe. Parcourant des milliers de kilomètres en Europe, au Moyen-Orient et dans la corne de l'Afrique, il avait su montrer l'âme des pays traversés. Ses photographies avaient traduit bien des sentiments sur les visages, figé bien des splendeurs dans les villes et des violences dans les paysages. Il avait inspiré des poètes et nourri des géographes, engendré des vocations d'explorateur. A sa manière, il était une sorte de démiurge. Il était aussi l'homme le plus détesté des marchands d'esclaves, qui avaient mis sa tête à prix. Elle valait actuellement cinquante chameaux ou dix jeunes vierges.

Cette côte, Berghoff la jugeait insuffisante. Il savourait d'avance la plus-value que lui vaudrait son engagement contre le Mahdi.

Je le photographierai vivant et mort sous tous les angles, se dit-il en s'aventurant seul dans le désert parsemé de buissons rabougris. Il força l'allure de son cheval et encouragea en arabe, tout en le tirant par une corde, le chameau qui transportait ses bagages et son matériel.

Il se dirigeait vers une colline rocheuse, avide de saisir sur une plaque l'ensemble de la petite armée égyptienne en mouvement sur cette vastitude sauvage.

Sa passion était intacte. Ses trois appareils photographiques ne le quittaient pas. Deux gros sacs de cuir liés avec les trépieds sur les flancs du chameau contenaient les plaques, les bacs et les produits nécessaires au développement. Depuis le départ de l'expédition militaire, il avait pris une vingtaine de clichés, dont dix du *moudir* [1] Rachid Bey.

Rachid Bey, improvisé commandant en chef des troupes du Darfour, magnifique dans son costume aux épaulettes et aux boutons dorés, bombant un torse barré d'un cordon rouge et décoré de grosses médailles étoilées gagnées sans se battre, avait l'allure d'un héros. En le voyant, on ne doutait pas de sa capacité à vaincre. Son mâle visage carré aux moustaches noires, épaisses et recourbées en pointe sur les joues, inspirait confiance aux soldats.

Il leur avait rappelé les victoires du glorieux Méhémet Ali au Soudan, leur appartenance à un grand empire, leur vocation de défenseurs de l'Etat et de l'islam. La promesse d'une triple solde à la fin de la campagne et d'un droit de pillage avait achevé de les convaincre de la justesse de cette campagne.

Rachid Bey, reconnaissable à son chapeau noir à plumes, montait un alezan fringuant. Ni lui, ni sa bête ne semblait souffrir de la chaleur. Semant derrière lui les parfums sucrés qu'il répandait sur son corps et ses cheveux tous les matins, il menait fièrement la colonne, le regard dardé sur l'horizon fuyant. Quelque part, sous le rideau turquoise du ciel, se terraient le Mahdi et ses bandes de paysans et de nomades pouilleux.

Il n'en ferait qu'une bouchée. Ces rebelles n'étaient armés que de bâtons, de bêches et de lances ébréchées. Que pouvaient-ils espérer face à des fusils et cinq mitrailleuses ? Rachid Bey se délectait d'une victoire inscrite dans les astres. Il apporterait lui-même, en grande pompe et au son d'une fanfare, la tête du Mahdi au gouverneur général Gordon à Khartoum.

Son exploit retentissant ferait la une des journaux. On

1. Gouverneur de province.

parlerait de lui au Caire, chez le khédive. Mieux, son nom serait murmuré à l'oreille du sultan à Istanbul, et à celle de la reine Victoria à Londres. A lui les honneurs, les vraies médailles, les éloges, les réceptions. Le khédive le nommerait pacha, à un poste de premier plan au ministère de la Guerre. Rachid Bey imagina son portrait en pied accroché au mur d'une somptueuse salle d'audience.

Il faudra que Berghoff me photographie sur le cadavre du Mahdi.

Il chercha des yeux l'Allemand. Ce dernier était à quatre cents pas, à mi-pente d'une colline couronnée d'épais buissons. Il était descendu de cheval et tournait autour du chameau qui transportait ses bagages.

Berghoff libéra un trépied et prit un boîtier. D'ici, la vue était magnifique. Il embrassa les troupes du regard, ce long ruban de cent cavaliers, de deux cents chameaux et mulets encadrés de cinq cents fantassins marchant en bon ordre. Le voile de poussière soulevé par les animaux et la piétaille dérivait lentement vers le nord et adoucissait le paysage planté de collines noires et d'arbres aux branches torturées. Au premier plan, des éboulis s'enfonçaient dans un long lit de sable blond.

Tous les ingrédients étaient en place.

Berghoff fixa le boîtier sur le trépied et ajusta l'angle de visée. Il avait en mire le beau Rachid Bey, le porte-drapeau et les quatre capitaines.

Splendide, se dit-il en s'humectant les lèvres. Il déclencha le mécanisme d'ouverture et le noir occulta sa vision.

Le guerrier regarda l'infidèle perdre son sang. Il venait de lui trancher la gorge. D'un coup de pied, il renversa le trépied, puis brisa le boîtier à coups de talon. Il hurla sa joie, il était le héros du jour. Il avait tué le premier ennemi, Berghoff le photographe, premier mort de la guerre sainte.

Rachid Bey avait vu l'Allemand tomber, puis la multitude surgir sur les crêtes des collines. Il ne parvenait pas à donner des ordres, pas plus que ses capitaines. Le cul vissé à la selle, les mains nouées à la bride, les pieds figés dans les étriers, il contemplait l'horreur déferlant de toutes parts. Ses cavaliers se débandaient ; ses soldats n'eurent pas le temps de mettre les mitrailleuses en position, ni de former le triple rang ou le carré pour assurer une résistance efficace. Quelques-uns tirèrent, les trois quarts détalèrent. Les bâtons et les lances les cueillirent dans la course. Ils tombèrent le crâne fracassé, embrochés, percés, tandis que retentissait le nom d'Allah crié par les milliers de rebelles.

L'alezan de Rachid Bey s'emballa. Dans un galop furieux, il culbuta les nomades et, pendant quelques instants, on crut à l'héroïsme du *moudir.* Il fonçait vers le Mahdi accompagné des trois califes. Mais à aucun moment il ne dégaina son sabre. Des lances abattirent sa monture et il roula au sol. Quand il se releva, tremblant, ce fut pour implorer la grâce du Mahdi.

— Epargne-moi, grand Mahdi. Au nom d'Allah.

— Qu'on lui tranche la tête, répondit le nouveau prophète. Nous en ferons cadeau à Gordon Pacha.

45

La découverte était de taille. La tombe de la première Méryt-Rê se trouvait bien enfouie sous la pyramide rhomboïdale, exactement à trente pieds sous le second caveau creusé pour le roi Snéfrou. Un escalier de cinquante-huit marches conduisait à une entrée dont la porte de granit avait été percée des siècles auparavant. Deux couloirs parallèles menaient à la chambre mortuaire de sept pas sur sept. Il n'y avait plus rien. Les pilleurs avaient fait main basse sur le mobilier, fracturé le sarcophage, dérobé le cercueil et s'étaient acharnés à détruire les représentations humaines et divines peintes sur les murs.

Thérèse ne connaîtrait jamais le visage de la défunte, et c'était mieux ainsi, elle n'aurait peut-être pas supporté de voir encore son double. Tout n'était pas perdu pour elle et son père. Les textes inscrits sur les murs étaient riches d'enseignement. Leur valeur était inestimable. En les parcourant, Luc mesurait leur importance. Les égyptologues allaient progresser dans leur compréhension de la religion sous l'Ancien Empire.

— On dirait une version améliorée des textes des pyramides, dit-il en promenant sa lampe sur les hiéroglyphes.

— Non, pas améliorée… différente.

Thérèse lisait de droite à gauche. Il était question d'un

rituel de protection triple contre les démons et les gardiens des portes et des portiques, contre les juges de l'au-delà, contre les dieux Seth et Khonsou servis par les prêtres maudits. D'autres fragments précisaient que Méryt-Rê, ayant échoué dans sa lutte contre le clergé des dieux ennemis, renaîtrait par la volonté d'Osiris et Isis.

— « Je n'ai pas su garder le corps de mon père Snéfrou. Les prêtres de Seth le maudit s'en sont emparés. Je n'ai pas su protéger le secret de la vie éternelle. Les prêtres de Khonsou l'ont dérobé. Il ne m'est pas permis de trouver le repos. Je dois reprendre le corps souffrant de mon père à ses ravisseurs et détruire les tables de la vie éternelle... », traduisit Luc.

— « ... que s'accomplisse l'oracle... »

— « ... Anubis me prendra par la main et me conduira jusqu'à la terre des Vivants... », « Et c'est sous ma première forme qu'Osiris et Isis me feront apparaître... »

Ils passèrent toute la journée dans la tombe, s'usant les yeux sur un livre inscrit dans la pierre. Un livre qui n'était pas celui des morts, mais celui des vivants.

Luc prit Thérèse dans ses bras et la serra très fort.

— Te rends-tu compte de l'importance de cette découverte ?

— Oui. C'est l'inverse du *Livre des morts*. Il a été écrit pour permettre à une âme de se réincarner dans le monde des vivants. Méryt-Rê a fait peindre ces textes de son vivant. Apparemment, elle avait renoncé à retrouver le corps de son père et les « tables » du secret de la vie éternelle.

— Peut-être était-elle malade ? On ignore son âge. Le nom de Khéops, fils de Snéfrou, n'apparaît nulle part. Elle ne parle pas de ce frère, elle a pourtant dû vivre sous son règne.

— Il ne me reste plus qu'une chose à faire, dit Thérèse.

— Quoi donc ?

— Retrouver le corps de Snéfrou et détruire les tables de la vie éternelle.

— Mais, ma chérie, ce n'est qu'un conte symbolique et initiatique.

— Tu sais très bien que non.

Luc soupira. Thérèse avait raison. Ce n'était pas un conte. Il la contempla avec désespoir. Elle ne lui appartenait plus ; elle était Méryt-Rê.

Trente fusils étaient braqués sur lui. Le *rifai* ne s'en souciait pas. Les Bédouins pouvaient tirer et faire de lui un martyr. Il s'en irait plus vite au paradis dans l'allégresse, en regardant en face le Seigneur. Le Maître lui avait donné une mission et un courage sans borne. Il poursuivit son chemin le long de la pyramide à deux pentes.

— Halte ! ordonna un vieux Bédouin en s'emparant de la bride de son cheval.

Il regarda avec dédain cet homme qui le menaçait d'un sabre. Il aurait pu lui fracasser la tête avec sa massue.

— Qui es-tu, derviche de la mort, et que veux-tu ?

— Mon nom a peu d'importance. Mon Maître m'envoie à la Française. Je dois lui délivrer un message.

Karim était prêt à sabrer ce démon au moindre geste suspect.

— Qui est cet homme ?

Achille était venu à la rencontre de ce singulier cavalier qui attendait calmement au centre des fusils.

— C'est un *rifai*, un derviche des cimetières, il veut parler à mademoiselle Thérèse. Il se dit envoyé par le maître de son ordre.

Achille le détailla des bottes au turban. L'inquiétant personnage vêtu d'une djellaba noire aux motifs géométriques jaune et vert, d'une courte cape rouge, tenait, posée sur sa cuisse, une massue à tête de faucon cornu. Cinq couteaux étaient passés à sa ceinture et il portait deux sachets de cuir contenant des sourates magiques autour du cou. Il avait le visage d'un homme déterminé, peu soucieux de mourir, des yeux grands ouverts et brillants.

— Pourquoi veux-tu rencontrer mademoiselle Maurin ? demanda Achille dans un arabe mal maîtrisé.

— J'ai un message à lui délivrer.

— Fais-tu partie de ceux qui ont tenté de la tuer ?

— Oui.

— Et tu voudrais qu'on te laisse approcher d'elle ?

— Le Maître ne m'a pas autorisé à lui ôter la vie. Je ne suis pas un élu.

Achille se dit que le derviche était fou, mais digne de foi.

— Descends de cheval !

Le derviche de la mort sauta à terre. Il se laissa désarmer et palper par le Français sans broncher. Il n'eut pas plus de réaction quand le canon du revolver s'enfonça entre ses côtes.

— Avance !

L'entrée de la tombe de Méryt-Rê était située entre la pyramide rouge et la pyramide rhomboïdale. Les déblais la flanquaient sur une vingtaine de mètres. Achille n'envoya pas de fellah avertir ses amis. Thérèse et son père sortaient à l'air libre.

La silhouette massive du *rifai* se détachait sur le ciel. Thérèse et Luc gravirent les marches avec inquiétude, puis ils découvrirent Achille en retrait et les Bédouins derrière lui.

— Il est venu pour vous, dit-il à Thérèse.

— Pour moi ?

Thérèse ne s'approcha pas du derviche. Elle sentit la haine qu'il lui vouait, l'envie meurtrière de ce fou de Dieu coulait en une fine bave au coin de ses lèvres retroussées.

— Le Maître m'envoie te dire ceci : « Le roi que tu cherches est au djebel Barkal, à mille coudées au nord de la montagne d'Amon. »

— Tu diras à ton Maître que je serai au djebel Barkal avant le printemps.

Luc s'était pris la tête entre les mains.

— C'est de la folie, de la folie, répétait-il.

Tous en convenaient. Se rendre au djebel Barkal, au nord du Soudan, parmi les populations les plus belliqueuses de l'Afrique, était une pure folie. Et il y aurait le comité d'accueil, les derviches de la mort par centaines, leur redoutable Maître, les *ansar* du Mahdi, ce féroce serviteur d'Allah qui avait juré de couper toutes les têtes des chrétiens de la vallée du Nil. C'était un piège dont elle ne pouvait sortir vivante.

— Je ne reviendrai pas sur ma décision, assena Thérèse en lançant un regard de défi aux hommes assis à l'ombre de la pyramide.

Ramadan tiquait, Karim gardait son air farouche, Achille haussa les sourcils et argumenta :

— Est-ce si important pour vous d'ouvrir les yeux, la bouche, le nez et les oreilles d'une momie vieille de quatre mille cinq cents ans ?

— Aussi important que d'apprendre le Coran et l'arabe par amour, ce qui est votre cas, Achille. Je me suis prise d'affection pour Snéfrou. En fait, je n'ai jamais perdu mon affection. Je l'aime comme mon père parce qu'il a été mon père autrefois. Vous devez l'admettre, j'ai été la fille de ce roi, et la fille d'autres rois, et la fille de Luc Maurin. Cinq filles en une. Nous ne saurons jamais comment cela s'est fait et qui gouverne en réalité nos âmes. Et cela n'a guère d'intérêt dans le cas présent. Je vais remonter les cataractes une à une et affronter une fois de plus mon destin. Vous ne pouvez pas m'empêcher de choisir l'instant de ma mort.

— Mais on peut prolonger longtemps ta vie ! intervint Karim. Je t'accompagnerai avec la moitié de mes Bédouins.

— J'en suis aussi ! s'exclama Luc.

— Je viens avec vous.

Thérèse se tourna vers Yasmina qui venait d'exprimer son désir de partir.

— Là où il va, je vais, ajouta la jeune fille en désignant Achille du menton.

Ramadan ne pipa mot. Sa fille l'avait définitivement dompté. Luc allait ouvrir la bouche, mais Thérèse l'arrêta.

— Non, père, toi, tu restes ici. Il y a encore beaucoup de travail à effectuer dans la tombe de Méryt-Rê et tu es le seul homme capable de percer le secret de la pyramide rhomboïdale en l'absence de Mariette.

Il vint la serrer entre ses bras, lui embrassa le front, lui caressa les cheveux. Il se souvenait de la petite fille jouant à la marelle, sautant à la corde, courant derrière son garçon. Il avait perdu Armand à la guerre...

— Je reviendrai fouiller à tes côtés, dit-elle. Oui, je reviendrai. Il n'y aura pas de sixième Méryt-Rê.

46

Quand approchait l'heure de midi, des images sans suite traversaient l'esprit de sœur Eloïse et de Justinien, ou du moins ce qu'il leur en restait, car le soleil qui attaquait leur crâne altérait le fonctionnement de leur cerveau. Ils chevauchaient dans le harassement et la stupeur, mais peut-être cette stupeur était-elle lucidité.

A Dongola sur la rive gauche du Nil, Eloïse avait vu des hommes portant des drapeaux noirs brodés au nom d'Allah, des calligraphies sculptées à l'entrée des mosquées, des extraits du Coran pour lesquels les musulmans étaient prêts à donner leur vie.

Accrochée au pommeau de la selle, elle voyait flotter ces guirlandes de mots entrelacés sur les immensités du désert de Beyuda. C'était un défi à sa foi. Quelque chose de si puissant et de si sombre révélé sur les horizons de feu que toute la souffrance du monde découlait de ces forces occultes qu'elle s'apprêtait à combattre.

Dans la cité médiévale de Dongola, ils avaient appris que les troupes de Rachid Bey avaient été anéanties vers Fachoda, que le Mahdi victorieux avait ensuite écrasé une armée de six mille hommes commandée par le téméraire Youssouf Pacha El Shellali en les surprenant dans leur campement.

L'islam était en marche. Les tribus rejoignaient une à une le Mahdi. On devait opposer la Croix au Croissant.

Eloïse n'en doutait plus : Dieu l'avait désignée pour affronter le Mahdi. Elle lança un regard contrit à Justinien : elle ne l'aiderait pas à traiter avec les *ansar*.

Justinien oubliait peu à peu sa mission. Jour après jour, depuis leur départ de Dongola, il se détachait de la réalité. Le Mahdi était une légende. Il en avait une vision fantomatique, brasillant dans les chaleurs exhalées par les pierres. Le nouveau prophète s'effaçait devant Thérèse.

Elle n'avait jamais été aussi présente, elle lui apparaissait au sommet des collines arides, entre les bouquets d'acacias, au creux des dunes, dans le lit desséché des oueds. Elle était partout, portée par les vents sur la rosace de son cœur.

L'amour de Justinien se purifiait et s'aiguisait dans le dépouillement et l'âpreté des paysages. Il pensait au retour, seulement au retour, et voyait avec angoisse s'agrandir la distance qui le séparait de Thérèse. Il y aurait bientôt deux déserts entre elle et lui, chacun aussi vaste que la France.

Les deux voyageurs auraient été mangés depuis longtemps par les vers et les rapaces sans la présence de Kala le Dinka, le meilleur guide de toute la Nubie.

Kala leur avait été adjoint par le représentant français à Assouan, Nathanael Maynen. Il était immense, maigre et très noir de peau. D'un noir bleuté identique à celui des pierres parsemant les collines environnantes. Et telle une pierre, il pouvait demeurer immobile sous le soleil pendant des heures. Il avait un poignard à chaque bras maintenu par des courroies de cuir et une lourde lance en amande à la main gauche. Des chevelures pendaient à la hampe. Kala scalpait les ennemis vaincus et leur arrachait les dents pour en faire des colliers.

Il se retourna vers les deux Occidentaux qui vacillaient sur leur monture et cria :

— Yaya El Djeb !

A ce cri, Justinien et Eloïse sortirent de leur léthargie. Yaya El Djeb n'était pas un mirage. Des maisons plates, blanches et éparses formaient un village sans centre, sans mosquée. Il n'y avait aucun bâtiment à caractère officiel, juste ces misérables maisons semées au hasard entre deux montagnes aux sommets déchiquetés et aux flancs vomissant des millions de pierres coupantes.

Un îlot de verdure indiquait l'endroit où le puits avait été creusé. Kala conduisit sa monture vers les arbres plats aux feuilles effilées bruissantes d'insectes. Il n'y avait pas foule à cette heure où le soleil occupait le milieu du ciel. Quelques chèvres mâchaient des épines, des chiens jaunes couinaient sous les ombres chiches, des chameaux aux pattes avant entravées par des cordes tentaient d'échapper aux piqûres des mouches et un vieux tout ridé au front tatoué de cercles se tenait accroupi au bord du trou boueux, les bras en avant.

— Kala ! s'exclama-t-il joyeusement en souriant de tous ses chicots noirâtres. On m'avait dit que des cavaliers arrivaient par le nord et, en bon cadi, je les attendais au puits. Mais je ne m'attendais pas à voir l'arracheur de dents à Yaya.

Il déplia ses jambes grêles et alla à la rencontre du Dinka.

— Zawoui, vieux chameau édenté ! Tu es encore vivant ! Qu'Allah te bénisse, mon vieil ami, dit Kala en l'étreignant.

L'effusion dura une bonne minute. Quand le Dinka le lâcha, l'œil larmoyant, Zawoui s'intéressa aux deux étrangers.

— Je suis le cadi du village, leur dit-il.

— Mon nom est Justinien d'Urville Pacha, répondit Justinien, et voici sœur Eloïse d'Alexandrie.

Zawoui avait déjà rencontré des Européens, jamais une Européenne. L'accoutrement de cette femme l'étonna. Elle portait un voile noir sur la tête, un bandeau blanc enserrait son front. Seule la peau de ses mains et de son visage était visible. Le Coran des chrétiens était plus strict en ce qui concernait les femmes.

— C'est une femme moine, dit Kala.

Une femme moine? Cela pouvait-il exister? Zawoui était interloqué.

— Je les conduis au Mahdi, ajouta le Dinka.

— Au Mahdi! Des chrétiens au Mahdi! Tu veux donc mourir? Les *ansar* vont te crever les yeux, te couper les mains et t'abandonner aux chacals.

— Ce sont des messagers français. Leur sultan veut s'allier au Mahdi contre les Anglais.

— Tu ne parviendras pas au Darfour. Les émirs du Prophète tuent tous les chrétiens et les Egyptiens présents à l'ouest du Nil Blanc. Toutes les villes, les villages et les puits sont en leur possession. Tu arrives au mauvais moment, mon ami. Mille *ansar* menés par l'émir Osman Digna seront ici demain pour le grand rassemblement des tribus.

— On reste. Je parlerai à Osman Digna, tonna Justinien.

Zawoui ravala ses arguments; il ne soutint pas le regard du Français.

— Allah aime les braves, dit-il. Et je les aime aussi. Suivez-moi, ma maison vous est ouverte.

Justinien et Eloïse avaient partagé le repas dans le silence sous les regards curieux des habitants venus leur souhaiter la bienvenue. Puis ils se promenèrent, gravirent le flanc d'une montagne pour se rapprocher des étoiles. C'était une nuit sereine. L'air était doux. Le drapé de la Voie lactée flottait au sein des astres.

— Que les créations du Seigneur sont belles, dit Eloïse. Regardez ces cieux, vous comprenez pourquoi je donne tout à Dieu.

Justinien contempla cette création qui ravissait son esprit. Il louait l'intelligence de la nature qui avait enfanté le Grand Architecte, le maître d'œuvre de cet univers visible.

— Oui, répondit-il, je sais que vous donnez toute votre attention et tout votre amour à Dieu. Vous vous donnez comme quelqu'un qui n'a plus ni parent, ni ami, ni patrie, rien que sa croix. Et je ne peux partager ce sentiment. Le dieu que vous adorez m'est étranger.

— C'est faux ! J'ai de l'affection pour mes proches... Je vous considère comme un ami, lâcha-t-elle.

Il la contempla et cela lui fit du bien de voir un visage ami.

— Moi aussi, dit-il alors en lui prenant la main. Je suis votre ami. Nous avons besoin l'un de l'autre, Eloïse. De terribles épreuves nous attendent. Demain, Dieu sera loin de nous, très loin.

Eloïse ne retira pas sa main. Au contraire, elle resserra ses doigts sur ceux de Justinien. Elle se donna tout entière à l'amitié et ne se détourna pas quand les larmes de joie coulèrent sur ses joues.

Justinien et Eloïse étaient restés cloîtrés toute la journée dans la maison du cadi, écoutant passer les cavaliers et les chameliers, mugir les cornes et battre les tambours. Yaya el Djeb disparaissait sous la poussière soulevée par des milliers d'hommes et de bêtes qui se figeaient quand les muezzins des tribus appelaient à la prière.

Kala apparut juste après la quatrième.

— Osman Digna est arrivé, dit-il.

Justinien et Eloïse échangèrent un regard. Le temps de l'épreuve était venu. Ils suivirent le Dinka jusqu'à la montagne où l'émir haranguait les guerriers hypnotisés par ses propos :

— ... et ainsi, mes frères, la leçon que nous devons tirer de cette lutte pour la vraie foi est une leçon d'unité. Nous devons nous unir si nous ne voulons pas être vaincus. Notre volonté, la volonté des déshérités, des opprimés, des bafoués, animés d'une foi commune et d'un but commun, est la volonté d'Allah. C'est avec notre Seigneur que nous devons dresser devant nous de solides remparts et forger d'invincibles épées. Le temps est venu pour chaque homme élevé dans la vraie foi de se livrer au grand courant de l'islam, à la marée montante qui s'avance pour nous entraîner jusqu'aux confins du monde, le temps est venu de suivre le Mahdi jusqu'au paradis...

L'émir s'arrêta de parler. Les rangs des guerriers s'ouvraient pour laisser le passage à un Dinka et à deux Européens. Un grondement monta. Les lances et les épées s'agitèrent. Soudain un *ansar* muni d'une hache se jeta sur Justinien. Il fut jeté au sol par Kala qui lui mit un poignard sur la gorge.

— Laisse-le, dit Justinien en se penchant sur l'homme.

Il lui tendit la main.

— Regarde bien au fond de mes yeux et vois si mon cœur est impur. Je viens aider le Mahdi... Je viens aider le Mahdi, répéta-t-il très fort.

L'homme accepta la main qui le releva. Le grondement cessa. Les armes s'abaissèrent.

Alors Justinien, suivi d'Eloïse, marcha vers Osman Digna.

47

Combien de pharaons, de vizirs, de nobles avaient fait ce voyage vers le sud pour ramener les richesses des pays de Koush et de Pount ? Thérèse se remémorait leurs récits écrits sur les pierres et les papyrus. Elle longeait avec ses amis la rive droite d'un Nil encaissé entre des collines d'une blancheur aveuglante, jalonné de ruines, de fortifications et de stèles. Elle avait pleuré en découvrant de loin le temple d'Abou Simbel et ses statues colossales. Elle aurait voulu déblayer les tonnes de sable qui ensevelissaient les trônes de Ramsès II, et elle n'avait même pas pu se rendre de l'autre côté du fleuve pour lire les hiéroglyphes. Aucune embarcation n'avait sillonné le Nil à cet endroit depuis mille ou deux mille ans.

On était loin d'Assouan, loin du dernier fortin égyptien, loin de tout. Les humains ne se risquaient plus sur ces rives sauvages infestées de crocodiles et de serpents.

Les cités antiques avaient été démantelées par les Perses, les Romains et les Arabes, recouvertes par les sables des tempêtes, et personne, sauf les marchands d'esclaves et les trafiquants d'armes se souciant d'invisibilité, n'osait s'aventurer dans le désert de Nubie qui bordait les eaux vertes du fleuve nourricier. Les caravanes passaient plus bas, d'est en ouest, de la mer Rouge au Niger, de l'Ethiopie au Tchad.

Thérèse s'attristait parfois à la vue des vestiges et des statues brisées, de la vie disparue. Il y avait bien longtemps que l'encens et l'ivoire ne parvenaient plus à Eléphantine, dernier bastion de la fantastique Egypte bâtie par les Pépi, les Sésostris, les Aménophis et les Ramsès. L'avenir de cette partie du monde était désormais entre les mains des Occidentaux ; on déciderait de rouvrir les routes commerciales nubiennes dans les cabinets ministériels et les conseils d'administration des banques.

Par les armes.

Les éclaireurs bédouins revenaient du défilé. Ils étaient partis avant l'aube repérer le terrain. On allait entrer dans une zone dangereuse. Au-delà du défilé, le désert de Nubie était contrôlé par deux tribus belliqueuses. Mais ce n'étaient pas ces nomades qui inquiétaient les voyageurs. Les éclaireurs firent leur rapport à Thérèse, Achille et Karim.

— Les Turcs et les Egyptiens encadrés par quelques Anglais ont campé à la sortie du défilé. Ils ont deux jours d'avance sur nous. Ils sont repartis en suivant le Nil.

La puissante armée turco-égypto-anglaise. Difficile de l'ignorer. On suivait ses traces depuis le départ d'Assouan. Son avance fondait. De onze jours, elle était passée à deux. Les ministres de la reine Victoria et ceux du khédive, au vu du rapport envoyé par le gouverneur du Soudan, sir Gordon, avaient décidé d'en finir avec le Mahdi.

— On dresse le campement ici, décida Thérèse.

Il était mortel de se rapprocher des alliés qui les prendraient pour des espions ou des mercenaires rejoignant les rebelles.

L'eau bouillait dans les marmites. Les Bédouins remplissaient les outres, d'autres préparaient le thé. Les feux ronflaient et repoussaient les ténèbres, éclairant Thérèse, Achille, Yasmina et Karim.

— Il y a deux routes possibles au départ du village de Wadi Halfa, dit Achille en étudiant la carte. L'une longe le fleuve. C'est celle prise par l'armée anglaise. L'autre coupe à travers le désert et mène directement au djebel Barkal. Si nous prenons la seconde, nous arriverons avant les Turcs et les Anglais. Qu'en penses-tu, Karim ?

— On peut s'entendre avec les Nubiens du désert, pas avec les Turcs et les Anglais. Je conseille le chemin le plus court.

Ils se tournèrent vers Thérèse. Elle donna son assentiment :

— Allons au plus vite sur la montagne sacrée d'Amon.

Elle regarda vers le sud. Ils l'imitèrent et aperçurent les étoiles filantes. Ils n'en avaient jamais vu autant. Le ciel scintillait d'un feu d'artifice argenté.

— Le combat des anciens dieux a commencé, souffla Yasmina.

La pluie d'étoiles filantes s'était tarie depuis une bonne heure. Les feux se mouraient. Thérèse avait ouvert le Coran à la lueur d'une lampe à pétrole et deux visages se penchaient sur le gros livre enluminé à la tranche dorée.

Le Coran était leur livre d'étude.

Verset après verset, Thérèse apprenait la lecture et l'écriture de l'arabe à Achille et Yasmina. Désormais, tous deux savaient tracer sur le sable des mots d'amour qu'ils mêlaient aux arabesques de leurs prénoms entrelacés. Ils s'enthousiasmaient à chaque progrès.

Yasmina, comme beaucoup de filles de son pays, avait été privée de ce savoir élémentaire par un père qui ne jugeait pas bon de l'éduquer, selon le principe qu'une femme devait essentiellement mettre au monde des enfants et servir son mari.

— Bientôt je lirai des journaux et des romans, se réjouit

Yasmina après avoir lu la septième sourate sans buter sur les mots.

Elle se coula entre les bras d'Achille, contre la poitrine de son fier et mâle guerrier. Achille avait définitivement adopté le costume des hommes du désert, leurs attitudes, la sobriété de leurs gestes. Il ne pensait plus en Européen. Il avait donné sa montre à un mendiant à Louxor. Le temps découpé en heures, minutes et secondes n'existait plus. Il se fiait aux couleurs du ciel, à son instinct nouveau de Bédouin, aux muezzins qui appelaient à la prière cinq fois par jour. La nuit, les constellations tournaient, les étoiles se déplaçaient, lui donnant la mesure de l'éternité en marche.

Il se mit à caresser les cheveux de sa bien-aimée.

— Cet endroit respire la paix. Il ne faudrait rien changer à l'ordre des choses, préserver des morceaux de terre comme celui-ci où ne parviennent pas les échos de la guerre... Un endroit vierge de souffrances. Juste pour s'aimer, dit-il en déposant un baiser sur la tempe de Yasmina.

Thérèse laissa les amants rêver à d'impossibles paradis. Elle quitta le cercle des tentes et prit la direction du défilé. La paix n'était nulle part. Les échos lointains de la guerre résonnaient encore sur la Nubie et il y en aurait d'autres à l'avenir. Achille ignorait ce qui s'était passé ici. Elle se souvenait des leçons latines de sa jeunesse, d'un texte de l'historien Strabon appris par cœur sous l'autorité de son père :

Mais lorsque les Ethiopiens eurent pris par surprise Syène, Eléphantine et Philae, raflé des prisonniers, pris ou abattu les statues de l'empereur, le préfet romain Petronius marcha avec au moins dix mille fantassins et huit cents cavaliers contre les trente mille hommes de leur armée, et les força d'abord à se replier sur Pselchis, une ville éthiopienne ; il leur envoya des messagers pour leur réclamer le retour des prisonniers et leur demander pourquoi ils étaient partis en guerre...

Thérèse perçut les échos de cette guerre-là. Des trompettes sonnaient, des chevaux galopaient et des hommes mouraient sous des volées de flèches. Il en serait toujours ainsi.

Les militaires turcs et anglais en route pour Khartoum et le Darfour n'enverraient pas de messagers au Mahdi pour lui demander pourquoi il était parti en guerre. Ils voulaient laver l'affront fait à leur reine avec le sang des *ansar*.

— Et dire que tu es là-bas, mon amour, murmura-t-elle en songeant à Justinien.

Elle se tordit les mains, impuissante face aux étoiles bonnes ou mauvaises qui régissaient le destin des hommes. Au sud, se produisaient des fulgurances.

Les anciens dieux reprenaient le combat.

Quand elle entra dans sa tente, la statue déblé s'anima.

48

Il n'y avait aucun nuage au-dessus du djebel Barkal. Des éclairs cependant couraient sur la voûte céleste. Quelques-uns touchaient les pyramides de Kuru et le tonnerre ne se manifestait pas.

Les derviches de la mort étaient inquiets. Ce phénomène n'était pas naturel; ils ne l'attribuaient pas à Allah. Ils avaient dansé et tourné comme d'habitude au coucher du soleil, mais les âmes n'avaient pas quitté les mastabas et les pyramides pour tourbillonner avec eux. Ce n'était pas la première fois. Les vieux derviches de la mort racontaient que les morts du Barkal, de Napata et de la lointaine Méroé, refusant de monter vers le Seigneur, tuaient parfois les derviches et dévoraient leur âme. Les saintes paroles du Coran et les incantations magiques ne brisaient pas le pouvoir des amulettes et des rituels entourant les momies.

Un éclair toucha une colonne du temple d'Hathor et se divisa en une multitude de rameaux qui illuminèrent les ruines environnantes. Le grand temple d'Amon parut revivre. Plusieurs derviches virent les silhouettes luminescentes des prêtres autour d'une barque portant la statue du dieu.

La peur les prit.

Elle ne se déversa pas dans le ventre du Maître. Assis en

tailleur au sommet de la montagne sacrée d'Amon, la clef de Seth et de Khonsou à la main gauche, le Maître attendait l'heure de « la vie ».

Ces éclairs, il en connaissait l'origine. Ils précédaient la venue des dieux amis qu'il avait convoqués. Il isola Orion dans le ciel. L'étoile était en place, à une distance parfaite du Serpentaire. Il se décida à descendre parmi les siens.

Quand les derviches le virent, ils furent soulagés.

— Maître, les anciens sont de retour dans le temple d'Amon, dit l'un d'eux. Ils portent la barque du dieu.

Le Maître se tourna vers les ruines. Il vit les apparitions et eut un sourire.

— Ne dansez pas pour eux et ne vous inquiétez pas de leur présence, dit-il aux derviches. Ils viennent pour moi. Repliez-vous sur les bords du Nil jusqu'à l'aube.

Le Maître marchait seul dans le désert. Il s'éloignait de la montagne sacrée. Mille coudées le séparaient des pyramides tronquées aux pentes prononcées. Sur sa droite, en contrebas, des pyramides ruinées luisaient faiblement. La vie reprenait partout sous une forme larvée. La capitale des pharaons noirs renaissait de ses cendres ; de fantomatiques maisons de brique poussaient sur le sable, reconstituant les quartiers populaires de l'antique Napata. Les habitants, formes inconsistantes et gazeuses, se mirent à déambuler dans cette cité surgie du passé.

Le Maître passa à travers un groupe d'hommes et de femmes qui semblaient se lamenter. Ils s'enfuirent à la vue de la clef en forme d'œuf qu'il tenait à la main. La clef de Seth et de Khonsou brillait. Son rayonnement gagna en force lorsque le Maître atteignit la nécropole royale. Il parvint devant une pyramide précédée d'un serdab remis en état. A cet endroit, l'air vibrait de mille bruits dominés par de stridents sifflements et le sable se soulevait en colonnes, comme aspiré par les étoiles qu'il salissait.

Le Maître devint prudent. Il n'y avait pas que des dieux amis dans l'orbe du djebel Barkal. Il songea à Amon qui jusqu'à ce jour ne s'était jamais manifesté, laissant son fils Khonsou affronter Anubis. Le grand dieu des profondeurs de la terre n'avait jamais pris parti dans cette querelle. Il sommeillait au cœur de la montagne sacrée depuis que les prêtres ne procédaient plus à l'ouverture de ses sens dans les temples.

Cette neutralité était peut-être une bénédiction.

Un éclair passa très près du Maître. Les dieux approchaient.

Il récita une formule d'apaisement en ancien égyptien et une autre en arabe à l'intention d'Allah. Les sifflements diminuèrent d'intensité, il pouvait à présent pénétrer sans risque dans la tombe creusée sous le monument.

La descenderie menait à une antichambre contenant six statues de Seth et six autres de Khonsou alignées face à face. Leurs muscles frémissaient sous leur chair d'obsidienne, leur face s'allongeait, s'émaciait. Des plis cruels redessinaient leurs lèvres et l'embu de leurs regards se colorait de vert.

Des frissons coururent sur la nuque et les épaules du Maître. Il évita de lever la tête vers eux. Il importait de ne pas dévier de l'axe central de l'antichambre et de continuer sans montrer sa peur. Il pénétra dans la chambre mortuaire et reprit sa respiration. L'imposant sarcophage en porphyre rouge couvert de hiéroglyphes ne possédait pas de couvercle. De part et d'autre, les textes sacrés de la vie gravés sur des tables attendaient d'être lus. L'homme qui les avait rédigés après des années de prières, d'études et de pratiques magiques reposait dans le sarcophage.

Le Maître s'en approcha prudemment et se força à contempler le défunt qu'il redoutait. Snéfrou masqué d'or, revêtu d'or, semblait avoir été préparé pour le grand voyage le matin même. Des étuis cylindriques en or avaient été placés le long de son corps. A la place de l'uræus sur le front du masque, il y avait une cavité ovoïde. Le Maître y plaça la clef de Seth et de Khonsou. A cet instant, une éblouissante lumière verte emplit la chambre.

C'était la lumière de la vie.

Les textes sur les tables avaient été créés pour la capter.

Le Maître commença à les lire à haute voix.

49

Les montagnes dénudées du Kordofan, au Soudan, formaient une barrière infranchissable. Coupées de ravins, traversées de gorges profondes, elles abritaient une population farouche nouvellement acquise au Mahdi. L'armée du nouveau prophète s'y rassemblait. Les volontaires affluaient de tout le pays. Les tribus d'éleveurs de bétail, les Risegat, les Habania, les Taacha et les Beni Halla, avaient apporté à elles seules trois mille cinq cents hommes ; les chefs avaient offert leurs filles au Mahdi, qui s'était empressé de les accueillir dans son harem.

Le Mahdi n'avait pas encore pris le temps de découvrir les corps fermes de ces jeunes vierges. Il préparait la conquête qui devait le mener, si Dieu l'aidait, à Omdurman, Khartoum, Dongola, Assouan, Louxor, Le Caire et au-delà. Son rêve grandissait, dépassait les songes d'Alexandre et de Gengis Khan. Son rêve était devenu le cauchemar de ses adversaires et de ceux qui croyaient détenir la juste parole.

Les ulémas du Caire avaient eu l'audace de prêcher contre lui.

Assis sur un coussin, le sabre posé à plat devant lui, le chapelet à la main gauche, le Mahdi réfléchissait en caressant la pointe de sa barbe. Son visage angulaire et sensuel reflétait la profondeur de ses pensées et l'étendue de sa foi. Il avait le regard agrandi sur des visions qu'il était le seul à percevoir. La folie affleurait parfois à la surface de ses prunelles noires, mais les secrétaires et les eunuques présents n'y voyaient que la manifestation de la volonté d'Allah.

Ils étaient en adoration. Ils retinrent leur souffle lorsqu'il se mit à dicter sa réponse aux ulémas du Caire :

— Vous, ulémas de malheur, qui prétendez prier, faire la charité et étudier la théologie, et qui n'en faites rien, que de méchancetés vous imaginez ! Vous prétendez vous repentir et en réalité vous ne pensez qu'à vos divertissements et à votre ambition. Pourquoi laver vos corps, quand votre cœur est sali par le péché et la méchanceté ? Vous êtes les plus mauvais des hommes. Si vous compreniez le mal que vous vous faites par la manière dont vous vivez, vous seriez sans doute enclins à en changer. Mais vous êtes aveugles. A quoi bon mettre une lampe sur le toit de la maison si l'obscurité règne à l'intérieur... Vous êtes la proie de vos péchés, ils vous tireront par les cheveux et vous mettront tout nus, en la présence du grand juge, qui vous condamnera à des peines éternelles pour vos méfaits. Appelez les messagers ! commanda-t-il aux eunuques.

Il se redressa, l'air soucieux. Des clameurs lui parvenaient de l'extérieur. Les secrétaires partagèrent son inquiétude. L'alerte était-elle donnée ? L'ennemi qu'on croyait au nord de Dongola était-il déjà à l'ouest de Khartoum ? Ils frémirent lorsque le nouveau prophète ramassa son sabre et quitta la tente.

Le Mahdi embrassa la vallée du regard ; l'immense campement tapissait l'échancrure poussiéreuse s'ouvrant sur le désert. Une troupe arrivait en effet, mais ce n'étaient pas des Anglais, ni des Turcs ou des Egyptiens. Il discerna le nom porté aux nues par les clameurs :

— Osman ! Osman !

— Allah est grand ! Osman est revenu !

— Gloire au lieutenant du Mahdi !

Le Mahdi abaissa son sabre. Le brave Osman Digna ramenait avec lui une multitude de guerriers. Il retourna dans la tente pour se coiffer d'un turban immaculé.

Justinien et Eloïse n'en croyaient pas leurs yeux. Combien y avait-il de soldats réunis dans cette vallée ? Trente mille ? Cinquante mille ? A Assouan, on leur avait parlé de bandes de pouilleux mal organisés, mal armés, de quelques éleveurs de chèvres et de marchands de chameaux, d'un ramassis de fellahs tout juste bons à écraser des sauterelles et à tordre le cou des poulets. Il n'en était rien. Ces hommes possédaient des canons, des mitrailleuses et des fusils. Certes, une grande majorité d'entre eux n'étaient armés que de lances, d'épées et de massues, mais ils paraissaient tous prêts à mourir pour leurs émirs et le Mahdi.

Il y eut des cris de haine, des poussées, des envies de se jeter sur les deux chrétiens. Cependant pas un seul de ces fanatiques n'osa s'approcher des impies qui avançaient sous la bannière d'Osman Digna.

— Nous ne repartirons pas vivants d'ici, glissa Justinien à Eloïse.

— Dieu nous viendra en aide, répondit-elle avec tant d'assurance qu'il envia sa foi.

Le chemin devint étroit. Les hommes se pressaient pour apercevoir Osman. Certains s'arrachaient à cette masse et venaient baiser un pan de sa djellaba. Des femmes aux voiles multicolores se montrèrent ; elles sortaient des tentes et agitaient discrètement leurs mains en direction de l'émir. Au Soudan, aucune loi ne leur interdisait de se mêler aux hommes. Les plus belles apparurent quand Justinien et Eloïse atteignirent le sommet d'une butte où se dressait une grande tente. Elles étaient douze. La plus âgée devait avoir vingt-cinq ans, la plus jeune quinze. Des bracelets d'argent tintaient à leurs chevilles tatouées [1]. Leurs regards alourdis de khôl s'appesantirent sur la femme blanche à l'étrange accoutrement qui montait un cheval. Comme un homme ! Etait-elle une princesse d'Occident ? L'épouse du cavalier blanc ? A l'évidence, ils n'étaient pas les prisonniers d'Osman ; ils possédaient toujours leurs armes et leurs bagages, avançant sans crainte parmi les lieutenants de l'émir. Les curieuses s'écartèrent soudain. Les vivats cessèrent.

Et il parut.

Les têtes s'étaient courbées devant lui. Le Mahdi vit son émir préféré et eut un sourire radieux. Il aimait ce brave qui respectait à lettre le Coran et avait été l'un des premiers à défier les autorités égyptiennes en 1877, quand le khédive, sous la pression des grandes puissances, avait promulgué la loi contre l'esclavage.

Osman mit pied à terre et vint se prosterner devant le prophète.

— Mon Mahdi, je rends grâce à Dieu, je suis à nouveau dans ta lumière.

Le Mahdi le prit par les épaules.

— Relève-toi, mon frère. Un émir n'est pas fait pour contempler la poussière. Parle-moi d'égal à égal. Quelles sont les nouvelles ?

— Réjouis-toi, mon Mahdi, les nomades de Beyuda, les tribus du Kababich et du Nil Bleu sont maintenant dans notre camp. Je t'apporte deux mille hommes et cent livres d'or fin. Ton nom suffit à convertir les foules. Les fonctionnaires égyptiens rejoignent en masse le mouvement mahdiste. La moitié de la population de Khartoum nous est acquise et bon nombre de villes en amont de Dongola se sont ralliées à notre cause.

— Et que sais-tu de cette armée envoyée pour nous écraser ?

1. Au Soudan, les femmes mariées se tatouent les jambes et les bras.

— Des bruits couraient sur sa puissance. Elle compte dix mille hommes, des Turcs, des Egyptiens, mais contrairement aux effectifs annoncés, peu d'Anglais. Le colonel William Hicks la commande.

— Hicks Pacha... Ils avaient déjà envoyé ce chien en Ethiopie guerroyer contre le négus Théodoros. C'est un homme d'expérience.

— Des officiers européens l'accompagnent.

— Nous verrons comment cette armée se comportera dans le Darfour. Nous détenons les puits et Allah arme les cœurs de nos guerriers.

Il étendit sa main en direction des bannières et des drapeaux brandis par ses fidèles *ansar*. A cet instant, il repéra les deux chrétiens dans la colonne de l'émir.

— Tu as capturé des mécréants ? demanda-t-il.

— Pardonne-moi, grand Mahdi, de ne pas leur avoir tranché la gorge : j'ai jugé bon de te les amener. Ce sont des messagers français. Un Dinka les a guidés à travers le désert de Beyuda. Ils viennent te proposer une alliance.

— A-t-on besoin de s'allier quand Dieu est à nos côtés ? Qu'on les emmène.

Des *ansar* menaçants armés de lances firent descendre de force Justinien, Eloïse et Kala de leurs montures. Après les avoir dépouillés de leurs armes, on les poussa vers le Mahdi.

— Faites preuve d'humilité, murmura Justinien à Eloïse.

— Courbez-vous devant le Mahdi de Dieu ! ordonna Osman quand ils furent à cinq pas du prophète.

Il n'y avait pas moyen d'échapper à ce protocole. Jouer les bravaches aurait compromis la mission et écourté leur vie. Ils firent tous les trois une sorte de révérence et attendirent d'être autorisés à lever la tête vers le Commandeur des Croyants. Ce dernier était intrigué par la présence de la femme moine. Il imagina qu'elle avait des pouvoirs semblables à ceux des derviches de la mort.

— Que pouvez-vous m'apporter que je n'aie déjà? demanda le Mahdi.

Ils se redressèrent et le Mahdi tomba immédiatement sous le charme de sœur Eloïse. La voix de Justinien le rappela à ses devoirs de chef des *ansar.*

— Au nom du gouvernement français, je viens te proposer une alliance.

— Quel est ton nom?

— Je m'appelle Justinien d'Urville, répondit ce dernier en omettant d'y ajouter son titre de pacha.

— Et toi? demanda-t-il à Eloïse.

— Eloïse.

— Tu fais de la magie?

— Je soigne les gens et je sers Dieu.

— Je t'apprendrai à servir le vrai Seigneur.

Les narines du Mahdi frémirent. Une odeur suave se dégageait de cette femme. Elle ne sentait pas comme les filles du désert. Elle avait le visage lisse et clair des princesses perses, si clair qu'il semblait surnaturel. C'est Allah qui me l'envoie, pensa-t-il avant de s'adresser à nouveau au Français :

— Tu me parais courageux et franc, Justinien d'Urville. J'ai de la considération pour ton peuple qui a toujours combattu ces maudits Anglais, mais je regrette sa collaboration avec ces mêmes Anglais au redressement économique et politique de l'Egypte. Je ne dis pas non... Une alliance entre nos deux nations n'irait pas à l'encontre de l'histoire et de la volonté d'Allah. Que me proposes-tu?

— Trois mille fusils allemands à répétition et vingt pièces d'artillerie autrichiennes à canon rayé, livrables au port de Suakin dans l'année.

— Pourquoi pas des fusils et des canons français?

— Notre traité devra demeurer secret jusqu'au jour où tu envahiras l'Egypte. Il est important d'égarer les soupçons.

— Nous devons discuter. Venez sous la tente. Que les califes et les émirs nous rejoignent!

Eloïse avait l'impression d'être en présence d'un saint. Le Mahdi ressemblait aux personnages barbus des icônes coptes. Il avait le regard profond, des gestes délicats. Son langage était riche, ses connaissances étendues. Tout en discutant ferme avec Justinien, il l'observait et elle se sentait un peu honteuse d'être l'objet d'une telle considération en présence des fiers chefs soudanais qui n'intervenaient pas sans l'aval de leur Mahdi.

Les trois califes et leurs émirs occupaient selon un ordre très précis trois des côtés de la tente. A l'ouest Abdullah, à l'est Mohammed El Chérif, au sud Ali Woled Helou. Chaque vendredi, quand le Mahdi passait en revue les troupes, ils se positionnaient sur les mêmes points cardinaux. Ils ne furent pas dupes. La femme moine plaisait au prophète. Cet intérêt les dérangeait. Le Mahdi allait-il ouvrir son cœur à une chrétienne ?

Un accord avait été passé entre Justinien et le Mahdi. On ferait appel à divers intermédiaires connus pour assurer l'acheminement des armes et des munitions, on avait avancé le nom d'un ancien poète, Arthur Rimbaud. Les discussions reprendraient après la prise de Khartoum. Le thé bu, le Mahdi invita les messagers et son conseil de guerre à le suivre dans le campement.

A sa sortie, les trompes mugirent. La vallée entra à nouveau en effervescence.

— Tiens-toi à ma gauche, dit-il à Eloïse. Aucun *ansar* ne portera la main sur toi.

Il ne proposa pas sa droite à Justinien. Ce dernier cheminait en compagnie des émirs Osman Digna et Abu Anga. Il était perplexe. Par quel prodige la sœur avait-elle gagné la confiance du Commandeur des Croyants ? La brebis et le loup s'avançaient au sein de l'armée des fanatiques. Ils formaient un couple contre nature. Personne ne s'en souciait.

Le Mahdi avait tous les droits. Les drapeaux s'abaissaient devant eux; les ulémas, les mollahs et les muezzins louangeaient le Mahdi. Des *mukkedem* appartenant à l'élite, ceints d'écharpes noires à bandes blanches, s'agenouillèrent devant eux et renouvelèrent le serment qui ferait d'eux des martyrs. Quelques-uns tombèrent en transe. Il n'était pas rare que les soldats aient des visions. Plusieurs fois, on avait vu le prophète Mahomet chevaucher à côté du Mahdi, des anges lui parler, des langues de feu descendre du ciel, un sabre étincelant écrire le nom de Dieu en direction de La Mecque.

Le Mahdi en apaisa plusieurs en apposant les mains sur leur tête. Ils se relevaient radieux, illuminés de l'intérieur.

A présent, Eloïse avait la conviction qu'il était un saint... plus qu'un saint. Il se tourna vers elle, souriant. Elle lui rendit ce sourire. Le Mahdi en fut transporté de joie. Il grimpa sur un rocher et étendit les bras vers les bataillons d'Allah. Puis sa voix tonna :

— Levez-vous pour le combat, car Dieu l'a ordonné. Il nous a révélé des secrets que personne n'a connus avant nous. J'ai envoyé le cheik Osman Digna dans les déserts pour qu'il assiste nos frères dans la renaissance de la foi, et dans le combat contre les incroyants. Nous l'avons nommé émir des Arabes nomades et des habitants de Suakin et du Beyuda, pour qu'il les dirige dans la voie du salut, par la foi en Dieu et par la confiance dans l'enseignement de son prophète. Ecoutez les califes et les émirs, assistez-les, reconnaissez-les comme vos guides. Celui qui reconnaît mes cheiks me reconnaît aussi comme chef, celui qui combat avec eux et tombe en martyr de la foi combat avec moi et a droit aux bénédictions réservées à mes fidèles. En ce moment même, dix mille incroyants puissamment armés marchent sur nous. Leurs os blanchiront bientôt dans le désert. Levez le camp, fils de Dieu! Libérez le Soudan! Demain, nous prierons dans les mosquées de Khartoum.

50

Le dénouement se rapprochait. La tête rousse du djebel Barkal émergeait des sables. Les sommets des pyramides apparurent à leur tour. Thérèse avait le cœur serré. Snéfrou, son premier père, qu'elle venait délivrer, avait été caché dans l'une des nécropoles construites dans le rayonnement de la montagne pure.

Achille, Yasmina, Karim et les Bédouins la suivaient, prêts à intervenir à la moindre alerte. Les éclaireurs envoyés avant le lever du soleil n'avaient pas pu repérer l'ennemi. Ils ne s'étaient toutefois pas aventurés dans les inquiétants cimetières antiques.

Le djebel était apparemment inoccupé, figé depuis une éternité.

La civilisation égyptienne s'était éteinte ici, mille quatre cents ans plus tôt. Les pyramides situées sur les deux rives du Nil avaient leur entrée face au soleil levant, lieu de renaissance. Depuis le sommet de la montagne d'Amon, les monuments funéraires marquaient le lever du soleil vers le solstice d'été et le lever héliaque de Sirius lorsque le Nil entrait en crue.

Thérèse avait conscience de la force de ces alignements cosmiques. Cette force s'était manifestée toutes les nuits au sud du désert de Nubie qu'ils avaient traversé en douze jours. A présent, le ciel serein appartenait aux oiseaux roses et blancs soulevés par les brises molles de la vallée du Nil.

Dans un crépitement d'ailes et de cris, les oiseaux passèrent au-dessus de la montagne sacrée. Le Maître ne leva pas la tête pour admirer leur vol. Il n'avait d'yeux que pour les cavaliers, petits points dérisoires sur la mer jaunâtre de la Nubie.

« Elle est donc venue ! » se dit-il, satisfait.

Il ne craignait pas les Bédouins qui accompagnaient Méryt-Rê. Aucun d'eux ne pourrait approcher le djebel Barkal et les nécropoles à moins de mille pas. Il avait ordonné à ses derviches de la mort de quitter les lieux et de se rendre auprès du Mahdi. Aucun des derviches n'aurait survécu à l'intérieur du cercle que Seth et Khonsou avaient tracé autour de la pyramide perdue. De plus, l'armée des mécréants turco-égyptiens approchait, et son chef, le démon anglais Hicks Pacha, faisait exécuter tous les partisans du Mahdi.

Ses yeux se fermèrent. Il écouta sous lui le gémissement qui montait des entrailles de la montagne. Il l'avait déjà entendu à quatre reprises, toujours plus fort.

Amon se réveillait.

Les voix murmuraient des paroles qu'ils n'entendaient pas encore. Des vents les portaient jusqu'à leurs oreilles. Achille et Karim se concertèrent. Ne devait-on pas contourner la montagne sacrée et aborder la nécropole de Kuru par le Nil ? Les *rifais* se cachaient sûrement dans les ruines du temple d'Amon ou dans les plis du terrain.

— Ce ne sont pas les voix des derviches, dit Achille.

— Non, ce ne sont pas les voix de ces maudits *rifais*, renchérit le chef des Bédouins.

Les paroles se précisaient. Ce n'était pas de l'arabe.

— De l'égyptien ancien, dit Achille qui avait déjà entendu les voix du passé chez Mariette.

Ils observèrent Thérèse. Elle seule savait traduire ce langage. Elle se tenait en avant de la troupe, roide sur son cheval, la statue déblé posée sur sa cuisse droite. Elle semblait absente.

— Thérèse, appela Achille. Que disent ces voix?

Elle ne répondit pas. Achille fit avancer sa monture. Quand il parvint à sa hauteur, il remarqua qu'elle respirait fort et avait les yeux clos.

— Thérèse, mon amie, répondez-moi.

— Elles m'appellent, je dois y aller seule... Anubis et Isis me convient auprès d'eux.

— Vous n'irez pas seule!

— Les dieux ennemis ont tracé un cercle. Nul être vivant, s'il n'est élu, ne pourra le franchir.

— Ce sont des sornettes! dit-il en sortant son revolver. Je vais plomber les ailes de ces dieux. Et nous verrons quelle est la couleur de leur sang.

Karim approuva la décision du Français. Il fit signe à ses Bédouins d'armer leurs fusils et les disposa en ligne.

— N'y allez pas! s'exclama Yasmina. Thérèse dit vrai! Je sens le mal. Il s'étend entre le Nil et nous. Voyez les oiseaux. Ils fuient. Au nom de Dieu, renoncez à entrer dans le cercle.

Ils observèrent le vol des oiseaux. Les échassiers contournaient les nécropoles, passaient au-dessus de la montagne pure et retournaient vers le Nil où ils s'abattaient en masse. Ils virent un flamant isolé qui tombait en spirale; il heurta le sommet d'une pyramide, battit désespérément des ailes avant de toucher le sol où il s'immobilisa.

L'oiseau leur parut mort. Aucun coup de fusil n'avait été tiré, pas une flèche ne l'avait atteint.

— Vous ne parviendrez pas à la pyramide, dit Thérèse.

Elle la voyait pour la première fois, cette pyramide tronquée plus haute que les autres, nimbée d'un vert se confondant avec le ciel. Elle était la seule à discerner l'aura du monument, à entendre respirer les pierres du serdab.

— Nous ne sommes pas des oiseaux, dit Karim à ses hommes. Nous avons grandi dans la foi. Dieu est dans nos cœurs. Aux croyants vont sa tendresse, sa protection et sa miséricorde. Aux croyants, il ouvre les voies. Allez, mes fils, il est temps de renvoyer les derviches de la mort en enfer.

Il désigna les pyramides du fusil et talonna les flancs de sa monture. Achille l'imita. Les trente cavaliers partirent au galop. Ils dépassèrent Thérèse qui ne fit rien pour les arrêter.

Rien ne semblait pouvoir résister à leur charge. Plus rapide, plus bravache, Jibril devança son oncle en tirant en l'air. Il désirait être le premier à se battre.

— Plus vite ! Plus vite, Vainqueur ! cria-t-il à son cheval.

L'animal s'arracha au sable d'une dune et prit de la vitesse, heureux de courir en portant son jeune compagnon. Son instinct l'avertit d'un danger, mais il ne coupa pas son élan. Il sentait peu à peu s'insinuer le poids en lui. Soudain il se cabra ; il lui était impossible d'aller plus loin.

Jibril ne tenta pas de l'entraîner. Son propre courage se délitait. Sa poitrine était oppressée, son cœur s'emballait, quelque chose prenait possession de son corps. Il tourna bride. Les autres cavaliers étaient aux prises avec les mêmes difficultés. Quelques-uns furent désarçonnés.

Achille serra les dents. Il avait l'impression que son cœur allait s'arrêter. Un acide coulait dans ses veines, des voix lugubres hurlaient à ses oreilles, elles rendaient sa monture folle. Alors, il eut envie de fuir, de ne pas voir ce qui se préparait, de ne plus entendre, de se sauver pour toujours hors de la Nubie, loin de cette horreur sans nom empoisonnant son sang et son esprit.

Les Bédouins détalaient ; ils atteignirent en hurlant de peur l'endroit où ils avaient formé l'invincible ligne de cavalerie. Hors d'atteinte du mal, ils s'effondrèrent, pleurant, vomissant, demandant secours à Dieu. Achille rejoignit Yasmina et se jeta dans ses bras. Il sanglotait comme un enfant.

La jeune fille le consola. Ses caresses, la douceur de ses paroles, ses légers baisers eurent raison de la peur d'Achille.

— Je ne sais pas ce que c'était, dit-il.

— Les démons des pyramides, répondit Yasmina.

— Ils voulaient... Oh... boire mon âme... des buveurs d'âmes. Ils rôdent autour de la nécropole.

Il se redressa et se dirigea vers Thérèse. Elle était toujours à cheval, immobile et concentrée. Il ne la reconnut pas tout à fait. Son visage s'était légèrement modifié ; ses yeux s'étiraient vers les tempes, son nez semblait plus épaté, ses lèvres plus sensuelles. C'était elle et ce n'était pas elle.

Méryt-Rê, pensa-t-il.

L'image de la prêtresse de l'Ancien Empire l'avait brusquement envahie, et elle l'aperçut en une vision récitant les prières de vie, dans un temple face à la statue de son père, avec sa perruque de cheveux tressés lestés de perles et ses longues mains brunes liées à la chaîne de l'encensoir et à l'anse de la croix ankh.

L'image se modifia.

La prêtresse avait le visage déformé par la peur. Thérèse vit un prêtre au crâne rasé armé d'une hache de bronze. Il fit un mouvement brusque, son bras se détendit, la hache entra dans le cou de Méryt-Rê.

Une autre image se forma, plus proche dans le temps. Le prêtre n'était plus en pagne, les colliers ne brillaient pas sur un torse lisse, les bracelets d'or n'enserraient plus ses poignets. Il était vêtu d'une djellaba blanche ornée de carrés noirs et d'un turban ocre. Son visage était d'une grande beauté.

Beaucoup plus proche dans le temps...

Et dans l'espace.

Il était ici. Thérèse reprit conscience. Le prêtre l'attendait au sommet de la montagne d'Amon.

51

Le Maître vit la Française descendre de cheval. Cela le conforta dans son plan ; elle avait suivi à la lettre ses instructions, acceptant son destin. Le grand jour était enfin arrivé ; il n'y aurait bientôt plus d'obstacles entre lui et l'éternité.

Elle devait mourir à jamais.

Sous lui, la montagne respirait de plus en plus fort. Amon sortait de sa longue torpeur et d'autres dieux amis et ennemis se manifestaient dans l'invisible. Un long grincement se fit entendre dans les profondeurs de la terre, un autre lui répondit du haut des cieux et un autre encore en direction du nadir. Des portes s'ouvraient. Le Nil qui à cet endroit-là coulait d'est en ouest se chargea d'une brume opaque ; elle s'éleva et se mêla à des nuages naissant du néant.

Le Maître prit son chapelet et laissa s'écouler le temps.

Le soleil pâlissait, les nuées s'épaississaient ; elles formèrent lentement un couvercle impénétrable aux rayons de Rê et gagnèrent les horizons. Le Maître se sentit plus fort. Ce phénomène était une preuve de la manifestation de Seth et de Khonsou.

Il tourna sur lui-même pour évaluer leur puissance. Toute cette noirceur répandait une nuit autour des nécropoles, assombrissait les pyramides dont les pierres empilées se détachaient en dents gâtées sur le gris anthracite des dunes.

La Française avançait sans faillir ; elle portait quelque chose sur l'épaule... Une masse ? Il n'arrivait pas à mettre un nom sur l'objet qui paraissait massif et lourd.

La montagne trembla ; il était temps de la quitter. Le Maître descendit le flanc abrupt, en fit le tour en marchant dans le sens des aiguilles d'une montre et pénétra dans le sanctuaire. Il ne restait rien des splendeurs de la capitale koushite. Les temples d'Amon, de Mout, d'Hathor et de Tefnout n'étaient que champs de pierres et colonnes brisées. Ils avaient été détruits lors du raid de Psammétique II, reconstruits à l'époque méroïtique et encore détruits sous l'ère chrétienne. Quadrilatère de blocs éclatés et de pavements réduits à l'état de gravats, le palais du roi Natakamani, élevé à l'époque romaine, avait été rasé par les pillards du désert et les tribus du Nil Bleu. Les serpents et les scorpions y pullulaient. Ils s'enfuirent quand l'homme franchit la porte brisée en mille morceaux.

Le Maître atteignit la salle du trône qui semblait avoir été pilonnée par des obus de 105 millimètres. Haute de trois mètres, une statue de granit rouge représentant Seth sur un trône y avait été placée bien après la disparition de la civilisation nabatéenne. Elle avait un regard oblique profondément creusé. Dans le fond de cette matrice luisaient de vertes et froides étoiles ; elle s'assemblèrent en pupilles émeraude quand l'homme s'inclina au pied du trône.

Le Maître lança une invocation en ancien égyptien sans oser lever le regard vers le dieu hiératique dont le visage animal allongé aux lèvres lippues exprimait la ruse et la cruauté. Les trois poignards sacrés reposaient sur les cuisses de Seth, imbibés des fluides vitaux s'écoulant de l'au-delà. Toujours partagé entre ses croyances, il s'empara de l'une des armes consacrées en récitant malgré lui des versets du Coran.

— «Au nom de Dieu, le Tout-Miséricorde, le Miséricordieux,
«Que mon âme rassérénée
«Revienne à mon Seigneur, agréante, agréée,
«Entre au nombre de ses proches serviteurs
«Entre dans son Jardin.»

Une voix assourdissante le rappela à l'ordre :

Tu ne dois pas adorer de dieu autre que Moi !

Le Maître recula. Il n'avait jamais entendu Seth parler. La lumière verte des pupilles s'était répandue sur la face divine, animant les traits. Il était horrible. Il rappela à l'humain qu'il détenait le secret de la vie.

Après que j'eus tué et découpé Osiris en éparpillant les morceaux de son corps à travers l'Egypte, Isis la Blanche et Nephtys la Noire, durant mille ans, s'efforcèrent de le reconstituer. Elles y parvinrent après avoir trouvé le double secret de la vie qui fut révélé à l'assemblée des dieux après mon bannissement. Le premier secret fut donné aux hommes pour qu'ils puissent vivre éternellement dans l'au-delà ; le second m'échut le jour où Khonsou se révolta et me le rapporta. Un homme, un roi magicien, ce Snéfrou dont vous avez la garde, vous, nos prêtres, aidé par Anubis et Isis, en perça le mystère et le lia à sa propre existence en l'inscrivant sur des tables. Nous ne lui permîmes pas d'en faire usage et nous lui interdîmes l'accès aux champs d'Osiris après sa mort. Durant des millénaires, j'ai autorisé les gardiens à l'utiliser afin que mon culte soit perpétué jusqu'au jour où, ayant vaincu Rê, Osiris, Isis, Anubis et leurs alliés, je reprendrais possession de l'univers visible. Méryt-Rê est revenue pour mettre fin au cycle en détruisant les tables et en libérant son père. Va prendre son âme. Mes légions et celles de Khonsou t'aideront. Va, et tu deviendras immortel.

Le Maître se retira. La nuit s'était encore épaissie. Des particules noires et impalpables en composaient le voile.

Elles s'assemblèrent, et de leur fusion naquirent les affreux rejetons de Seth qui emboîtèrent le pas du Maître.

Les pyramides n'avaient plus fière allure. De minute en minute, elles perdaient leur légèreté. Elles n'avaient pas été conçues comme celles d'Egypte dont la masse écrasait l'horizon. Les plus hautes ne dépassaient pas trente mètres. A présent, la nuit les mangeait de tous côtés. Thérèse atteignit le premier des monuments. Même de près, il était impossible de distinguer nettement les arêtes formées par les pierres d'angle, gommées par les atomes d'un air d'un autre monde.

Thérèse essaya de se donner du courage en pensant à Justinien et à sœur Eloïse chez le terrifiant Mahdi. Elle ne savait plus où elle était. La Nubie lui était devenue étrangère, hostile, si dangereuse qu'elle songea à renoncer.

Elle se cramponna à la statue déblé, son seul secours.

— Aide-moi.

Se souvenant d'un rituel primitif, elle prit le visage de bois entre ses mains et souffla dans les narines épatées. Rien ne se passa.

— Tu m'avais dit de t'utiliser le jour venu, réveille-toi !

La statue ne réagit pas. Elle était redevenue un simple objet de collection. Thérèse lança un regard désespéré à la pyramide perdue qui, contrairement aux autres, ne perdait pas ses contours, et se remit en marche. La tombe trônait en bordure d'une haute dune, au cœur du cimetière des rois de Koush, tout auréolée d'une vaporeuse lumière verte.

— Je n'y arriverai jamais...

Thérèse avait du mal à mettre un pied devant l'autre. Elle se sentait si seule. Anubis et Isis l'avaient abandonnée. Quelque chose attaquait sa volonté, plombait ses muscles, alourdissait ses paupières. Comment repousser cet envahissement ? Peut-être existait-il des formules pour contrer les forces occultes grandissantes ? Ses immenses connaissances en égyptologie ne lui servaient à rien; elle ignorait presque tout des papyrus médicaux et magiques dédaignés par sa profession. Elle regretta de ne pas les avoir décryptés.

Soudain, elle se souvint du bijou offert par Mariette.

Cet œil appartenait à Anen, deuxième prêtre d'Amon, frère de la reine Tiyi; il est le gage d'une voyance totale, de la plénitude physique et de la fécondité universelle. Faites-en bon usage. Bienvenue en Egypte, mademoiselle Maurin, avait écrit l'archéologue.

Elle le portait autour du cou.

Elle le retira fébrilement de sa chemise et le dirigea vers la pyramide. L'œil d'or prit vie. Il chauffa sa main, repoussa les noires particules, ouvrit le chemin, éveilla la statue déblé.

Et donna le signal du combat.

Quelque part dans la nécropole, Oupouaout aboya.

Le Maître s'était dissimulé dans le serdab, évitant d'entrer dans la première chambre de la tombe où veillaient ces maudites statues d'Anubis. Il songea, trop tard, qu'il aurait dû les faire détruire par ses derviches. Des bruits lui parvenaient, des raclements, des beuglements, des feulements, des aboiements.

Confiant, le Maître se savait sous haute protection. Il y avait ces êtres difformes et noirâtres faits d'un amalgame suiffeux autour de lui. Armés de casse-tête et de courtes épées, ils ressemblaient à des Seth bouffis; ils furent rejoints par de pâles caricatures d'êtres humains stigmatisés par Khonsou le dispensateur d'épidémies. Des créatures ailées et écailleuses battaient lourdement des ailes, tournoyant au-dessus de la pyramide, des prêtres fantomatiques arrivèrent du désert et reconnurent le Maître qui avait traversé les âges. Au nombre de trente, ils formèrent un triple rang devant l'entrée du serdab.

Te souviens-tu de mes pouvoirs? demanda la voix dans sa tête.

Thérèse reconnut la voix déblé.

— Tu es celle qui appelle les morts.

Oui, je suis la déesse noire, le pilon des morts. Quand on me le demande, je ressuscite ceux qui refusent de quitter ce monde, les âmes perdues, les damnés, les femmes et les hommes encore liés aux vils plaisirs de leur vie passée. Dans mon pays, les marabouts engagés par les familles tentaient de les libérer, les sorciers les invoquaient pour tourmenter les vivants. Ils sont nombreux à errer sous ce sable et dans ces tombes; utilise-les, ils ne seront pas de trop pour aider les guerriers d'Anubis et les prêtresses d'Isis.

— Que dois-je faire?

Emploie-moi comme un pilon!

Le geste était si simple. Thérèse douta. Un pilon, un morceau de bois grossièrement taillé... Elle était censée enrôler des revenants pour sa défense, combattre un magicien, aider une momie à retrouver le chemin de l'au-delà, être elle-même la réincarnation d'une prêtresse de l'Ancien Empire. Son esprit rationaliste reprenait le dessus; elle allait battre des paupières, sortir d'un long sommeil agité et rire à la vue des pâquerettes sur le papier peint de sa chambre, rue de Rennes, dans la grisaille rassurante de Paris.

Frappe le sol!

Elle était toujours en Nubie et la pyramide perdue lui faisait face à quatre cents mètres, éclairée à présent par les éclairs d'un orage silencieux. Elle devait l'admettre : ce n'était pas un cauchemar. La statue déblé lui adressait réellement la parole et disait sûrement la vérité. Elle l'empoigna, la leva et la laissa retomber sur le sable. Elle n'aurait rien dû entendre. Mais cela fit un bruit assourdissant, le bruit d'un marteau-pilon de plusieurs tonnes. Le sol trembla. L'onde fit vibrer les pyramides, se perdit sur les rives du

Nil, courut jusqu'au désert où les amis de Thérèse attendaient le dénouement dans l'angoisse.

Les chevaux hennirent, les humains chancelèrent sur leurs jambes. L'onde fit crouler le sable des dunes et s'en alla mourir à plusieurs kilomètres de distance.

— J'y retourne ! dit Achille.

— Non ! s'écria Yasmina.

— On doit la sauver !

Il enfourcha son cheval, qu'il frappa de la bride. Ce dernier se mit aussitôt au galop. Dix foulées plus loin, Achille et sa bête culbutaient, comme frappés par une salve de coups de fusil. Il était impossible d'entrer dans le périmètre. Il revint en traînant sa peine et sa douleur.

L'onde ébranla sérieusement le serdab. Des pierres se détachèrent des murs obliques sur lesquels se succédaient les cartouches des rois Aspalta, Senkamanisken, Aramatel-qo et Malonaqen, et les figures des dieux. Le Maître se hâta de quitter cet abri précaire. Une deuxième, une troisième... onze ondes se succédèrent. A la douzième, le serdab s'écroula. De tous côtés, ce n'étaient que gémissements et plaintes, les cohortes de Seth et de Khonsou, les prêtres venus du passé ne supportaient pas ce bruit terrifiant. Quand les milliers de chiens féroces menés par Oupouaout apparurent, quand surgirent les prêtresses d'Isis brandissant des lames en croissant de lune, ils cédèrent à la panique, fuyant vers le djebel Barkal.

C'est au pied de la montagne sacrée que les attendaient les morts appelés par la déesse déblé. Une mêlée s'ensuivit. Il était terrible de voir ces armées s'anéantir dans le silence et disparaître sans laisser de traces.

Thérèse ne frappait plus le sol ; projetant devant elle la lumière de l'œil *oudjat*, elle se rapprochait de la pyramide.

Un énorme chien noir dont la tête lui arrivait à l'épaule vint près d'elle. Il portait un collier de croix ankh : elle reconnut Oupouaout.

La silhouette du Maître des derviches de la mort se détacha soudain sur le fond vert de la pyramide. Un avatar de Seth gigantesque se montra à son tour. Oupouaout grogna.

Tu es donc venue, dit-il.

— Je suis toujours venue, répondit-elle.

Et je t'ai toujours tuée.

— Cela ne se reproduira pas.

Elle avait sur elle le poignard sacré; une arme identique luisait dans la main du Maître. Oupouaout grogna plus fort et bondit à la gorge de la créature de Seth; ils disparurent tous deux dans un éclair tandis que la terre se fendait jusqu'à la montagne pure. Thérèse ne dévia pas du chemin qui la menait à l'entrée de la tombe. Il passait par le Maître bien campé sur ses jambes; elle pouvait enfin apercevoir les traits de cet homme. Il était d'une beauté surnaturelle, étonnamment jeune et vieux de deux siècles.

Il connaît le secret de la vie éternelle, pensa-t-elle non sans effroi.

L'intensité de la lumière de l'œil diminua; elle s'éteignit quand quatre coudées la séparèrent du Maître.

L'œil oudjat ne t'est d'aucune utilité, dit-il.

Elle contempla le bijou. Le Maître mit à profit cette seconde d'inattention pour porter une fulgurante attaque. Elle l'évita par miracle — quelqu'un l'avait tirée sur le côté; elle distingua une forme blanche, mais ne put déterminer si c'était un être humain ou un animal. Tout alla très vite.

Elle se sentit empoignée par les cheveux. Le Maître la désarma.

Tu ne reviendras plus jamais, dit-il en voyant cette belle gorge qu'il s'apprêtait à trancher.

Il lui percerait ensuite le cœur.

Il hurla lorsque sa main armée fut broyée. Un colosse immense le souleva.

Qui offense Amon ? tonna le colosse. *Qui offense les dieux ? Pourquoi mon fils Khonsou trahit-il Osiris ? Vous m'avez tiré du long sommeil dans lequel j'étais plongé depuis la destruction de mes temples. Pourquoi ? Parle, serviteur de Seth !*

Amon avait quitté le ventre de la montagne sacrée. Un souffle d'air pur l'accompagnait ; il féconda le ciel et la terre, balayant la chape noire des éléments envoyés par Seth et Khonsou. Amon abaissa son regard vers l'humaine, il entendit la voix d'Isis qui lui disait de l'épargner ; Méryt-Rê avait traversé les âges pour faire triompher la justice. Il écouta Anubis, puis Osiris. Les dieux désiraient la paix.

Je reviendrai prendre mon fils et bannir Seth ! déclara le grand dieu. *Quant à toi, mauvais prêtre, je vais t'emporter. Tu vas connaître l'enfer que je réserve à mes ennemis*, dit-il au Maître.

Ebranlant la terre sous ses pas, il retourna dans la faille, emportant le Maître vers une autre éternité.

Thérèse cligna des yeux. Le soleil l'aveuglait. Elle escalada les débris du serdab et pénétra dans la tombe. Une autre lumière, très douce, émanait des murs et des statues dans la première chambre ; elle eut un geste d'affection pour chaque statue d'Anubis avant d'entrer dans la chambre mortuaire. Elle vit le sarcophage, l'œuf brillant de Seth et de Khonsou dans son logement, les tables qui révélaient le grand secret de la vie aux hommes. Ce secret devait être détruit ! Elle s'approcha de la cuve royale.

Son père Snéfrou l'attendait. Son masque projetait des rayons d'or.

Et elle mit tout son amour dans le rituel d'apaisement qu'elle récita alors. Quand elle prononça *amen,* elle posa l'œil *oudjat* sur la poitrine de la momie.

Dors sans peur, mon père. Je vais te ramener en Egypte.

52

A chaque traversée de village, l'armée d'Allah était accueillie en triomphe. Le nom de Dieu crié par les habitants montait jusqu'aux cieux ; les hommes s'enrôlaient auprès des mollahs qui leur remettaient la *marrakahieh*, longue tunique blanche soutachée de pièces multicolores et de carrés noirs conférant la modestie, la fidélité, inspirant la crainte à leurs ennemis et les faisant honorer par la compagnie de El Hidra, composée de Dieu, de son prophète et de ses anges ; les femmes se précipitaient en apercevant le saint homme à la tête de ses cinquante mille soldats.

— Tu es le Mahdi de Dieu, le sauveur de l'islam, disaient-elles au bord de l'extase en lui présentant leurs nouveau-nés. Les bénédictions de la main du Commandeur des Croyants ranimaient la foi de tout le petit peuple des campagnes et des déserts. Il arrivait que ces gens simples s'adressent à sœur Eloïse et à Justinien, les prenant pour des amis du prophète. Ils n'imaginaient pas qu'ils ne soient pas convertis.

On les voyait si proches du Mahdi ! Juste derrière les trois califes. Eloïse avançait sous le drapeau noir d'Abdullah ; Justinien accompagnait Mohamed El Chérif et le drapeau vert. Le Mahdi, entouré des meilleurs *mukkedem* armés de lances, précédait Ali Woled Helou et le drapeau rouge.

Eloïse et Justinien n'étaient plus des objets de haine.

Cela faisait trois mois qu'ils suivaient l'armée mahdiste et partageaient les repas du prophète et de ses officiers. Les *ansar* s'étaient habitués à la présence des deux Français. Mettant à profit son expérience d'infirmière, sœur Eloïse avait soulagé bien des soldats, nettoyant des plaies, réduisant des fractures, soignant les malades. Elle avait noué des amitiés avec ces hommes rudes et secrets. Nombre d'entre eux espéraient la voir entrer dans le harem du Mahdi, car l'attitude protectrice de ce dernier envers la Française ne laissait aucun doute quant à ses intentions. La renommée de la sœur grandissait ; les religieux n'en prenaient pas ombrage : le Mahdi saurait la convertir à la vraie foi.

De son côté, Justinien n'était pas en reste. Au puits d'Om Badr, sous sa direction, le système de treuillage et de répartition des eaux dans les auges avait été amélioré. A Giansara, à Abu Hazuz et à Shekan, il avait conçu des plans de canalisations afin de favoriser le rendement des cultures. Les cadis avaient loué son savoir et parlé en sa faveur au Mahdi. Pragmatique et conscient du parti qu'il pouvait en tirer, le prophète lui avait attribué cinq élèves plus débrouillards que la plupart des *ansar*, des anciens menuisiers et forgerons de l'île d'Aba connaissant le calcul et sachant écrire. Ces cinq techniciens en herbe assuraient aussi sa protection rapprochée. Tous les soirs, à la lueur des lampes à huile, il leur donnait les bases de la géométrie, de la trigonométrie, de la physique et de la mécanique des fluides.

On en était à l'étude de la loi d'Archimède quand le messager blessé se présenta au camp. La tente de Justinien et d'Eloïse était contiguë à celle de l'émir Osman. Quand les cornes des gardes sonnèrent, les élèves bondirent sur leurs pieds, se saisirent de leurs armes et se précipitèrent hors de la tente. Justinien suivit en dégainant son revolver. Eloïse, qui soignait un jeune nomade mordu par un scorpion à l'aide d'une pierre noire [1], les rejoignit et fut la première à aider le cavalier sabré à l'épaule. Les *mukkedem* ne l'empêchèrent pas de soutenir le guerrier lorsque le Mahdi parut. Elle avait acquis des privilèges dépassant ceux des califes.

Le messager s'arracha au bras qui l'empêchait de tomber et se jeta aux pieds du prophète.

— Pardonne-moi, ô grand Mahdi ! Que Dieu me foudroie si je t'offense ! J'ai de mauvaises nouvelles.

— Parle.

— O grand Mahdi de Dieu, c'est ton émir Ahmed El Makashil qui m'envoie. Nous avons été battus à Marabieh.

— Combien des nôtres sont tombés ?

— Sept cents.

Sept cents sur mille cavaliers... Le Mahdi pensa qu'Allah l'avait abandonné. Ahmed El Makashil avait attaqué sans son ordre et sacrifié l'une des dix cavaleries. Son regard effaré se posa sur chaque calife, sur chaque émir. Son ton se fit dur :

— Voilà ce qu'il en coûte quand on n'obéit pas au Mahdi. Aujourd'hui l'islam est en deuil. Hicks Pacha, par cette victoire, est désormais maître de la rive droite du Nil Blanc. Aucun d'entre vous — que Dieu m'entende et punisse ceux qui cherchent à se couvrir de gloire personnelle — ne devra aller à l'encontre de ma volonté, qui est celle du Ciel. C'est ensemble que nous marcherons contre les envahisseurs pour la gloire d'Allah. Et c'est ensemble que nous mourrons si Dieu ne nous accorde pas sa confiance. Que les meilleurs éclaireurs partent à l'instant et nous informent des intentions de Hicks Pacha. Nous allons l'attirer très loin de Khartoum, là où l'eau manque et les scorpions sont rois. Quand son armée sera épuisée, nous le frapperons !

Les émirs désignèrent aussitôt les meilleurs guerriers qui

1. La *black stone,* très recherchée au Soudan, a des vertus magiques et curatives.

partirent sur-le-champ. Puis tous les *ansar* se mirent à prier pour les âmes des braves massacrés à Marabieh.

Quand les têtes se relevèrent, le Mahdi s'adressa à Eloïse.

— Viens avec moi.

— Je vais d'abord panser cet homme.

Le Mahdi approuva.

— Fais en sorte qu'il ne meure pas. Il m'a bien servi.

Se penchant sur le messager, il dit :

— Je te nomme *mukkedem*, tu entreras dans ma garde.

— Béni soit le Mahdi, murmura le blessé au cœur réjoui.

Une seule lampe à huile posée sur un trépied de bronze brûlait d'une flamme pâle. Des senteurs sucrées imprégnaient l'atmosphère de la tente. Des parfums avaient été répandus sur les coussins où le Mahdi alangui, perdu dans ses pensées, attendait Eloïse.

Il ne la vit pas entrer. Eloïse avait pénétré dans la tente sans faire de bruit, glissant dans la pénombre.

— Mahdi ?

— Ah, tu es là...

— Je suis venue comme tu me l'as demandé.

— Comment va mon *mukkedem* ?

— Dans trois jours, il montera à cheval à tes côtés.

— Tu es une magicienne.

— Non, j'ai appris la médecine et je donne beaucoup d'amour. Voilà le secret de ma magie.

— L'amour...

Le Mahdi ne poursuivit pas sa phrase. Un songe le prit. L'amour était bien la seule chose qu'il ne pouvait quantifier et expliquer ; il ne savait pas lui-même pourquoi il aimait Dieu, ni pourquoi ce sentiment cheminait en lui depuis qu'il avait vu Eloïse. De nombreuses femmes occupaient son harem ; elles étaient si soumises, si prévisibles, si semblables dans la servitude des plaisirs, juste bonnes à lui donner des enfants ; il les considérait comme des objets. Aucune, même les filles de cheik, n'arrivait à la cheville de la Française.

Elle méritait le titre de sultane des deux Nil.

— J'aimerais voir la couleur de tes cheveux, dit-il. Viens t'asseoir près de moi.

Le cœur d'Eloïse s'emballa ; deux taches rouges montèrent à ses joues.

— Ce n'est pas permis, dit-elle d'une voix ténue.

— Est-ce l'un des commandements de ton ordre ?

— Je suis promise à Dieu.

— Je suis le Mahdi de Dieu. Il m'autorise à voir ce qui est interdit.

Ils s'observèrent, le souffle court, confondant leurs deux dieux.

— Les magnifiques cheveux de tes épouses devraient suffire à ton contentement, dit Eloïse sans ironie.

— N'évoque pas mes épouses ; elles m'ont été offertes pour consolider des alliances.

— Ce n'est pas ce qu'on dit.

— Ah !... Et que dit-on ?

— Que tu séduis les femmes et que tu les mets dans ton lit.

— Et tu crois ces mensonges ?

— Oui... N'essaies-tu pas de me séduire en ce moment même ?

— Tu es dans mon cœur depuis le premier jour de ta venue.

— Je le sais...

Elle le regardait droit dans les yeux ; il contint sa respiration quand elle défit les attaches de son voile. Soudain ses cheveux cascadèrent, lisses et brillants.

— Contemple mes cheveux, Mahdi, mais n'espère pas me faire entrer dans ton harem.

— Que demandes-tu en échange ?

— Je ne te demanderai pas de te convertir.

— Quoi alors ?

— Libère le Soudan, mais ne va pas au-delà. Tu épargneras bien des vies. Dieu est magnanime et miséricordieux. Tu es son Mahdi, tu dois donner l'exemple. Sois généreux, sois tout amour, et tu seras mon Mahdi.

Le Mahdi avait vu juste. L'armée de Hicks Pacha n'était pas mentalement et physiquement préparée à une longue campagne au Soudan. Les observateurs des califes et des émirs accumulaient les renseignements sur l'état et l'avancée des troupes ennemies.

Après sa victoire à Marabieh, le général anglais s'était rendu à Omdurman, près de Khartoum, sur la rive gauche du Nil, où il avait formé un camp pour exercer ses soldats. Ce pauvre entraînement n'avait pas renforcé le moral d'hommes manquant de tout. Ne pouvant attendre que son armée se délite et se débande, Hicks avait décidé, sur les mauvais conseils de son adjoint, le gouverneur militaire Alu El Din, de prendre la piste la plus longue en remontant le Nil Blanc, la moins pourvue en eau, la moins découverte.

Accroupi au centre de son état-major dans la mosquée d'Halluber, le Mahdi parfaitement informé voyait cheminer cette armée dans ses pensées, entre Sherkeila et Rahad ; elle se rapprochait d'Obeid, ville forte stratégiquement située dans le massif du Kordofan. Tout avait été mis en œuvre pour rendre cette approche difficile. Les paysans ralliés à la cause mahdiste avaient fait le vide, brûlé les récoltes et comblé les puits. Il n'y avait rien à boire ni à manger sur deux cents kilomètres. L'intendance égyptienne en était réduite à faire la navette entre le Nil et la route pour puiser de l'eau, opération qui demandait un jour et demi et coûtait des vies. Il y avait des signes qui ne trompaient pas les guerriers du désert. Des six mille chameaux formant le train de Hicks Pacha, beaucoup pourrissaient sur le chemin. Faute de pâture, ils avaient mangé le sac de paille placé sous le bât, lequel, reposant alors sur leur peau, y avait creusé des plaies qui s'envenimaient. Les fantassins, guère mieux lotis, touchés par les fièvres, erraient par centaines, hallucinés, dans le sillage poussiéreux de l'interminable colonne.

— Nous les achèverons bientôt, dit le Mahdi. Si Dieu le veut, ajouta-t-il prudemment.

Il tira une missive de sa djellaba. Elle avait été trouvée sur un père jésuite qui se rendait à Khartoum [1]. Il la remit à Justinien.

— Peux-tu la traduire ?

— C'est de l'allemand, je ne comprends pas cette langue, répondit l'ingénieur.

— Moi si, intervint Eloïse.

Tous les regards se tournèrent vers elle et le Mahdi y lut la déférence et l'admiration. Elle ne portait plus le voile, ni l'habit des femmes moines d'Occident. Deux longues tresses tombaient sur le devant de sa chemise de grosse toile kaki. Elle avait acquis une telle notoriété que les *ansar* la surnommaient « la kadine du Mahdi », titre qui présageait qu'elle donnerait un fils au prophète.

— Elle a été écrite par le commandant baron von Seckendorff, traduisit-elle en arabe.

C'était une lettre pleine d'amertume qui confortait l'opinion du Mahdi et de ses lieutenants. Un passage insistait sur le désarroi de celui qui l'avait écrite :

... *Nous n'avons pas de beaux jours devant nous. Le faux prophète va nous préparer des embûches en tout genre. Il a une bonne cavalerie, et par son fanatisme il a transformé tous ses hommes en héros. On n'en saurait dire autant des nôtres...*

1. Le père Ohrwalder, accompagné du père Bonomi. Tous deux servirent d'interprètes au Mahdi à partir de 1883.

Le Mahdi ne douta plus de la victoire, mais elle serait peut-être chèrement achetée car les canons et les mitrailleuses détenues par l'adversaire étaient toujours en bon état de fonctionnement.

— Il est temps pour Hicks Pacha de capituler, dit le Mahdi. Youssouf!

Youssouf, le secrétaire, se présenta immédiatement avec son écritoire portative. Le Mahdi lui dicta un message qui laissait peu de place à la médiation :

Du serviteur de Dieu, qui sollicite de Dieu sa miséricorde, qui se place entièrement sous sa sauvegarde, Mohammed le Mahdi, fils d'Abdullah, à tous ceux qui dans le corps expéditionnaire veulent écouter et comprendre. Tout homme intelligent sait que c'est Dieu qui est le Maître et que sa puissance ne saurait être mise en échec par des fusils, des canons et des obus. N'a de force que celui que Dieu tout-puissant justifie. Si vous voyez clair, vous croirez en Dieu, en son Prophète, à nous, et vous vous rendrez. Celui qui se rendra sera sauf, celui qui persistera à refuser mon appel divin et qui aura foi en ses fusils et sa poudre, celui-là périra, comme le Prophète l'a prédit.

Onze jours plus tard, le Mahdi et ses hommes escaladaient le versant abrupt d'une haute colline. Ils atteignirent un escarpement au-dessus de la crête et se tapirent entre les rochers. Sur les collines avoisinantes, des dizaines de milliers d'hommes firent de même.

Eloïse et Justinien s'allongèrent aux côtés de l'émir Osman et du calife Mohammed El Chérif. La voix du Mahdi leur parvint, menaçante, mystique et mystérieuse :

— Ainsi avons-nous paré le ciel inférieur de luminaires, dont nous faisons encore lapidation des satans ; pour ceux-ci qui ont eu l'impudence d'envahir notre Soudan, nous avons préparé le châtiment de la fournaise.

Eloïse et Justinien retenaient leur souffle et contemplaient la grande armée empêtrée dans les méandres de la vallée du Checan.

Hicks Pacha n'avait pas répondu au message, il n'avait pas écouté les sages recommandations des commandants Seckendorff, Warner, Massey et Evans, des capitaines Heretti et Matynga, du lieutenant d'artillerie Brodey, des médecins Georges Bey et Rosenberg. Il chevauchait sans crainte derrière cinquante lanciers en compagnie des journalistes O'Donovan du *Daily News* et Vizetelly du *Graphic*.

— Ce Mahdi est un lâche, dit-il aux correspondants, il fuira jusqu'au Tchad où il se mettra sous la protection des Français.

— Avez-vous une idée de ses forces ?

— Huit à dix mille bergers et éleveurs de chameaux tout au plus, la plupart mal armés, indisciplinés, prompts à déguerpir au moindre coup de canon. S'il a le cran de nous attendre à Obeid, nous l'écraserons sous les pierres de sa cité. Qui pourrait nous résister ? ajouta-t-il en se retournant vers ses régiments comme pour appuyer ses dires.

L'armée avançait en trois rectangles. Il était au milieu du premier contingent de trois mille hommes. Quand il reporta son regard vers l'avant-garde, un corps de cinq mille cavaliers hurlant les noms de Dieu et du Mahdi apparut. Les guerriers surgissaient du fond de la vallée. Ils déboulèrent, traversèrent dix rangs de fantassins, relevèrent leurs lances rougissantes de sang, chargèrent les lanciers.

— Formez le carré ! hurla Hicks.

Quel carré ? L'ennemi était déjà sur eux. De toutes les collines environnantes dévalaient des fanatiques hachant menu les Egyptiens qui tentaient de se ressaisir. Paniqués, ces derniers tiraient dans tous les sens, s'entretuant. Ils espéraient entendre siffler les obus de l'artillerie, mais les canons démontés étaient emportés par les chameaux affolés. Le corps expéditionnaire était démembré, démantelé ; ses chefs et ses drapeaux tombaient.

Les *ansar* étaient invincibles et sanguinaires. Ils massacraient leurs adversaires au nom d'Allah, s'acharnant sur les cadavres des gradés qu'ils dépeçaient. Eloïse se mordait les lèvres ; elle retenait ses larmes. Elle pria pour que Hicks hisse le drapeau blanc, mais la rage, l'odeur de la poudre et du sang, les hennissements des chevaux et la fureur des cris aveuglaient le général et les compagnies résistant férocement. Elle assista, impuissante, à la décapitation des journalistes, à la mort de Hicks troué de lances, au pillage.

Quand ce fut fini et que les *ansar* acclamèrent le Mahdi, elle se réfugia entre les bras de Justinien, versant des flots de larmes.

— Dieu n'a pas voulu cela, parvint-elle à dire.

— Tout est fini à présent. Je vais vous ramener en Egypte.

— Non ! s'écria-t-elle en se détachant de lui.

— Eloïse !

— Je reste au Soudan.

— Pourquoi, Eloïse ? Pourquoi ?

— Je dois sauver l'âme du Mahdi, dit-elle en commençant à descendre dans la vallée.

Justinien la rattrapa et l'arrêta.

— C'est un suicide !

— Soyez rassuré, Justinien ; je ne vais pas commettre un péché mortel. Je vais juste donner de l'amour pour que cesse cette guerre. Retournez en Egypte, Thérèse vous y attend. Aimez-la... Aimez-la très fort. Je prierai pour vous deux. Adieu, Justinien.

— Au revoir, balbutia-t-il le cœur gros en la regardant rejoindre le Mahdi.

Il n'avait plus rien à faire ici ; il tourna le dos à la vallée et marcha vers le nord. Deux mille cinq cents kilomètres le séparaient de Thérèse.

Epilogue

Jamais ils n'auraient pensé revoir les pyramides de Dachour. Les Bédouins, Achille et Yasmina poussèrent des cris de joie. Ils laissèrent les chevaux les emporter dans un galop jusqu'à la grande dune marquant la limite entre le désert et les palmeraies du Nil.

Thérèse n'encouragea pas sa monture à les suivre. Elle ne quittait jamais les trois chameaux chargés du sarcophage de bois et des tables du « secret de la vie ». Elle n'avait pas détruit ces dernières. Elle avait essayé à plusieurs reprises, renoncé au dernier moment. Elle leur trouverait une cachette. Les tables appartenaient au futur de l'Homme. Des sages les retrouveraient et les utiliseraient pour le bien de l'humanité... croyait-elle.

A présent, il lui importait de déposer la momie de son père sous la pyramide rhomboïdale et d'embrasser, et d'étreindre, et d'honorer, et d'aimer son père vivant.

— Papa, murmura-t-elle en pensant à Luc.

Elle aborda la grande dune. De ce point élevé, elle pouvait voir se perdre le Nil vers le sud. Et c'est le visage de Justinien qui s'imposa à elle dans l'azur du ciel. Son cœur se mit à battre très vite. Justinien était sain et sauf; elle le sentait.

Il revenait...

Elle pensa à l'éternité de leur amour.
Et aux tables qui en étaient la clef.

Le 18 avril 1882, on célébra le mariage de Thérèse et de Justinien ; le 24 du même mois, ce fut au tour de Yasmina et d'Achille de se marier dans la grande tradition musulmane.

Les fêtes ne durèrent pas ; il fallu bientôt affronter les anciens ennemis menés par le colonel Arabi. La révolte éclata le 11 juin 1882, et de nombreux Européens furent massacrés. Justinien, Luc et leurs amis firent pression sur le gouvernement français pour sauver la situation, mais l'escadre française de l'amiral Conrad, n'ayant pas l'autorisation de bombarder, quitta le mouillage d'Alexandrie.

Alors les Anglais, saisissant l'occasion, canonnèrent la ville puis envahirent le pays, écrasant la révolte des nationalistes et contraignant Arabi à s'enfuir.

C'en était fini de l'influence française en Egypte et au Soudan.

Le 22 juin 1885, le Mahdi entra en agonie et mourut. Et on vit deux femmes, Aïcha, la première épouse à la face voilée, et Eloïse, la kadine blanche, lui fermer les yeux. Elles se rendirent ensuite dans le harem pour annoncer à leurs compagnes la mort de leur seigneur. Alors les larmes jaillirent et les lamentations commencèrent. La funeste nouvelle se répandit dans tout le Soudan, qui retentit bientôt de cris de chagrin.

Le mahdisme survécut encore pendant quatorze ans.

Le 23 novembre 1899, le dernier calife tomba sous les balles anglaises à Om Debrikat.

On ne retrouva pas son sabre.

Il avait été recueilli par la kadine blanche.

Eloïse mourut le 17 janvier 1915 dans l'attaque d'un convoi anglais.

LEXIQUE

Akh : force spirituelle d'origine surnaturelle et élément de la personnalité humaine destiné à la glorification du défunt après la mort.

Allah : nom du dieu unique prêché par Mahomet et dans lequel on peut reconnaître une forme contractée de *al-ilâh* (en hébreu : *Elohim*), « le dieu ».

Amon : A l'origine obscur dieu local de la région thébaine associé au bélier mais souvent représenté comme un homme portant une coiffe à deux aigrettes, Amon passa ensuite au premier rang des dieux et s'assimila à Rê pour devenir Amon-Rê.

Ankh : croix ansée qui symbolise la vie. Elle se trouve souvent dans la main des divinités.

Anubis : dieu funéraire à tête de chacal. Le seigneur de la nécropole protégeait les morts dans leur tombe.

Arabe : Tous les musulmans ne sont pas arabes. Les Arabes représentent seulement un cinquième de l'ensemble des musulmans. Il est vrai que c'est en Arabie que l'islam est né ; c'est par les Arabes qu'il s'est propagé dans le monde ; Mahomet était arabe ; la langue arabe est la langue sacrée, c'est la langue du Coran.

Bedesten : Le terme original est *bezistan*. C'est la partie du bazar où étaient vendus les textiles (le mot *bez* désigne encore aujourd'hui une fabrique de lin ou de coton, et *bezzar*, le vendeur de textile).

Calife : littéralement « successeur » (du prophète). Titre qui désigne, pour les sunnites (90 % des musulmans), le chef spirituel et temporel de l'ensemble de la communauté. Depuis l'abolition du califat en Turquie, en 1924, il n'existe plus de calife.

Chahada : profession de foi (« Il n'y a pas de divinité autre que Dieu, et Mohammed est le prophète de Dieu »). Prononcée devant deux témoins — hors de toute contrainte physique ou morale —, elle est suffisante pour entrer dans la communauté islamique *(oumma)*

Charia : « Voie à suivre » (« Loi de l'Islam »). C'est un ensemble de prescriptions auxquelles le musulman doit se soumettre dans les domaines religieux, social et juridique.

Derviche : Ce terme désigne dans le monde musulman un membre d'une communauté religieuse *(tarika)* se rattachant au soufisme et dirigée par un cheik. Le *dikr* (invocation d'Allah), rite commun à toutes les confréries, provoque une forte excitation religieuse, soit à l'aide d'excitants, soit par un état de transe obtenu par les cris, la musique, la danse, éventuellement tournante.

Djihad : littéralement « effort suprême ». C'est l'effort que doit accomplir chaque musulman pour sa propre conversion ; c'est dans ce seul sens que le comprennent les mystiques soufis. C'est aussi l'effort pour la conversion des infidèles, qui peut aller jusqu'à la guerre sainte.

Emir : En arabe, *amir* signifie « celui qui est revêtu de l'autorité », et *amr*, « commandant ». Le terme désigne les chefs militaires et les gouverneurs de province chargés du commandement des troupes et de la direction de la prière.

Haram : salle de prière des mosquées.

Hathor : divinité à multiples facettes représentée habituellement sous la forme d'une vache; inspiratrice de la musique, de la danse et de l'amour, et mère divine du pharaon régnant. Mais quand elle revêtait l'aspect d'une lionne, elle devenait une vengeresse redoutable.

Hégire : début de l'ère musulmane. En arabe, *hijra* signifie «fuite». L'émigration de Mahomet à Yathrib, la future Médine, est l'événement fondateur du premier Etat musulman, en 622.

Horus : dieu-faucon dont le culte était à l'origine célébré à Hiérakonpolis. Fils d'Isis et d'Osiris, il gouverna l'Egypte par l'entremise de celui qui l'incarnait physiquement : le roi.

Imam : en arabe, «celui qui est placé devant». Il guide la prière officielle à la mosquée.

Isis : déesse personnifiant toutes les vertus de l'épouse et de la mère. Après avoir recueilli le corps démembré par Seth de son frère et mari Osiris, elle devint la protectrice des morts.

Kaaba : bâtiment plus ou moins cubique où étaient rassemblées de nombreuses idoles et où était encastrée une pierre noire d'origine météorique, considérée comme un réceptacle du divin. Après l'hégire, les musulmans revinrent à La Mecque. Ils détruisirent les idoles de la Kaaba, la purifiant ainsi et faisant d'elle la véritable «maison de Dieu», symbole de l'unité de l'islam.

Khonsou : dieu lunaire, fils d'Amon et de Mout, représenté sous les traits d'un homme.

Madrasa : *medrese* en turc, et *medersa* dans le Maghreb. Terme arabe qui signifie «lieu d'étude». Dans le monde islamique, la madrasa est une institution d'enseignement réservée à ceux qui étudient les sciences religieuses et juridiques.

Mahomet (570 - 632) : Sa vie nous est connue par le Coran, les hadiths et la Sira. Tout ce qui le concerne est article de foi indiscutable par les fidèles. Des textes historiques complètent très précieusement ces informations.

Maqsura : place réservée au calife près du mihrab, dans la salle de prière des mosquées.

Mihrab : élément architectural ou décoratif, généralement une niche de la salle de prière, indiquant la direction de La Mecque et marquant ainsi l'orientation à utiliser pour la *salat* (« prière »).

Minaret : en arabe, *manara*, *manar* (« phare »), *sawma'a* (« cellule d'ermite ») ou *ma'dhana*, *mi'dhana* (« lieu d'où est lancé l'appel à la prière »). Le mot français est issu d'un terme turc tardif, lui-même dérivé de *manara*. C'est une tour d'où se fait l'appel à la prière.

Minbar : chaire à degrés (souvent un escalier de plusieurs marches) où se tient l'imam pour délivrer le prêche du vendredi dans les grandes mosquées.

Mi'raj : en arabe, al-Mi'raj. Le terme fait allusion à l'ascension céleste du prophète Mahomet au terme du voyage nocturne (Isrâ) qui l'aurait conduit de La Mecque à Jérusalem sur un cheval ailé à tête humaine nommé al-Burâq.

Mosquée : lieu pour la prière du vendredi mais aussi lieu de rassemblement où la communauté se retrouve pour discuter. Il n'y a ni statue ni tableau par crainte de l'idolâtrie, mais des arabesques, des calligraphies décoratives.

Muezzin : Les mosquées sont généralement surmontées d'un minaret, d'où le muezzin lance l'appel aux cinq prières quotidiennes.

Musulman : « celui qui est soumis ». Vient du mot arabe *aslama*, « se rendre », de même racine que *salam*, « paix ».

Osiris : dieu de la Fertilité et de l'Eternité après la mort. Tué et démembré par Seth, son frère jaloux, mais recueilli et rendu à la vie par Isis, son épouse, il était le dieu suprême de l'au-delà, offrant l'éternité à tous les hommes qui la méritaient.

Oumma : communauté des croyants. On parle d'*oumma* arabe, sous-groupe de la grande *oumma* islamique, qui englobe tous les musulmans.

Oupouaout : Le chien rapide « ouvreur des routes » est le compagnon des anciens Egyptiens à la chasse et à la guerre. C'est le maître de la ville d'Assiout et le guide des dieux et des rois. Il accompagne également les morts en raison de sa ressemblance avec Anubis l'embaumeur.

Ramadan : neuvième mois du calendrier de l'hégire, « mois de la grande chaleur », correspondant en effet au plein été lorsque le mot fut adopté. Les musulmans, du lever au coucher du soleil, s'abstiennent totalement de boisson, de nourriture, de relations sexuelles, de tabac. Le soir, après le coucher du soleil, le jeûne est rompu.

Seth : dieu du Chaos et des Orages qui tua son frère Osiris et se battit avec son neveu Horus. Il est représenté avec une tête de chien fabuleux et associé à des animaux dangereux, dont l'hippopotame.

Snéfrou : premier roi de la IVe dynastie, surtout connu par la tradition littéraire postérieure qui le désignait comme un « très bon roi », libéral et bienveillant. Il fut l'objet de cultes locaux au Sinaï et à Dahshour, et le sujet de divers contes et légendes (l'histoire de la rameuse du lac, connue par le papyrus Westcar). Snéfrou créa la charge de vizir, qui administrait au nom du roi, et le recensement du bétail. Il réalisa plusieurs expéditions, au Sinaï, aux carrières de Nubie qu'il fit exploiter plus efficacement, au Liban pour rapporter du bois de charpente (cèdre et sapin), et en Libye. Il acheva la pyramide de Houni, à Meïdoum, et construisit deux pyramides à Dahshour (la pyramide rhomboïdale et la pyramide rouge). La chambre funéraire de son épouse, la reine Hetep-Heres, fut retrouvée dans un puits secret, situé près de la pyramide édifiée par leur fils Kheops.

Sobek : dieu-crocodile associé à l'eau et à la fertilité.

Soufisme : manière de vivre qui conduit à entrer directement en contact avec Allah. Mystique musulmane, alimentée à des sources ésotériques et gnostiques.

Ziyada : cour entourant une mosquée sur ses quatre côtés.

PRODUCTION JEANNINE BALLAND

Romans « Terres de France »

Jean Anglade
Un parrain de cendre
Le Jardin de Mercure
Y a pas d'bon Dieu
La Soupe à la fourchette
Un lit d'aubépine
La Maîtresse au piquet
Le Saintier
Le Grillon vert
La Fille aux orages
Un souper de neige
Les Puysatiers
Dans le secret des roseaux
La Rose et le Lilas
Avec le temps...
L'Ecureuil des vignes
Une étrange entreprise
Sylvie Anne
Mélie de Sept-Vents
Le Secret des chênes
La Couze
Ciel d'orage sur Donzenac
La Maîtresse du corroyeur
Un horloger bien tranquille
Jean-Jacques Antier
Autant en apporte la mer
Marie-Paul Armand
La Poussière des corons
Le Vent de la haine
Le Pain rouge
La Courée
tome I *La Courée*
tome II *Louise*
tome III *Benoît*
La Maîtresse d'école
La Cense aux alouettes
Nouvelles du Nord
L'Enfance perdue
Un bouquet de dentelle
Au bonheur du matin
Le Cri du héron
Victor Bastien
Retour au Letsing
Henriette Bernier
L'Enfant de l'autre
L'Or blanc de la Meuse
Françoise Bourdon
La Forge au Loup
La Cour aux paons
Le Bois de lune
Le Maître ardoisier
Les Tisserands de la Licorne
Patrick Breuzé
Le Silence des glaces
Nathalie de Broc
Le Patriarche du Bélon
Annie Bruel
La Colline des contrebandiers
Le Mas des oliviers
Les Géants de pierre
Marie-Marseille
Jean du Casteloun
Les Amants de Malpasset
Michel Caffier
Le Hameau des mirabelliers
La Péniche Saint-Nicolas
Les Enfants du Flot
La Berline du roi Stanislas
Jean-Pierre Chabrol
La Banquise
Alice Collignon
Un parfum de cuir
Didier Cornaille
Les Labours d'hiver
Les Terres abandonnées
La Croix de Fourche
Etrangers à la terre
L'Héritage de Ludovic Grollier
L'Alambic
Georges Coulonges
Les Terres gelées
La Fête des écoles
La Madelon de l'an 40
L'Enfant sous les étoiles
Les Flammes de la Liberté
Ma communale avait raison
Les blés deviennent paille
L'Eté du grand bonheur
Des amants de porcelaine
Le Pays des tomates plates

La Terre et le Moulin
Les Sabots de Paris
Les Sabots d'Angèle
La Liberté sur la montagne
Yves Courrière
Les Aubarède
Anne Courtillé
Les Dames de Clermont
Florine
Dieu le veult
Les Messieurs de Clermont
L'Arbre des dames
Le Secret du chat-huant
Paul Couturiau
En passant par la Lorraine
Annie Degroote
La Kermesse du diable
Le Cœur en Flandre
L'Oubliée de Salperwick
Les Filles du Houtland
Le Moulin de la Dérobade
Les Silences du maître drapier
Le Colporteur d'étoiles
La Splendeur des Vaneyck
Alain Dubos
Les Seigneurs de la haute lande
La Palombe noire
La Sève et la Cendre
Le Secret du docteur Lescat
Marie-Bernadette Dupuy
L'Orpheline du bois des Loups
Les Enfants du Pas du Loup
Elise Fischer
Trois Reines pour une couronne
Les Alliances de cristal
Mystérieuse Manon
Le Soleil des mineurs
Laurence Fritsch
La Faïencière de Saint-Jean
Alain Gandy
Adieu capitaine
Un sombre été à Chaluzac
L'Enigme de Ravejouls
Les Frères Delgayroux
Les Corneilles de Toulonjac
L'Affaire Combes
Les Polonaises de Cransac
Le Nœud d'anguilles
L'Agence Combes et Cie
Suicide sans préméditation
Gérard Georges
La Promesse d'un jour d'été
Les Bœufs de la Saint-Jean
Michel Hérubel
La Maison Gelder
La Falaise bleue
Tempête sur Ouessant
Le Démon des brumes
Denis Humbert
La Malvialle
Un si joli village
La Rouvraie
La Dent du loup
L'Arbre à poules
Les Demi-Frères
La Dernière Vague
Yves Jacob
Marie sans terre
Les Anges maudits de Tourlaville
Les blés seront coupés
Hervé Jaouen
Que ma terre demeure
Au-dessous du calvaire
Jean-Pierre Leclerc
Les Années de pierre
La Rouge Batelière
L'Eau et les Jours
Les Sentinelles du printemps
Hélène Legrais
Le Destin des jumeaux Fabrègues
La Transbordeuse d'oranges
Louis-Jacques Liandier
Les Gens de Bois-sur-Lyre
Les Racines de l'espérance
Jean-Paul Malaval
Le Domaine de Rocheveyre
Les Vignerons de Chantegrêle
Jours de colère à Malpertuis
Quai des Chartrons
Les Compagnons de Maletaverne
Le Carnaval des loups
Les Césarines
Grand-mère Antonia
Dominique Marny
A l'ombre des amandiers
La Rose des Vents
Et tout me parle de vous
Pascal Martin
Le Trésor du Magounia
Louis Muron
Le Chant des canuts

Henry Noullet
La Falourde
La Destalounade
Bonencontre
Le Destin de Bérengère Fayol
Le Mensonge d'Adeline
L'Evadé de Salvetat
Les Sortilèges d'Agnès d'Ayrac
Michel Peyramaure
Un château rose en Corrèze
Les Grandes Falaises
Frédéric Pons
Les Troupeaux du diable
Les Soleils de l'Adour
Jean Siccardi
Le Bois des Malines
Les Roses rouges de décembre
Le Bâtisseur de chapelles
Le Moulin de Siagne
Un parfum de rose
Jean-Michel Thibaux
La Bastide blanche
Le Secret de Magali
La Fille de la garrigue
La Colère du mistral
L'Homme qui habillait les mariées
La Gasparine
L'Or des collines
Le Chanteur de sérénades
Jean-Max Tixier
Le Crime des Hautes Terres
La Fiancée du santonnier
Le Maître des roseaux
Brigitte Varel
Un village pourtant si tranquille
Les Yeux de Manon
Emma
L'Enfant traqué
Le Chemin de Jean
L'Enfant du Trièves
Le Déshonneur d'un père
Blessure d'enfance
Louis-Olivier Vitté
La Rivière engloutie
Colette Vlérick
La Fille du goémonier
Le Brodeur de Pont-l'Abbé
La Marée du soir
Le Blé noir

Récits « Terres de France »

Albine Novarino
George Sand ou l'Amour du Berry

Collection « Sud Lointain »

Jean-Jacques Antier
Le Rendez-vous de Marie-Galante
Marie-Galante, La Liberté ou la Mort
La Dame du Grand-Mât
Erwan Bergot
Les Marches vers la gloire
Sud lointain
tome I *Le Courrier de Saïgon*
tome II *La Rivière des parfums*
tome III *Le Maître de Bao-Tan*
Rendez-vous à Vera-Cruz
Mourir au Laos
Jean Bertolino
Chaman
Fura-Tena
Anne Courtillé
Le Mosaïste de Constantinople
Paul Couturiau
Le Paravent de soie rouge
Le Paravent déchiré
L'Inconnue de Saigon
Les Amants du fleuve Rouge
Alain Dubos
Acadie, terre promise
Retour en Acadie
La Plantation de Bois-Joli
Hubert Huertas
L'Orque de Magellan

Hervé Jaouen
L'Adieu au Connemara
Eric Le Nabour
Orages sur Calcutta
Sonia Marmen
La Vallée des larmes
Dominique Marny
Du côté de Pondichéry
Les Nuits du Caire
Cap Malabata
Juliette Morillot
Les Orchidées rouges de Shanghai
Michel Peyramaure
Le Pays du Bel Espoir
Bernard Simonay
Les Tigres de Tasmanie
La Dame d'Australie
Jean-Michel Thibaux
La Fille de Panamá
Tempête sur Panamá

Romans

Alain Gandy
Quand la Légion écrivait sa légende
Hubert Huertas
Nous jouerons quand même ensemble
La Passagère de la « Struma »
Denis Humbert
Un été d'illusions
Michel Peyramaure
Les Tambours sauvages
Pacifique Sud
Louisiana
Le Roman de Catherine de Médicis
Jean-Michel Thibaux
Le Roman de Cléopâtre

Impression réalisée sur CAMERON par

BUSSIÈRE CAMEDAN IMPRIMERIES

GROUPE CPI

à Saint-Amand-Montrond (Cher)
en avril 2005
pour les Presses de la Cité
12, avenue d'Italie
75013 Paris

Mise en pages : Bussière

N° d'édition : 7270. — N° d'impression : 50538-050924/1.
Dépôt légal : avril 2005.

Imprimé en France